Frederico Lucena de Meneze

História de uma espera

Frederico Lucena de Menezes

História de uma espera

Brasília, 2005

L·G·E EDITORA

LGE Editora Ltda.
SIA Trecho 03 Lote 1.760 - Parte A
Tel.: 61 362.0008 - Fax: 61 233.3771
lgeeditora@lgeeditora.com.br
www.lgeeditora.com.br

Editor:	Antonio Carlos A. Navarro
Autor:	Frederico Lucena de Menezes
Coordenação Editorial:	Anna Cristina de Araújo Rodrigues
Projeto Gráfico:	Marcus Polo Rocha Duarte
Capa:	Ronald Neri / versata: www.versata.com.br
Revisão:	Vera Lúcia de Oliveira Jesus
Impressão e Acabamento:	Quick Printer Impressos Rápidos Ltda.

Dados Internacionais de Catalogação na Publicação (CIP)

Menezes, Frederico Lucena de.
História de uma espera / Frederico Lucena de Menezes, – Brasília: LGE Editora, 2005.
325 p.

1.Literatura brasileira. – Romance. I. Título.

CDU 82-31
869 3B
CDD 82-31
869 3b

ISBN 85-7238-171-6

Visite nosso site: www.lgeeditora.com.br

A Isaias Pessotti

A HISTÓRIA

Finalmente chega o momento de organizar este relato. Enfrentei uma grande resistência interior que entendi como falta de coragem. Também não sabia o que fazer com esse sentimento estranho a mim. Hoje, sinto que foi parte da espera. Da espera para sentir que valia a pena buscar esta história.

"Espera" é certamente o tema deste relato. Normalmente esperar tem que ver com desejos, necessidades, interesse de alcançar alguma coisa. Mas há uma forma de esperar diferente; não se sabe a razão da espera. Essa forma de esperar está associada à natureza humana, que não se pode compreender apenas olhando para o homem. A espera meditativa é aquela em que deixamos fora da consciência a razão da espera; "ela ocorre para além do humano", disse meu pai.

Esperei, venho esperando e não sei para quem escrevo. Certamente haverá pessoas para compartilhar esse caminho. Escrevo, sobretudo para mim mesmo e para os que me precederam. Para aqueles que viajaram o começo do meu caminho. Agora, o escrever é simplesmente uma forma de continuar a jornada.

O que interessa é ficar atento às coisas como elas são; deixá-las acontecer como devem acontecer e estar ciente de que somos parte dos acontecimentos. Não existem acontecimentos isolados. Talvez tenha sido este o maior aprendizado na minha vida. É preciso prestar atenção no que se está fazendo agora; disso depende o futuro de muita gente. Não se trata de fazer o certo ou o errado; trata-se de atender o chamado da vida, de correr riscos que façam sentido.

Gostaria que isto ficasse claro para quem vier a pôr as mãos neste depoimento: a vida de pessoas em lugares distantes interfere na nossa própria vida, se estiverem na mesma sintonia. Um texto escrito há séculos, terá uma enorme influência hoje, se formos parte do enredo. A história e os grandes acontecimentos do passado vão determinar como vivemos aqui e agora. As pessoas se encontram ou não. Não há nada que se possa fazer a respeito. Às vezes, as pessoas se cruzam e a alma se reconhece promovendo o encontro; e o tecido da história se faz tecendo os fios de relações pessoais.

É sobre isso que escrevo. Não busco culpados, vítimas, derrotados ou vencedores. Quero compartilhar a história da minha espera, a espera para cumprir minha parte na história. Essa espera meditativa que é a tomada de consciência da teia dos acontecimentos. Foi o mais próximo que consegui chegar da alma nessa viagem.

Como todas as viagens, podemos começar de inúmeras maneiras, mas todas elas implicam preparar um pouco de bagagem. Neste caso, carrego como bagagem os acontecimentos marcantes para mim dos últimos setenta anos; dez anos antes que eu nascesse. Naturalmente, os desdobramentos vão muito mais longe ao passado e, quem sabe, ao futuro.

Esta história começa, na verdade, em 1629, quando meu pai, Peter Deneboom, alistou-se na Companhia das Índias Ocidentais (CIO) como médico e participou da invasão holandesa de Pernambuco, no Brasil, em fevereiro de 1630.

Ele estava naquela época com trinta anos de idade. Era um homem introvertido, meigo, dado a reflexões teológicas e extremamente dedicado à profissão. Gostava de escrever e deixou vários cadernos com registros de suas inquietações, além de um relato de sua viagem para o Brasil. Foi essa parte de seus escritos que motivou de forma definitiva minha decisão de contar esta história.

Seus cadernos são um documento simples e despretensioso de uma época e de um momento histórico registrado sem a preocupação de vir a ser lido. Por isso e devido a certas passagens que considerei muito pessoais e dispensáveis, reduzi substancialmente o texto original para conservar apenas o essencial. Esse texto, que reproduzirei numa tradução bastante livre do holandês, nos remete a momentos de aventura, lutas, reflexão e ternura. São escritos que nos falam de uma época importante para o Brasil e para Pernambuco, onde nasci há sessenta anos.

Aprendi como meu pai encarava a vida e fiquei sabendo como enfrentou as dificuldades dessa grande aventura. Ele conta das doenças que precisou tratar e, principalmente, as que encontrou na província e que lhe eram desconhecidas. Mais ainda, ele conta como se tratou.

Quanta diferença da Holanda, onde nasceu e foi educado com esmero e rigidez! Seu pai era pastor da Igreja Reformada e professor da Universidade de Leyden. Tenho a impressão de que herdou de sua mãe a meiguice e o hábito da leitura reflexiva. Sei pouco dela.

O Nordeste brasileiro, especialmente o Recife, exerceu sobre o médico jovem uma magia fascinante. Mesmo enfrentando condições de trabalho totalmente adversas valeu-se de seu espírito aberto e combativo. Muitas vezes recorreu a métodos aprendidos dos nativos para exercer o seu papel de cura e não hesitou em solicitar auxílio da medicina dos portugueses, quando sentiu necessário. Foi assim que conheceu meu avô materno, Romero Gonsalves, médico português, que já estava em Pernambuco desde 1617.

Romero Gonsalves era um pesquisador incansável, apaixonado pelo Novo Mundo e ávido colecionador de histórias relativas ao lugar. Aliás, era basicamente um apaixonado: pela vida, pela filha e por tudo aquilo que o envolvia. Vivia de uma forma romântica, mesmo depois do falecimento de minha avó, sua musa inspiradora sempre. Conhecia muito a história de Pernambuco e sentia uma grande admiração pelo primeiro donatário da Capitania, Duarte Coelho e seu grandioso trabalho de colonização.

A extroversão de Romero contrastava com a introversão de Peter. Meu avô era católico, mas não fazia segredo de suas críticas, dada a grande irreverência com que tratava os assuntos da Igreja. Entretanto, penso hoje, era um homem de profunda religiosidade. Já meu pai considerava a religião com a mesma sisudez com que encarava a medicina e, no fundo, era um grande aventureiro. Nutriam, um pelo outro, um enorme respeito e tinham em comum a indisfarçável paixão pelo novo, pelas mudanças e pelo ser humano. Ambos demonstravam uma energia imensa ao viver com intensidade e dedicação cada minuto.

Houve um grande esforço do meu pai e do meu avõ para que eu fosse médico. Passaram-me ensinamentos e entusiasmo. Entretanto, não era permitido o ensino superior nas colônias, nem meu interesse chegou a ponto de levar-me cedo para a Europa. Eu gostava de ajudá-los a tratar as pessoas, mas gostava também de música e religião. Aprendi música com minha mãe, que tocava clavicórdio lindamente. Quanto à religião, não tive dos meus pais uma educação formal. Tinha acesso a muitos livros e liberdade de expressar o pensamento como quisesse.

Essa liberdade deu-me a chance de ter muitas dúvidas e de buscar respostas todo o tempo. Isso me fez viajar muito (nem sempre saindo do lugar) e hoje, em Amsterdam, aos sessenta anos de idade, estou prestes a voltar a Pernambuco onde nasci em 1638, em plena ocupação holandesa, filho único de Maria Ana Gonsalves

Deneboom. Era uma mulher extremamente musical, nada tímida apesar de reservada no seu comportamento. Poucas vezes encontrei mulher tão valente e, ao mesmo tempo, tão suave. Foi uma grande companheira para meu pai. Compensava seu jeito recolhido com uma grande facilidade de fazê-lo sobressair. Guardou cuidadosamente os escritos dele após sua morte e, só passaram estes às minhas mãos, quando comuniquei que iria para a Europa. Eu precisava refazer os passos de Romero e Peter, conhecer minhas origens e, de certa forma, fazer a peregrinação.

Essas anotações do meu pai datam da invasão em 1630, desde os preparativos até à efetiva ocupação. Continuou escrevendo nos anos da resistência até, finalmente, a restauração de Pernambuco ao domínio português em 1654. Nessa ocasião, eu estava com dezesseis anos. Foi uma época tumultuada, mas não tenho a lembrança de ter meu pai hesitado em decidir permanecer no Recife. Ele estava casado com uma brasileira, mesmo que nascida em Lisboa, e amava o lugar onde queria ficar perto do meu avô cuja saúde não era das melhores.

Romero Gonsalves, apesar de doente, exultava de felicidade com a vitória final sobre os holandeses. Não era pessoa de esconder suas convicções. Admirava os batavos e sabia que o Recife era devedor à sensibilidade do alemão Maurício de Nassau, nos seus oito anos de administração. Mas, era um português. Para ele, o Brasil seria sempre português.

Muito do que eu sabia de Portugal e Pernambuco devia-se às histórias contadas por meu avô. Era, por natureza, um grande contador de historias. Nunca fazia meros relatos. Suas histórias tinham vida, cores e emoção. Naturalmente, sua perspectiva pessoal das questões insinuava-se no colorido da narrativa; ora como crítica ácida, ora fazendo heróico um feito discutível. O fato é que deliciava seus ouvintes e, não raro, provocava longas e acaloradas discussões. Tudo em nome de uma boa história.

Portanto, a primeira parte deste meu trabalho será contar um pouco sobre como e por quê surgiu Pernambuco, segundo a visão de Romero Gonsalves e com as contribuições de minha memória. A segunda parte será a transcrição dos diários de Peter Deneboom iniciados em 1629. Seria uma pena não aproveitá-los como estão. O sabor que porventura se tenha perdido, deve-se à minha tradução do holandês e a alguns cortes que me senti obrigado a fazer em nome da privacidade e do respeito à memória de meu pai.

Ao final, contarei um pouco da minha parte nessa longa jornada. Algumas perguntas permanecem sem resposta e ainda tiram o sossego da alma.

Vamos à nossa história que é o que interessa agora. É difícil entender o que se passou em Pernambuco sem conhecer um pouco do cenário global que serviu de palco para o início da história.

No final do século XV e início do século XVI, Portugal e Espanha disputavam o domínio dos mares e, ao mesmo tempo, viam-se às voltas com problemas domésticos. O rei de Portugal, D. Manuel, o Venturoso, ficou viúvo em 1515. Em meio a grandes mudanças previstas nas casas reais da Europa, com novos herdeiros ocupando tronos importantes, D. Manuel resolveu casar-se convenientemente. Preterindo o próprio filho, propôs casamento a dona Leonor, irmã de D. Carlos da Espanha, aspirante aos tronos da Áustria, como Carlos V, e da Espanha, como Carlos I. Assim casou-se o venturoso D. Manuel, com meio século de vida com a princesinha de quinze anos!

Com esse matrimônio, vários objetivos políticos foram atingidos, especialmente em termos de poder e expansão do domínio português. Entre outros, Portugal tinha o grande navegador Vasco da Gama cruzando os mares e marcando a presença da bandeira branca com a cruz de malta em vermelho nas terras do Oriente e da África. A conquista de novas terras para a coroa portuguesa, além de enriquecer os cofres de don Manuel, aliviava a corte de grande arrependimento e frustração, carregados desde o final do Século XV.

Naquela ocasião, um certo genovês de nome Cristóvão Colombo procurou o rei de Portugal buscando apoio para uma pretendida viagem de descobertas no Ocidente. Pretendia o navegador encontrar novas rotas para as Índias. Não encontrando amparo nos reis de Portugal, levou seu plano aos reis católicos da Espanha, Fernando e Izabel que, oferecendo ajuda, viram Colombo aportar nas novas terras do Mundo Americano.

Os portugueses, desde então, dedicavam-se muito a estudos na Escola de Sagres, a grande escola de navegadores já sob o comando de D. João II. Foi até tentada, sem sucesso, a repetição da rota planejada por Colombo. Em vista do grande feito do genovês, a ira tomou conta de D. João que, invejoso, chegou ameaçar ir à guerra pela posse das terras descobertas no Ocidente. A querela foi resolvida por uma bula papal baixada pelo Papa Alexandre VI, aliás, um espanhol de nascimento, que deu posse das terras ao reino da... Espanha.

Surgiu, então, a necessidade de um tratado que disciplinasse as descobertas daí em diante. O troco português veio pelos acordos firmados em Tordesilhas. Esses acordos foram habilmente trabalhados pelos delegados de Portugal. Tinham eles mais e melhores conhecimentos de cartografia e navegação. Assim, num ardiloso movimento diplomático, D. João conquistou para Portugal as primeiras fronteiras do Brasil antes que lá aportassem os portugueses.

Constava do Tratado de Tordesilhas que as terras descobertas a leste do Meridiano seriam de Portugal; aquelas a oeste seriam da Espanha.

Vasco da Gama já havia aberto os caminhos para o Oriente. Outro grande navegador português, Duarte Coelho Pereira, já indicava a existência de terras ao sul, navegando-se para o Ocidente. Portanto,

Portugal tratava de assegurar, politicamente, a posse das terras que, inevitavelmente, viria a descobrir.

Tanto assim que, em 1500, uma esquadra comandada por Pedro Álvares Cabral teria avistado a costa de Pernambuco em fins de fevereiro para, em abril, aportar ao sul da Bahia. De início, pensando tratar-se de uma ilha, foi chamada de Ilha de Vera Cruz para logo depois, constatada a grande extensão, ter o nome mudado para Terra de Santa Cruz.

Mais ou menos na mesma época, navegadores espanhóis fizeram o mesmo descobrimento sem alarde, no entanto, por razões políticas, uma vez que as terras se encontravam na área destinada a Portugal no tratado de Tordesilhas. Mas, a Espanha viria dominar Portugal de 1580 a 1640 e as terras do Novo Mundo português não chegaram a ser muito exploradas. As colônias estavam mais ou menos entregues à própria sorte. Entre essas estava a Nova Lusitânia, região que hoje é Pernambuco.

Em Portugal e Espanha tinha-se a imagem dessas terras como um lugar sem riquezas minerais ou outras que, em curto prazo, pudessem dar grandes lucros. Quando muito, tinha a ibirapitanga, árvore também conhecida como pau-brasil, da qual se pode extrair tintura para tecidos. A extração do pau-brasil foi durante anos a principal atividade de Portugal na Nova Lusitânia. Colonizar e ocupar as terras não estava muito em consideração.

Apesar do descaso da corte, conselheiros respeitados informavam da freqüente incursão de corsários, especialmente franceses, que, ocupando a região, poderiam colocar em risco a posse portuguesa daquelas terras.

D. João III, então rei, foi aconselhado a fazer doações de terrenos a pessoas de sua confiança que estivessem interessadas em mudar-se para o Novo Mundo e estabelecer colônias fiéis à Sua Majestade.

Uma dessas pessoas seria Duarte Coelho Pereira. Desde cedo, Duarte Coelho demonstrou competência e valor. Era filho de militar e logo começou a navegar por mares belicosos, destacando-se pela bravura e habilidade no trato de questões delicadas. Foi diplomata e administrador no Oriente. Em 1534, voltando de uma campanha vitoriosa, foi informado que receberia uma vasta extensão de terras, se quisesse. Assim como ele, seriam agraciados com donatarias os irmãos Martim Afonso e Pero Lopes de Souza.

As terras de Duarte Coelho seriam limitadas ao sul pelo rio São Francisco e ao norte, pelo rio Santa Cruz, que circunda a ilha de Itamaracá. Para oeste, os limites seriam dados pela capacidade do donatário em colonizar.

Por essa época, Duarte Coelho passava dos quarenta anos e era ainda solteiro. Sua vida de aventuras e missões além-mar não lhe permitia constituir família. Dizia-se que era filho de Gonçalo Coelho, mas suas origens eram dúbias quanto à fidalguia. Entretanto, gozava de grande prestígio na corte de D. João III, filho de D. Manuel.

D. Beatriz de Albuquerque, Dona Brites como era conhecida, foi a eleita de Duarte Coelho. O casamento também convinha a ambos. Para ela, apresentava-se como oportunidade de ocupar posições efetivamente importantes em termos de poder. Duarte Coelho, de sua parte, associava-se a uma família de prestígio no reino.

Tendo aceitado a donataria, Duarte Coelho também recebeu um novo brasão e a condição de fidalgo da Casa Real. Casado com D. Brites, mandou-se para o Novo Mundo em cinco embarcações recheadas de equipamentos para ocupar a terra, além de farto material humano. O casal fez-se acompanhar de agregados e amigos pertencentes à nobreza de Portugal.

A viagem durou mais de quatro meses. Normalmente, uma esquadra semelhante levaria menos tempo, mas não queriam assumir riscos maiores. Evitaram tempestades e outros contratempos cuidando para não lamentar perdas materiais, para não dizer dos parentes.

Duarte Coelho já devia estar preocupado com as condições que encontraria. A região que lhe coubera, há muito era cobiçada e freqüentada pelos franceses. Corsários da França até tentaram instalar um entreposto permanente no lugar. Finalmente, a esquadra chegou próximo à embocadura do rio de Santa Cruz. As condições de segurança eram boas e o lugar razoavelmente conhecido. Era março de 1535.

Bem perto, ao norte, estava a capitania de Itamaracá, de Martim Afonso de Souza, que mantinha no lugar uma comunidade pequena e indisciplinada. A atividade em Itamaracá resumia-se na extração do pau-brasil e de tudo o mais que pudesse dar lucro. Não havia indícios de um processo de colonização responsável.

Estive muitas vezes no lugar. Cada vez senti o que deve ter sido para aqueles desbravadores, saídos de uma Lisboa próspera, de intensa vida social, verem-se subitamente numa espécie de paraíso tropical, paradoxalmente ameaçador. De um lado, a natureza esplendorosa, infinitas tonalidades de verde, um céu permanentemente azul de nuvens alvas e brisa fresca. De outro, todas as armadilhas que o desconhecido pode esconder.

Olhando-se do alto da Ilha de Itamaracá, vê-se o rio descendo manso para o mar. Suas margens alcochoadas de uma vegetação baixa, mas densa, de um verde forte, marcante. Rio acima encontramos vários braços de maré e riachos, numa região plana e de muito arvoredo. O clima é muito acolhedor.

As caravelas fundearam perto da ilha onde foi plantado um marco com as armas do Reino. Ficaram apoitadas nesse local por vários meses enquanto se buscava um lugar conveniente para instalar o primeiro povoado. Os indígenas opuseram forte resistência, mas a comitiva finalmente instalou-se no local que ficou conhecido como Igarassu. O nome significa "canoa grande" em alusão às caravelas e barcaças usadas para avançar até o povoado, o que não acontecia tranqüilamente. Os gentios atacavam constantemente e, em sucessivas escaramuças, vários portugueses foram mortos.

Apesar de tudo, o lugar era bom e oferecia possibilidades de defesa. Foi logo erigida a primeira igreja, consagrada a São Cosme e Damião. Entretanto, a visão experiente de Duarte Coelho sugeria que a sede da capitania precisava ter mais controle de um porto de mar, ser estrategicamente mais bem posicionada e prudentemente afastada de Itamaracá e da má influência que a comunidade dessa capitania pudesse ter sobre seus comandados.

Assim, marchando em direção ao sul, encontrou o lugar ideal. Eram colinas de onde se avistavam dois rios, o Beberibe e o Capibaribe, em cuja embocadura formava-se uma ilha (Antonio Vaz) em frente a um porto natural protegido por arrecifes, com duas passagens (Barreta e Barretinha). Os indígenas chamavam o lugar de "Pêra-Nhambuco" ou "Parana'mbuco". Com o tempo, passou a ser chamado de Pernambuco pelos portugueses.

Havia várias colinas e na elevação maior começaram a construir a vila de Olinda. Ao que parece, o nome teria vindo de uma exclamação quanto à beleza do lugar. Quanto a Igarassu, já estava consolidada como povoado e foi mantida como centro administrativo. A ocupação das colinas custou um preço alto. Foi um trabalho penoso, agravado pelos índios caetés, ferozes habitantes da região. Os ataques se sucediam matando e ferindo de parte a parte.

Aos poucos, Olinda se firmava e passava a oferecer segurança suficiente para as mulheres que, até então, se limitavam a viver em Igarassu. As palhoças de Olinda foram, aos poucos, dando lugar a casas de taipa e pedra.

D. Brites, que viera recém-casada, só então começava a ter uma vida mais calma e próxima do marido. Já era 1537. Duarte Coelho, ao contrário de outros donatários, esforçava-se para fixar as pessoas na terra do lugar. Estimulava os homens a constituir família e produzir para a comunidade. A atitude extrativa tão comum nas colônias não era estimulada. Não se pensava em enriquecer rapidamente e depois voltar a Portugal. Não, o futuro era ali mesmo, naquele momento.

Naturalmente, as condições eram bem diferentes da Europa. Ao invés das estações bem marcadas do hemisfério norte, os pioneiros encontraram um calor forte a maior parte do ano. O sol brilhando intensamente, dando tonalidades bem marcadas às cores. As sombras bem delineadas iam fazendo esquecer a palidez e os tons pastel. A cor da pele também mudava. O calor úmido e o trabalho braçal estimulavam os homens a deixar o torso nu, bronzeando a pele. As mulheres usavam roupas mais leves e, o que se verificava em torno, é que os nativos não vestiam praticamente nada, numa nudez ingênua e confortável.

À sombra, podia-se sentir a brisa fresca vinda do mar, trazendo um cheiro característico de sargaço e balançando continuamente as palhas dos coqueiros já crescidos. É claro que os costumes desse grupo haveriam de mudar. Só um conjunto de pessoas fortes e bem lideradas poderia viver naquelas condições novas e hostis sem esperar dos nativos, dos escravos e dos companheiros um comportamento europeu. Parece óbvio, mas a matriz portuguesa não pensava assim.

De início, não havia palácios e grandes etiquetas, apesar do progresso evidente da capitania e do surgimento de uma certa opulência. Vivia-se o essencial de uma forma simples. Evidentemente não era uma população de santos. Havia muita bandidagem também. Mais que isso, às vezes a conduta era francamente repulsiva, como a da história de um certo padre (muitos anos depois da fundação de Olinda) que voltava de suas viagens pelo interior com índios cativos e até os vendia. Consta que esse dito padre foi eventualmente preso, remetido a Portugal e condenado pela Inquisição.

Manter a ordem e os bons costumes era também tarefa de Duarte Coelho. Nem sempre era ajudado pelo reino que facilitava a ida para as colônias de escroques e aproveitadores, dos quais quisesse se livrar, talvez. Assim, Olinda crescia e se europeizava. A região do porto, conhecida simplesmente como o "povo do recife", também crescia em população e tamanho, ainda que atabalhoadamente. Havia muita sujeira e movimento de marujos, fazendo com que os nobres andassem por lá na ponta dos pés.

Como se vê, era uma tarefa de herói manter tudo isso em harmonia. Entretanto, o julgamento de alguns fiscais da virtude e bajuladores reais era um tanto diferente. Assombravam-se de ver brancos portugueses acasalados com nativas. Chocavam-se os enviados de Sua Majestade ao verem os negros cederem aos avanços dos portugueses. Quanta ingenuidade! Mas, seria mesmo ingenuidade?

Esses julgadores pareciam possuídos por um misto de inveja e ciúme. Aliás, competência e arrojo quando resultam em sucesso têm o poder de despertar a ira dos parasitas e incapazes. Esses não conseguiam levar em conta o esforço que se fazia para conter a devastação da preciosa ibirapitanga, a luta cotidiana para manter a ordem e a justiça, para não falar no combate aos traficantes e desordeiros. Mesmo pacificados e afastados da região, os índios tabajaras e caetés eram sempre uma ameaça. Afinal, para eles, os brancos eram intrusos, uma força de ocupação e haviam de forma definitiva rompido o equilíbrio que eles conheciam.

Além de ter que harmonizar todos esses problemas, a questão do índio era agravada, porque eram eles tapeados freqüentemente, sendo transformados em escravos, condição estranha a um povo que só conhecia a liberdade. De vez em quando se revoltavam e revidavam com ataques violentos. Afonso Gonçalves, feitor de Igarassu e homem de confiança de Duarte Coelho foi um dos que morreu de uma flechada. O próprio donatário, flechado numa escaramuça, tornou-se coxo.

Apesar de tudo, Pernambuco crescia em importância econômica e política. A população aumentava. Em 1540 já seguiam as primeiras remessas de açúcar para o reino. Continuava a exportação de pau-brasil, mas o rei queria ouro e prata. Não adiantavam os conselhos e explicações do donatário de Pernambuco, de que as minas ficavam longe e em locais ainda muito perigosos. Era mais importante consolidar a capacidade produtiva da colônia e, por favor, que o reino parasse de enviar degenerados e inúteis para Pernambuco! Precisava, isso sim, incrementar a produção de açúcar dos engenhos e melhorar a movimentação do porto para facilitar o comércio.

Não fosse de fato boa a administração e promissora a terra, não atrairia tantos aventureiros, corsários e, por que não, bons comerciantes.

Em Lisboa, no entanto, estava D. João, que assumira o trono quase criança, tutelado por membros da Igreja Católica que o fizeram tornar-se um guardião do que, em Portugal, considerava-se a fé cristã.

Na Europa espalhava-se a sabedoria de Lutero. A Reforma encontrava um terreno fértil para mudanças e questionamentos. Enquanto isso, em Portugal, criava-se um bastião da Contra-Reforma, de um catolicismo ortodoxo e cego a um mundo de transformações.

Como mencionei antes, minha mãe era portuguesa de origem católica. Meu pai era protestante, filho de um professor de teologia. Minha educação religiosa foi marcada pela liberdade de pensamento e por uma ênfase poética na espiritualidade do viver. Nunca me foi dada certeza alguma a respeito de assuntos religiosos. Ao mesmo tempo, a conduta de meus pais e avô era rica em gestos de caridade e na busca constante da verdade. Em meio ao sofrimento das pessoas doentes e feridas por uma resistência armada que nunca esmoreceu em Pernambuco, havia espaço para a observação da vida, para o desabrochar das flores, para o movimento das marés.

Nunca fui batizado. Alguns me chamam de pagão e, uma vez, na minha adolescência, meu avô disse-me com a maior seriedade e ternura:

"Meu filho, Jesus foi batizado aos trinta anos, porque quis, e por aquele que escolheu: João Batista. O batismo é para marcar a passagem para uma nova vida, uma vida iluminada, resultado de reflexão e vontade. O que alguns chamam de paganismo é, a meu ver, a melhor maneira de compreender a doutrina cristã. A luz só brilha por causa das trevas".

Não entendi bem naquela ocasião, mas senti um alívio enorme. Poderia esperar mais um pouco até ser capaz de entender. Meu avô também dizia que esperar era bom - quando se sabia esperar. Foi esperando que pude entender que o batismo não era apenas uma mágica feita com um pouquinho de água da pia. O bom batismo era postergado até que o adulto se sentisse pronto para enfrentar a metanoia, um despertar para a vida num plano mais elevado. A cerimônia era feita em água corrente, como num riacho. Dificilmente crianças eram batizadas. Só na maturidade as pessoas podem se tornar "filhas do Espírito Santo".

Naquela época, era como se eu estivesse coberto por uma capa de tecido transparente, imperceptível, que me conservava puro na solidão de uma consciência que emergia pouco a pouco na minha percepção. Não me sentia como os outros meninos, mas era aceito como se fosse igual e isso me confundia. Várias vezes me perguntei se não seria louco. As imagens me invadiam com incrível facilidade. Não eram devaneios comuns. Eram imagens com vida própria que me habitavam por um tempo. Parecia um universo paralelo.

Aos quatro anos me sentia um príncipe e era tratado como tal. Até aí, nada de anormal para um filho único numa família fora dos padrões locais. O curioso é que eu sentia a responsabilidade de príncipe e, havia uma certeza interior quanto a procedimentos, como se houvesse herdado a experiência de certos comportamentos. Lembro-me que fazia avaliações e julgamentos do que eu observava nos outros. Adultos principalmente. Meus recursos de expressão limitados, próprios de criança, não permitiam externar com clareza o que pensava. Na verdade, não eram muito diferentes daqueles julgamentos que faço hoje.

A grande surpresa da adolescência foi o pasmo de descobrir-me sendo simplesmente uma pessoa comum. Pensava e conseguia externar com razoável fidelidade aquilo que ocorria na minha intimidade. Foi o início das grandes dúvidas e da angústia frente às minhas próprias perguntas.

Assisti a muitas aulas de catecismo e chocava-me a idéia de um Deus tão vingativo e inflexível. Para mim, as figuras de Romero Gonsalves e Peter Deneboom eram mais próximas da imagem que eu fazia de Deus. Eles me pareciam justos e discutiam comigo, com paciência e ternura. De que me serviria um Deus ao qual eu só poderia obedecer? Quantas vezes eu desobedeci e o fogo do inferno não me tragou!

Por outro lado, a desobediência a meu pai não passava em branco. Eu sabia que, de uma forma ou de outra, encontraria o caminho do castigo. Nem sempre o castigo era conseqüência de ter sido eu descoberto no erro. Muitas vezes, o sentido de importância das normas estava de tal forma assimilada por mim que o sofrimento vinha naturalmente.

Com certeza, minha concepção de pecado começou assim. Pecado não era, para mim, fazer uma maldade, sucumbir ao proibido ou, muito menos, imaginar o que bem entendesse. Pecado passou a ser transgredir uma norma que podia, ou não, ser justa. As normas injustas deviam ser transgredidas, o que não me causava medo de com isso me aproximar do mal absoluto.

Meus pais e avô detinham uma autoridade que eu respeitava. Eles faziam por merecer minha confiança, no erro e no acerto. Essa foi a maior contribuição deles na minha formação como pessoa. Procuravam ser coerentes sem que o lograssem algumas vezes. Eu sabia quando falhavam e isso não os diminuía a meus olhos. Sabiam se retratar sem perder o meu respeito, sem saírem do meu peito, como em *"res pectum"*

Seguramente, eu representava em carne e ossos essa mistura de aspectos holandeses e portugueses. Com meu pai falava o holandês, enquanto todo o resto da minha vida era em português. Eu sentia a alma mais tolerante em holandês. As influências exteriores eram acolhidas, o que não significava uma aceitação sem limites. Que a relação dos holandeses com o mar seja um exemplo.

Mas essa digressão sobre minha infância desviou-me no tempo. Falava de Pernambuco e Duarte Coelho, em meados do século XVI. Nessa época, especialmente por causa da Guerra dos Oitenta Anos, era grande o fluxo migratório na Europa e havia um crescimento dos Países Baixos. O comércio se internacionalizava e a corte portuguesa não via, ou parecia não perceber, que alguns financistas judeus já investiam em Pernambuco como membros representantes de grandes casas bancárias.

Mercadores e navegantes holandeses freqüentavam o porto do Recife e estavam bastante familiarizados com a navegação nas costas brasileiras. Mas a corte estava interessada nos fuxicos. Aumentava a fuxicaria à medida que progredia a capitania de Duarte Coelho.

Chegaram a Olinda como observadores os padres Nóbrega e Antonio Pires. Foram bem recebidos, mas agiram sobretudo como fiscais da moral lisboeta e não como representantes da justiça religiosa. Só acharam defeitos. Manoel da Nóbrega desatou a criticar a vida livre que os do lugar levavam, a leveza dos costumes e a falta de repressão ao que ele chamou de "maus" costumes. Para ele, não pareciam maus costumes a devastação, a ambição desmedida e a crueldade para com o semelhante.

Foram tantas as reclamações que, em 1553, Duarte Coelho foi a Lisboa tratar dos assuntos de Pernambuco. Tentaria mostrar ao monarca que Olinda e Pernambuco iam bem demais em relação às outras capitanias e colônias portuguesas. Acontecia que a inveja e a ganância, para não fugir a uma regra humana, dirigem-se sempre para onde as virtudes são abertas para aceitar mudanças. Infelizmente, doente e abatido, Duarte Coelho não conseguiu voltar a Pernambuco. Morreu em 1554, na casa de um cunhado em Lisboa, em circunstâncias pouco esclarecidas então.

Jerônimo de Albuquerque e Dona Brites governaram a capitania até que o filho mais velho, Duarte de Albuquerque Coelho viesse assumir o governo e as responsabilidades. Ele chegou em 1560, na companhia do irmão mais novo, Jorge, que, como ele, estudava em Portugal.

Pernambuco continuava atraindo olhares cobiçosos. Franceses batidos no Rio de Janeiro por Mem de Sá atacaram e saquearam o Recife, sendo expulsos com o sacrifício das forças locais.

Em Portugal, D. João II não fugia das eminências sombrias que o influenciavam nas esquinas dos corredores reais. Nunca conseguiu livrar-se da educação deturpada que recebera dos religiosos fanáticos. Isso o levou a implantar a Inquisição em Portugal e suas colônias. Paradoxalmente, foi o reformador dos estudos universitários portugueses e um grande incentivador das letras e das artes.

A medicina era uma das artes cuidadas pelo reino. Havia os físicos, que cuidavam das doenças, prescreviam medicamentos e, por atribuição do Rei, aconselhavam e orientavam as práticas de saúde e higiene. Já os cirurgiões faziam as intervenções cruentas, tratando de ferimentos e estancando hemorragias. Outra figura importante era o boticário. Este deveria conhecer os medicamentos, preparando e vendendo-os.

Com essas informações ficará mais fácil entender como ocorriam as divisões de trabalho no ambiente em que eu cresci. No campo da medicina, o representante do Rei era o Físico-e-Cirurgião-

Mor dos Exércitos. Por intermédio dele se estabelecia uma banca examinadora que avaliando o candidato a médico, podia dar-lhe uma carta, autorizando o exercício dessa arte. Além de avaliar os conhecimentos, os examinadores faziam visitas a doentes acompanhando a conduta dos candidatos. Exigia-se também uma prova documental, ou testemunho público, de que o candidato já havia praticado por dois anos ao lado de um físico licenciado, absorvendo-lhe a experiência.

Por tudo isso passou meu avô Romero, nascido em Lisboa no ano de 1583. Já moço, foi morar em Coimbra, cidade dos doutores, onde se interessou pela prática da medicina. Rapaz de família humilde, inteligente e de alma sensível, conseguiu trabalho como tutor dos filhos de um importante físico de Coimbra, Dr. Francisco de Vaz Cabral, que, além de físico renomado era pessoa de confiança na corte.

Durante anos, a relação foi proveitosa para ambos. Romero não só cuidava da educação dos filhos do Dr. Cabral como tinha a oportunidade de acrescentar prática a seus estudos de medicina.

Naturalmente, as crianças foram crescendo e Romero foi ficando cada vez mais envolvido com a prática da medicina. Tornou-se logo o substituto eventual de seu mestre, em várias ocasiões com êxitos notáveis.

Chegou o dia em que o Dr. Francisco de Vaz Cabral precisou retribuir ao soberano a generosidade com que sempre fora contemplado. A corte pedia que servisse ao Reino sua competência.

A cidade da Bahia, sede do governo no Brasil, precisava de um Físico-e-Cirurgião-Mor. Era cargo vitalício e, não podendo recusar, Dr. Cabral mudou-se para o Brasil onde ficou até morrer.

Desde a partida do mestre e modelo, Romero Gonsalves sabia que seriam remotas suas possibilidades de vê-lo novamente em Portugal. Tratou de cumprir seus compromissos em Coimbra e estudar o quanto pudesse, pois sabia que não havia ensino superior nas colônias. Sua majestade era um incentivador das artes e letras, desde que isso não colocasse em risco sua autoridade. Da perspectiva da prepotência, não interessa um povo educado: é preferível um povo obediente.

Além do mais, Romero estava noivo de Beatriz, uma jovem aparentada dos Albuquerque, daí ter recebido o nome de Dona Brites. Após o casamento, por intermédio da família de Beatriz, Romero conseguiu indicação para instalar-se em Olinda como físico praticante. Chegaram ao Brasil em 1617.

A viagem foi feita junto com a comitiva que trazia D. Luiz de Souza para assumir o Governo Geral do Brasil. Apesar de ser a Bahia a capital de fato, esse governo instalou-se provisoriamente em Olinda, onde ficou até 1619. Era tão evidente a preferência que os governadores davam a Pernambuco que, em 1620, El-rei proibiu terminantemente que visitassem as outras capitanias sem uma licença especial. Deveriam residir e permanecer na Bahia, visto que os conselheiros da corte criticavam esses deslocamentos.

De qualquer maneira, foi ao porto do Recife que Romero e Beatriz chegaram. A região oferecia uma visão magnífica para quem estivesse no convés naquela manhã. Olinda surgia num promontório encimado pela torre da igreja da Sé. Era um painel emoldurado por coqueiros que, no seu movimento suave pareciam acenar as boas vindas. O mar calmo e verde e o céu muito azul colaboravam na construção das imagens que interiormente Romero montava como as do lugar onde moraria por alguns anos.

As caravelas aproximavam-se cuidadosamente dos arrecifes. Era preciso um talento especial para entrar naquele porto. Havia pedras traiçoeiras que poderiam pôr a pique um barco que não fosse guiado por um perito conhecedor do porto. Passaram pelas barretas que davam acesso ao lado protegido do ancoradouro. A gritaria da marujada começava a acalmar-se com as sucessivas providências para fundear o barco.

Para Romero, o cenário ficava mais real agora, tão perto de seus olhos, sentindo os cheiros, estando plenamente envolvido. Aquela colina com os coqueiros insinuantes estava a uma légua ao norte. Estava ligada à região do porto por uma faixa comprida de areias claras de praia, separando o mar de terrenos alagadiços chamados de mangues. Garças brancas voavam de lá num movimento bonito.

Mesmo à distância podia-se perceber a grande diferença entre a vila de Olinda e o povoado do Recife. Olinda era graciosa, construída com esmero e planejamento, enquanto o Recife formava-se às custas da movimentação do porto. Mesmo assim, Romero parecia gostar mais daquele lugar tosco. Era um tanto selvagem, mas tinha um encanto particular. Era um porto atraente e ficava fácil imaginar o cenário quando o corsário inglês James Lancaster lá chegou em 1595 e resolveu ficar.

Lancaster saqueou o quanto pôde, mas foi expulso depois de um mês pelas milícias de Olinda. Recife era um ótimo alvo de pirataria. Lá estavam os armazéns, a agitação e muitos sinais de riqueza numa evidente situação de fragilidade. O povoado era como uma criança indefesa aos pés da mãe descuidada.

Desde o primeiro momento, Romero sentiu uma grande simpatia pelo Recife. A movimentação era grande e não eram só os corsários que se interessavam pelo lugar: navios de várias nacionalidades freqüentavam o porto e entre eles, com grande assiduidade, barcos holandeses.

Romero e Beatriz começaram instalando-se numa casa pequena em Olinda. A arquitetura lembrava algumas ruas de Lisboa. A cidade de Olinda tinha pouco mais de setecentas famílias, sem contar os colonos embrenhados pelo interior nos engenhos e fazendas. Cada engenho tinha cerca de trinta moradores.

Em termos de defesa, podia-se organizar um pequeno exército de três mil homens, com uma cavalaria de quatrocentos. Esse era um aspecto importante, pois o nordeste brasileiro vivia um momento de grande expansão. Ao sul da capitania, faziam-se expedições de entrada pelo rio São Francisco. Ao norte, explorava-se a Paraíba e o Rio Grande. Ainda mais ao norte, estava o Maranhão que já era claramente um objetivo estratégico dos franceses e por isso era preciso que fosse colonizado. Era esse o quadro geral da região.

Pernambuco já estava sendo governado pela terceira geração em 1620. Na ocasião, o representante do governo da capitania, ainda que não vivesse nela, era Matias de Albuquerque, neto do primeiro donatário. Seu irmão, Duarte de Albuquerque Coelho, o herdeiro, vivia na Espanha.

Em 9 de maio de 1624, a Bahia foi tomada pelos holandeses. Matias de Albuquerque foi chamado e teve uma atuação destacada nesse episódio. Depois foi indicado por Lisboa para assumir o Governo-Geral do Brasil, com sede agora em Pernambuco. Sua maior incumbência era providenciar a expulsão dos invasores, o que ocorreu poucos meses depois, já em 1625.

Os holandeses subestimaram a capacidade de resistência das tropas locais e foram batidos antes que chegassem os reforços na esquadra comandada por Boudewyn Hendrickszoon, que, percebendo a inutilidade de arriscar suas forças, fez meia volta e aportou na Paraíba, no lugar hoje conhecido por Baía da Traição.

Ao que parece, a tropa holandesa de ocupação da Bahia, passado algum tempo, se descuidou da disciplina e da conduta militar, entregando-se a toda sorte de estrepolias. Para se ter uma idéia do descaso, o comandante Johan Van Dorth foi emboscado e morto perto do centro da cidade. Seu sucessor, Albert Schouten, morreu de tanto se embriagar.

A Espanha mandou auxílio em tropas sob o comando de D. Fradique de Toledo. Ao chegar, este não encontrou resistência de monta. Já não passavam de um bando de soldados corrompidos e fracos.

O pragmático almirante Hendrikszoon, além de poupar recursos numa causa perdida, aproveitou a viagem para coletar informações preciosas. Mais que isso; convenceu alguns nativos a acompanhá-lo na volta. Entre eles estava o índio Poty, que, junto com alguns companheiros, aprendeu o holandês, converteu-se à Igreja Reformada e foi importante elemento na preparação da invasão de Pernambuco.

Hendrikszoon era o protótipo do aventureiro. Marinheiro experiente, navegava muito pelas costas do Brasil e, vez por outra, envolvia-se em escaramuças e empreitadas isoladas. Morreu próximo ao porto de Havana. Falou-se que a morte fora conseqüência de desentendimento entre comandantes da esquadra quando voltavam para Amsterdam.

Foi o sobrinho dele, Caspar Hendriksz, quem convenceu meu pai a alistar-se na Companhia das Índias Ocidentais (CIO), empresa que estava levando muito a sério os planos de se instalar no Brasil. Não satisfeitos com o fracasso na Bahia, muitos sinais indicavam preparativos para uma nova e grande invasão no nordeste brasileiro.

Os objetivos não eram só comerciais. A CIO tinha como finalidade primeira expandir o poder batavo no Novo Mundo. Implicava cortar fontes de riqueza para a Espanha, que, com elas, financiava seus exércitos. O interesse militar e político era óbvio. A situação política na Europa era conflituosa. A Espanha, que dominou Portugal de 1580 a 1640, lutou contra a Holanda de 1568 a 1648, na Guerra dos Oitenta Anos. Portanto, qualquer ação militar inibidora sobre colônias portuguesas ou espanholas fazia sentido para a Holanda.

Depois de expulsos da Bahia e antes de chegarem a Pernambuco, os holandeses ainda tentaram colonizar o Amazonas em 1625. Em 1627 houve mais uma tentativa no extremo norte, no rio Oiapoque.

Enquanto isso, o General Matias de Albuquerque, já livre dos holandeses na Bahia, transmitia o Governo-Geral a D. Francisco de Moura. Pouco depois, adoentado, Matias de Albuquerque preferiu voltar a Portugal e André Dias da França passou a responder pela capitania de Pernambuco.

Os descendentes de Duarte Coelho viveram muito tempo em Portugal, o que não desagradava à corte, visto que Pernambuco continuava a produzir, enriquecendo a matriz com suas contribuições. Entretanto, a ausência constante dos donatários talvez não os tenha ligado tanto à terra como aconteceu com os primeiros membros das família que deitaram suas vidas pelo lugar. Os costumes também tentavam uma volta ao modelo português. Os nobres ficavam mais riços e passavam a ostentar.

Mais da metade dos engenhos de açúcar do Brasil estava em Pernambuco. Os engenhos de Itamaracá e da Paraíba usavam o porto do Recife para escoar o produto. As fazendas de Pernambuco cresciam e prosperavam mais que as da Bahia.

A corrupção administrativa, porém, começava a dar grandes passos. A procura de açúcar e pau-brasil era grande em toda a Europa. Assim, muitos comerciantes passaram a fraudar a arrecadação de impostos. Faziam negócios diretamente com os interessados e contrabandeavam as mercadorias. O luxo passou a ter um lugar destacado na sociedade pernambucana.

Sobre o interesse dos holandeses por Pernambuco não se fazia segredo na Europa. Contava-se até que um dominicano (Frei Antonio Rosado), recém-chegado de Portugal, teria dito num sermão contra os maus costumes que:

"De Olinda a Holanda não haveria mais que a mudança de um 'i' por 'a', pois faltando a justiça da terra haveria de acudir a do céu. Esta vila será então abraçada pelos holandeses".

Era ele visitador do Santo Ofício e estava perplexo com os princípios morais vigentes em Olinda. Porém, santo não era, pois gostava muito de desfrutar as vantagens do conforto de algumas fazendas, inclusive de cristãos novos.

Era uma pena que o esforço de Duarte Coelho tivesse desaguado no descaso e abandono. Segundo meu avô, a causa principal dos desmandos era o afrouxamento das rédeas no governo dos Albuquerque que, por comodismo, confiavam-no a seus prepostos.

Duarte Coelho estava menos interessado na forma de vestir e com quem casavam seus subordinados do que na prosperidade e ordem da capitania. A ênfase recaía em princípios e não em aparências. Para os fiscais de Sua Majestade, a aparência simples pareceu indecente. Porém a simplicidade ordeira dera lugar ao luxo corrupto que servia de chamariz ao interesse de outra cultura que, regida pelo calvinismo, exaltava a atitude disciplinada, elogiava a virtude e temia a punição.

Olinda parecia até invocar a Holanda! Perseguia-se na Holanda o objetivo da retidão, da conduta séria e virtuosa. Naturalmente, onde há luz há sombra. A delinqüência holandesa aparecia de várias maneiras, tanto no plano individual quanto no panorama maior da nação como um todo.

O "Leo Belgicus", o mapa da Holanda feito por Doetichum, mostrava o país na forma de um leão. Havia mais que o ardor patriótico na figura. O leão holandês exibe uma certa arrogância para com seus vizinhos. Entretanto, temos que convir: sem o calvinismo seria difícil aos Países Baixos se unirem num bloco forte e bem-sucedido. A crença de serem um povo eleito e protegido por Deus permitiu que resistissem ao contra-reformismo espanhol com seus exércitos praticamente dentro da Holanda, prensando-a contra o mar.

A pressão do mar não era nem um pouco desconhecida dos holandeses. As marés e as enchentes sempre fizeram parte de um estilo de vida que colocara o tema da água numa posição especial.

A água é a redenção e a punição. A água é a origem. Será também o fim? As grandes enchentes marcaram época. Tomaram riquezas, vidas e espaços duramente conquistados. Meu pai tinha vinte e quatro anos quando houve a enchente do Ij. Até no Recife falou-se do colapso da represa de Santo Antonio (St. Anthonisdijk) em 1651. Não deve ser por acaso que aqui é comum o castigo de criminosos por afogamento.

A salvação, por outro lado, está no conhecimento dos mistérios do mar, no desvendar dos seus segredos. Essa relação com a água está arraigada no espírito holandês. Há um ditado de forasteiros que diz: "Ser holandês ou afogar-se". Há um desafio permanente em relação ao mar que estimula o sentido de resistência. Até agora, milhares de alqueires foram conquistados das águas.

Esse trabalho é muito organizado e requer enormes investimentos. Os engenheiros de barragens e os especialistas em drenagem são altamente valorizados. Principalmente, porque fazem um trabalho que não pode dar errado.

Atualmente a maior parte dos investimentos na reconquista de terrenos vem de investidores privados que querem seus lucros. Um deles foi Dirk van Os, diretor da Companhia das Índias Ocidentais. Essas regiões sujeitas a enchentes são administradas por um conselho especial de técnicos com poderes, inclusive, para taxar e conduzir o uso do terreno em condições adequadas. Como sempre, há os incompetentes que tentam o impossível ou que são beneficiados com favores dos poderosos, sem que possam retribuir à coletividade.

Amsterdam é um lugar de competentes e incompetentes, de fracos e de fortes. É um lugar fervilhante de atividade e riqueza cuja alma, no entanto, mostra aconchego e ternura. É uma alma forte que preza a liberdade e ama a natureza. Quando meu pai nasceu, a cidade não tinha mais que quarenta mil habitantes e hoje, noventa e oito anos depois, abriga mais de trezentas mil pessoas.

Por volta de 1630, quando meu pai seguiu para Pernambuco, a situação política era mais ou menos assim: Frederick Henry era o Stathouder, o governador. Governou de 1584 a 1647. A identidade nacional ainda estava abalada pelo assassinato de Wilhelm, o Taciturno, e sofria com as disputas com a Espanha e a França. As províncias retratadas no mapa do não eram tão unidas como podia parecer. Até moedas diferentes circulavam em cada uma. A forma do mapa parecia um leão e era chamado, por isso, de "Leo Belgicus". Os Flamengos, ao sul, não sentiam afinidades com as províncias mais ao norte, e assim por diante.

A atitude básica do holandês é extremamente paroquial. Seu mundo é sua vila, cultivando aquela terra ou pescando em mares conhecidos. É desse caráter paroquial forte que nasce o espírito da aventura. Quando uma atitude se radicaliza, torna-se um convite a compensações na direção oposta. Daí os holandeses terem tanto medo do pecado. A busca da virtude é tão intensa, que a sombra da luxúria está sempre presente.

Foi exatamente a luxúria que derrotou os holandeses na Bahia. A natureza generosa, o clima tropical e a distância do comando central. A punição parecia longe e, no entanto, estava tão perto...

Da próxima vez, certamente não seriam tão descuidados. Tudo estava sendo cuidadosamente planejado. Havia muitas informações e informantes. Os índios da Paraíba ajudaram, é verdade, mas as informações essenciais não vieram dos brasilianos como eram chamados os nativos. Aliás, os nativos só voltaram ao Brasil seis meses após a invasão de 1630.

Vários navegantes contribuíram na elaboração dos dados e, contam que até mesmo um piloto português, um certo Manoel Garcia, teria feito parte da expedição holandesa.

Estava tudo muito bem arranjado e repito, a invasão não era nenhum segredo. Que alguns não quisessem acreditar, por conveniência, era outra questão!

Quanto a meu pai, envolveu-se por ter sido convencido pelo companheiro de infância, o capitão Caspar Hendriksz. Conheci Caspar no Recife e ainda guardo a lembrança do seu sorriso aberto numa expressão franca e transparente. Era, aparentemente, o oposto do meu pai. Digo aparentemente porque apesar do aspecto introvertido e sisudo, mais para teólogo que para militar, Peter Deneboom era um aventureiro corajoso, mas sensato. Por outro lado, não precisava mais que um pequeno empurrão para meter-se em grandes encrencas. Caspar tinha um físico avantajado, enquanto Peter era mais esguio, mas nem um pouco fraco. Eram ambos excelentes nadadores e passavam boa parte do tempo livre juntos. Peter era a intelectualidade de Caspar, que era a força-motriz de Peter.

O jovem capitão freqüentava as rodas do poder. Tinha gosto refinado e fazia muito sucesso com as mulheres. Como em sociedade tudo se sabe, Caspar era uma pessoa muito bem informada. Não que isso fizesse muita diferença, mas seu confidente era meu pai, com quem discutia as últimas notícias e intrigas. Gostava de especular politicamente e já em 1624 havia confidenciado ao amigo que uma importante figura do governo, Jan Andries Moerbeck, havia sugerido à CIO tirar o Brasil da Espanha o mais rápido possível. Caspar era um entusiasta da idéia, desde que feita de forma cuidadosa, militar e politicamente.

O entusiasmo de Caspar era tão grande que contagiou Peter, o médico meditativo e pacifista. Caspar imaginava uma operação de base militar, porém com um seguimento cultural que efetivasse a ocupação. Haveria uma atuação religiosa, educativa e artística. Era evidente que essa linha de pensamento vinha de escalões mais altos, que não agradava necessariamente aos "pragmáticos". Caspar, como Peter, estava entre os sonhadores.

Peter sonhava com um mundo mágico, primitivo e ingênuo. Queria ajudar e aprender a ver o mundo de outras maneiras. Pensava em ficar uns poucos anos no Brasil e retornar à Holanda com novos conhecimentos de medicina e muita experiência acumulada. Ainda planejava ser professor na faculdade de ciências médicas. A vida quis diferente.

Sua experiência no mundo acadêmico era rica de estímulos. Freqüentavam a casa de seu pai os intelectuais da época. Um deles, Gaspar van Baerle, impressionava muito o jovem Peter. Era professor de lógica em Leyden e era tido como um pensador ousado. Meu avô paterno não o apreciava muito: tinha idéias avançadas demais. Assim, devido a divergências político-religiosas, o professor van Baerle foi expulso da Holanda e mudou-se para Caën, na Normandia, onde se formou em Medicina. Acabou voltando como professor de filosofia no Athenaeum, em Amsterdam. Organizava tertúlias intelectuais com Spinoza, Rembrandt, Grotius, entre outros, como o poeta Huyghens, o literato van der Vondel, etc. O círculo de relacionamentos do meu avô era bem erudito. A simpatia que seus amigos nutriam por meu pai fazia com que fosse sempre convidado. Esse era um mundo que encantava Peter e foi de enorme importância na sua formação intelectual.

Das reuniões em Leyden, Peter guardou mais do que lembranças. Algumas sementes ficaram plantadas no seu espírito jovem quando se discutia sobre a natureza da alma humana e o significado do espírito. Também seu gosto pela filosofia e pela leitura.

Na pequena bagagem a que tinha direito na empreitada da Companhia das Índias Ocidentais, iam alguns livros presenteados pelos amigos de seu pai. Os livros de que Peter mais gostava vinham dos amigos cujas idéias seu pai menos apreciava. Posso entender muito bem, pois foram exatamente esses livros que me puseram a pensar, a duvidar e a sentir a vida de uma maneira mais intensa. O sentimento de estar na vida tanto quanto a vida está em mim. Saber que há uma ordem, ou desordem, que transcende meus frágeis poderes de manipulação me fez experimentar momentos mágicos. A magia que só a busca do sentido pode oferecer.

As pessoas que conheci e que me ensinaram coisas simples, como o mestre Pistorius, foram o fundamento da minha formação moral e intelectual. Os jovens espontâneos e sinceros, de bom coração como Jan, me ensinaram as coisas complexas. Sobretudo me ensinaram como é difícil ser simples. Todos me mostraram a ver a vida com mais clareza.

Continuo querendo e esperando mais clareza. Percebo que sou frágil, mas interfiro nos acontecimentos do mundo, ainda que não seja dado a ninguém perceber. Assim como a gota d'água aumenta o volume do mar. A magia está em concentrar-se no ponto onde a gota caiu; foi ali, no tempo e no espaço, que houve a mudança significativa no volume do mar. Por isso sempre procurei estar inteiro a cada momento, em qualquer lugar. Terei sido bem sucedido? Na tentativa, sim. Todas as vezes que fracassei, o fiasco foi tão evidente que logo me via buscando o centro novamente. Nada se percebe tão bem quanto o próprio desequilíbrio. Quando as pessoas perdem a capacidade de se perceberem cambaleantes, sinuosas ou caídas não adianta mais tentar conversar, no sentido de compartilhar, ajudar.

Muitas vezes precisamos de outra pessoa, da alma vista de fora, para que possamos estabelecer um diálogo interior. É parte desse diálogo o trabalho que estou fazendo. Escrever este relato é, de muitas formas, uma conversa com aqueles que me precederam e um pequeno testemunho aos que me sucederão.

Muitas vidas viveram em mim. Algumas em paz, outras inquietas. As angustiadas e atormentadas já repousam. O objetivo agora é Harmonia, essa filha de Áries e Afrodite, da combatividade e do amor, que ainda me levará a alguns lugares ao final dessa longa viagem.

Já viajo mais leve. Não preciso carregar muito peso, o que é uma benção, pois a resistência do corpo já não é tão grande. Por outro lado, o espírito sente-se fortalecido, ainda que haja aquela "terna tristeza" de que fala meu pai. São coisas da alma. O espírito está forte, mas a alma fica frágil, sensível e não gosta de ser magoada. Mas agüenta bem ser magoada, acostumou-se. Só não gosta.

Vai-se ficando só. Uma solidão bonita e calma. Há um colorido alegre nela. Nem sempre é solitária; mas é solidão. É vital. Torna-se indispensável para o encontro. Cada vez que o encontro acontece, cada vez que se revela, faz-se um pouco mais de luz - e o escuro então parece brilhar. Não foi diferente nessa minha jornada. Muitas vezes o encontro se deu apenas porque eu me expus aos riscos do caminho. Era como ouvir um chamado e me dispor a buscar o tesouro, que não é um tesouro deste mundo. É do mundo da alma, da poesia e do amor pelo conhecimento.

O mundo simbólico, como é cheio de surpresas, provoca transformações como um caleidoscópio daqueles levados da Holanda para Olinda e que me encantaram na infância. Descobri, na forma do caleidoscópio, a alquimia da vida. Giramos o cilindro e provocamos uma nova combinação dos mesmos elementos. Uma nova estética, mas a essência é a mesma. Algumas vezes, no entanto, de tanto girar, algo se transforma. Tanto faz se a transformação é no observador ou nos cristais. Ela se dá e é espiritual. Ocorre no "lab-oratório" da existência. A gente vai girando o cilindro da própria existência como uma oração. Há aqueles que são girados pelo caleidoscópio; mas isso é outra história.

Olhando em retrospectiva, vejo um nexo em todos os momentos da minha vida, antes mesmo de meus pais se conhecerem. É fácil ver com clareza olhando para trás; é mais difícil levar adiante o processo que acreditamos estar em andamento.

Como será percebido por aqueles que se dispuserem a ler este relato, a vida é uma grande teia de acontecimentos. Pessoas às vezes se encontram por razões muito antigas e aparentemente desconectadas. Não me dá cansaço repetir: acontecimentos de séculos atrás interferem e determinam a condução do que acontece hoje enquanto o futuro se organiza. A eternidade é agora.

Um ciclo se fecha. Sinto hoje que foi uma questão de tempo, um tempo de espera para que essa etapa se concluísse. O texto deste relato estava pronto intelectualmente, mas eu precisava esperar para dar sua forma. Falta mais um pouco para que eu possa oferecer minha contribuição no altar dos prazeres e das dores, das certezas e das dúvidas para dar por concluída minha parte nesse processo.

E que tudo faça ainda mais sentido!

Antonius Deneboom

Amsterdam, 31 de outubro de 1698

CADERNOS DE PETER DENEBOOM

(1629 -1640)

7 de junho de 1629

Estamos no porto de Goeram, de onde partiremos em poucos dias com oito naus comandadas pelo general Hendrick Loncq. Nosso destino é a Ilha de São Vicente, em Cabo Verde. O restante da esquadra deverá reunir-se em São Vicente. Despertaria curiosidade se saíssemos todos ao mesmo tempo.

Sairemos bem mais cedo para que o comandante Loncq e o Vice-Almirante Justus Trapen possam organizar a expedição e começar a treinar as tropas em Cabo verde.

Em novembro sairão outras esquadras do porto de Trexell e da Zelândia, com os comandantes Pieter Adriaanszoon e Diederick Waerdenburch, que vai comandar as forças de terra.

É um exército estranho; há gente de várias nacionalidades e credos. Muitos são experientes nas artes da guerra e outros me parecem amedrontados e ansiosos dada sua juventude.

Sinto-me estranho e um pouco excitado. Curiosamente, não sinto medo. O otimismo é grande, pois constam informações de que a defesa do Recife e Olinda praticamente não existe. Seu donatário, Duarte de Albuquerque Coelho, há muito não vai lá. Vive em Portugal.

Meu receio é que se repita o excesso de confiança do Comandante Jacob Willekens quando tomou de assalto a Bahia em maio de 1624. Certamente, não cometeremos os mesmos equívocos, subestimando a resistência e descuidando da disciplina da tropa. Aliás, não me parece nada fácil conseguir a unidade desse exército. Não sou militar, mas como conseguir espírito de corpo quando os interesses são tão diferentes?

Entretanto, essa diversidade reforça o aspecto profissional e econômico da campanha. Não sendo o Recife a capital do Brasil e sendo Pernambuco uma capitania hereditária da qual os herdeiros descuidam, é previsível que o governo espanhol não se dedique com muito empenho na sua defesa.

Outro fator estratégico é que Pernambuco é a última capitania bem organizada na região norte. Sendo assim, a única frente terrestre a ser enfrentada é a fronteira sul. Não esqueço que, na invasão da Bahia, os portugueses receberam reforços do norte, trazidos pelo General Matias de Albuquerque e mais ajuda do sul vinda do Espírito Santo e Rio de Janeiro.

Recife, sendo o porto de mar mais avançado para leste, pode vir a ser conquistado pelos holandeses, tornando-se a base para controlar as principais rotas marítimas para o Pacífico e para o Índico. Fala-se no alto comando, que existem instruções para expandir as ações militares até o Rio de Janeiro. Parece-me excesso de otimismo, mas reflete a confiança no planejamento.

Se do ponto de vista econômico, político e militar tudo parece bem pensado, preocupam-me, como médico, as conseqüências desse tipo de campanha. Já sabemos, de outras experiências, que um inimigo terrível são as doenças às quais os soldados não estão acostumados. Temos um bom grupo de médicos e grande quantidade de equipamentos cirúrgicos e de tratamento.

Receio, ainda, que não se estejam levando na devida conta as conseqüências físicas de um eventual descontrole no moral de uma tropa tão extravagante quanto profissional.

Sem dúvida, o aspecto profissional está sendo muito bem cuidado. Porém, não me parece que o lado extravagante esteja sendo levado em conta. Começa pelo aspecto físico da tropa: é uma grande mistura. Não mostra apenas biotipos e etnias diferentes, mas, sobretudo, bases culturais e motivações diferentes. Vamos esperar para ver.

11 de junho de 1629

Hoje pude parar e refletir um pouco. Não é a primeira vez nem será a última que me pergunto - onde levará tudo isso? Parece que a resposta - quando tenho alguma - nunca me satisfaz e vou deixando a vida me levar, lembrando, no entanto, que a vida não tem nenhuma consideração para com meu bem-estar. Se eu deixasse que tudo corresse como parece querer a vida, não sobraria muito de mim.

É tudo muito estranho, há muito tempo. Desde muito criança convivo com esse sentimento de estranheza em relação a mim mesmo. É como se minha alma fosse mais experiente do que a minha mente. Aos sete ou oito anos cheguei a me questionar se não seria louco. É, isso mesmo, se eu não teria alguma espécie de loucura que meus pais não conseguiram avaliar.

Nunca me senti melhor do que os outros, mas sempre soube interiormente que havia algo estranho, anormal, diante da maioria dos meus companheiros. Só muito mais tarde compreendi o fenômeno. Encontrei irmãos de estranheza; uma espécie de família que independe de raça e credo. Uma irmandade que não conhece genética, língua e fronteiras.

A grande linha de parentesco dessa família é a solidão. Ou seja, a consciência da solidão. Ainda ontem, conheci um inglês, Thomas Kemp, que sofreu um profundo corte na mão quando ajudava um marinheiro a se desvencilhar de amarras que, soltando-se dos mourões, quase o estrangularam. Pareceu-me um homem diferenciado - não é um soldado comum. Tem idéias claras sobre religião e não se mostrou muito aberto a discuti-las. Perguntei se o seu nome era alguma alusão ao autor da "Imitação de Cristo" e a resposta foi um silêncio constrangedor.

Mas houve uma grande comunicação entre nós, ainda que tivéssemos falado pouco. Ou talvez porque não fosse necessário falar. Estou certo de que entendi bem o contato com essa pessoa. É nesse tipo de encontro que se fortalece em mim a certeza de que há um sentido maior nisso tudo. Parece-me haver um grande projeto que, não compreendido pela grande maioria das almas conscientes, sofre desvios e atrasos, mas precisa das pessoas para que se realize. Acredito que nós, indivíduos, somos meros agentes desse processo, tendo, no entanto, a capacidade de intervir. Nossa intervenção não é necessariamente criativa sempre.

A vida vai oferecendo as oportunidades, dando os sinais na sua linguagem própria. A solidão faz com que tudo pareça mergulhado numa terna tristeza. A vida transcorre numa estranha sucessão de eventos. É sempre uma espera. A espera do próximo sinal, a espera da compreensão, a espera do renascimento.

25 de junho de 1629

A Companhia das Índias Ocidentais não pode se queixar da falta de recursos nem da falta de sorte em suas investidas.

Em 1627, numa viagem corsária, Pieter Heyn conseguiu tomar, na mesma Bahia de Todos os Santos, mais de duas mil e quinhentas caixas de açúcar. No ano seguinte, entrou na Baía de Matanza, em Cuba, e capturou toda a frota espanhola que levava um enorme carregamento de prata para a Europa. O carregamento de fato chegou à Europa, mas o porto foi o de Amsterdam. Foi uma festa para os acionistas e, mesmo depois de deduzidas todas as despesas, ainda sobrou uma fortuna, que foi investida na campanha de Pernambuco.

Posso ver o resultado desses investimentos agora que me encontro mais envolvido na empreitada. Ao que estou sabendo, a expedição terá mais de sete mil homens e cinqüenta e poucos navios. Ouvi dizer cinqüenta e quatro navios e treze chalupas. Não há dúvidas de que as intenções são de vitória dentro de um planejamento mais amplo.

Já estamos embarcados e zarparemos no próximo dia 29. Há um certo nervosismo no ar, mas tudo corre como o planejado. Caspar seguirá em outro navio diferente do meu. De certa forma é melhor assim, pois não ficarei tão dependente de sua companhia.

O velho amigo é todo entusiasmo! É a própria imagem do guerreiro que parte em direção à próxima batalha. Apesar de falar muito (comigo) sobre estratégia e política, Caspar é um guerreiro. Ele se concentra na batalha, no objetivo a ser conquistado.

26 de junho de 1629

Nessa noite eu tive um sonho. Eu via uma mancha escura no meu pescoço, no lado esquerdo. Parecia um pouco de lama grudada ali. De forma alguma parecia uma patologia conhecida. Peço para meu pai examinar e ele fica muito abatido. Afasta-se chorando e eu pergunto se é grave e ele responde afirmativamente com a cabeça. Fico muito chocado e a idéia da morte precoce, no sonho, me pega no coração. Sentia saudades do meu pai, da minha mãe, das coisas que eu já havia feito e uma nostalgia do que ainda não fizera. No sonho havia uma menina, minha filha, que estava longe e eu não queria deixá-la. Procuro Caspar, que me tranquiliza, dizendo que também ele tivera algo parecido e passou a viver como se a morte não fosse chegar nunca.

Acordei ainda com a sensação desagradável do sonho. Entretanto, está um belo dia e tudo corre bem. Mas, não foi um sonho comum.

Estarei morrendo? É claro que sim. Estamos todos morrendo, mas parece que no momento estou morrendo uma morte especial. Estou deixando minha pátria e algo me diz que não voltarei. Estaria morrendo meu europeu? E a filha? Não quero deixá-la; será que estou indo ao seu encontro? Que vida nova é essa que me espera?

Meu pai se despede triste. Minha mãe parece não querer se aprofundar muito no assunto. Não posso levá-los comigo; tenho que trazê-los comigo. A alma sabe que é esse o caminho. Se eu sofro ou não, ela não parece incomodar-se. É uma dupla cadeia. Minha alma atrelada à vida, que tem um corpo aprisionado pela alma. Boa parte das vezes a alma tem exigências que o corpo não agüenta, mas a vida exige. Outras vezes, o corpo tem necessidades que não fazem sentido para a alma, que protesta e o corpo padece, ou a vida complica-se. É uma constante negociação. É ainda a espera por tempos de paz. Saber esperar é saber negociar esses conflitos.

Não tenho a menor dúvida de que estou fazendo o que precisa ser feito. Mas o corpo queixa-se de estar sendo privado do aconchego familiar, do calor afetuoso dos lugares conhecidos, das situações protegidas. Paciência. Os sinais da vida são todos favoráveis às minhas decisões do momento. E só a vida reflete a alma em profundidade.

Já o sol se põe. Mais uma noite que chega nos aproximando da partida. Dormiremos mais três noites, partindo na madrugada do dia 29. Será uma viagem cautelosa e lenta.

Cautelosa por tentarmos evitar encontros indesejáveis com navios espanhóis que rondam os mares por onde navegaremos. Lenta porque não desejamos nos afastar uns dos outros. É uma missão que não pode dar errado e todos os cuidados serão insuficientes.

Hoje me despedi de Caspar. Estaremos muito ocupados para nos encontrarmos antes da chegada a São Vicente. Trabalho constantemente. É impressionante como esses jovens soldados, que se propõem a lutar e morrer, são frágeis quanto a pequenos acidentes e como se assustam com um simples desarranjo!

30 de junho de 1629

Nos fizemos ao mar – oito navios em direção a Cabo Verde para iniciar a grande aventura. Lá ficaremos até o Natal e partiremos com a esquadra completa.

Por enquanto, o objetivo é a viagem, esta viagem que me fascina. Muitas vezes sinto que não sou mais que um personagem nesta história. Um personagem que tem um papel a cumprir. A história já está delineada e os personagens criados. Cabe a cada um fazer a sua parte e preencher as lacunas desconhecidas, enevoadas, do roteiro. É preciso ter cuidado, pois, quando se chega a essas lacunas, há o perigo de não ser capaz o personagem de criar sua própria interpretação. Os personagens são vivos e, por serem vivos, são frágeis e mortais. São intermediários da relação entre a vida e o Criador; mensageiros e artesãos da história.

Interpretamos a mensagem do Criador e, no momento, é este o roteiro ao qual me encontro atrelado. Conheço o meu papel e estou preparado para desempenhá-lo. Mas sei também que não estou aqui por acaso. Tenho meu quinhão de responsabilidade para com o conjunto. Vou interferir. Muita coisa vai mudar e a ignorância do desfecho me entusiasma, me alimenta e me inquieta.

Como tenho dúvidas! Como estou confiante! Deve ser como a morte. Sinto que nada mais será como antes. Entretanto, todo o passado vive nessa perspectiva de renascimento.

25 de agosto de 1629

Impressionante! É tudo que me ocorre dizer. Enquanto navegávamos calmamente, há três dias, surgiram no horizonte alguns mastros e velas enfunadas. Logo percebemos a Cruz de Malta em algumas velas e os brasões de Castella. Era a esquadra de Dom Fradique de Toledo que passou a nos perseguir. A agitação do preparo para a luta não permite o medo. Lembrou-me das poucas vezes que me vi envolvido em brigas na infância. O sentimento inicial é de pavor em ver ameaçado todo um sistema que está em paz. A partir do momento que o centro da consciência toma a decisão de lutar, o medo vira fúria. Uma energia fantástica tomava conta de mim então.

O mesmo ocorreu desta vez. A visão espantosamente bela de uma esquadra surgindo no mar vazio tornou-se uma grande ameaça. Ainda que não estivesse diretamente envolvido nos procedimentos navais, todo o meu ser estava em alerta e pronto para o embate. As naves se aproximavam enquanto nosso comandante tentava evitá-las. Não nos interessava nenhum confronto que pusesse em risco a empreitada.

Duas léguas a sotavento, três naus rápidas se aproximavam mais depressa que o restante da esquadra. Enquanto isso, nosso comandante procurava manter a coesão da esquadra de oito naus, o que diminuía nossa velocidade de navegação.

Muitas horas depois, ouviram-se os primeiros canhonaços. Foram disparos de parte a parte. Sofremos alguns danos menores, mas pude ver a habilidade de navegação e a calma estratégica de nossos comandantes.

Enquanto os espanhóis desgarravam a nau capitânea e sua escolta da proteção dos outros vários navios, numa clara demonstração de avidez pela batalha, os nossos moviam-se com prudência.

No segundo dia, enquanto Dom Fradique batia-se com extrema valentia, já não se via sequer a escolta, para não dizer da esquadra. Encontrava-se o galeão espanhol completamente só, cercado pela nossa esquadra. Sabiamente, tivemos ordem de apagar os faróis, abandonar a disputa e rumar para São Vicente. Certamente não teria sido difícil capturar a nau espanhola, mas não se podia correr o risco de ter que enfrentar o restante da esquadra que, nesse meio tempo, poderia nos alcançar.

Foi admirável a atitude profissional do Almirante Adriaanszoon, sacrificando a glória de uma presa fácil e valiosa em função do objetivo maior. Já me parecia claro que a disciplina desta expedição era diferente e melhor que a de outras das quais tive notícia.

31 de agosto de 1629

Foi uma noite linda. A lua cheia refletia uma luminosidade especial na minha alma. Eu pensava o quanto era impotente diante daquela imensidão. Ao mesmo tempo, que alegria poder contemplar e ficar estasiado!

Nada havia de errado, nem de certo. Tudo estava lá. Ocorreu-me a lembrança saudosa do meu pai. Que esforço enorme ele fez para compreender a Criação! O esforço de entender o mundo de forma puramente intelectual é um perigo para a alma, morada dos sonhos, da imaginação, dos símbolos. Esse é o território que sempre me interessou, mesmo sendo médico. Ou talvez por se médico. A imaginação tomava conta de mim quando uma voz suave, mas firme, interrompeu delicadamente meus devaneios:

- Todos que se empenham nessa forma de contemplação estão prestando um grande serviço ao espírito, doutor! Desculpe se o incomodei.

- Não incomodou, respondi. Apenas estava tão absorto que não pude evitar o susto. Acho que ainda não nos apresentamos formalmente, mas sei que é o pastor...

- Pistorius, doutor...

- Peter Deneboom, de Amsterd'am... e Leyden também. Minha família mora lá. Mas, por que disse que eu estava a contemplar?

- Não sei dizer exatamente. Mas, o senhor pareceu-me um homem bom desde a primeira vez que o vi. Os homens bons, quando estão a sós numa noite assim, recolhidos em sua calma estão prestes a receber um anjo. O destino usa a artimanha da solidão para lançar as pessoas na direção delas mesmas.

- Em direção a Deus? (Havia um certo desafio no meu tom de voz).

- Às vezes. Não precisamos da solidão meditativa para estar com Deus. O clima mágico da contemplação é suficiente para fazer com que as pessoas se enxerguem. Sem analisar, sem criticar, apenas se vendo.

- É possível, - minha resposta calma me desarmou - talvez eu estivesse mesmo invocando um anjo. Um anjo que pudesse vir daquela nuvem escura, trazendo alguma luz para minhas dúvidas. Mas, por que está o senhor nesta viagem?

- Fui indicado e não protestei. Tenho cá minha suspeita do porquê fui escolhido.Não sei se devo considerar um prêmio, honraria ou sutil castigo, mas entendo que é uma missão que preciso cumprir. Não pense que esteja magoado ou sentindo-me merecedor de alguma punição exemplar. Não, apenas acho que já conheço um pouco da natureza humana e não consigo deixar de perceber algumas coisas. Não acredito que escolheria este caminho se tivesse tido a oportunidade de fazê-lo. Tenho certeza de que teria visto outros melhores ou mais cômodos para mim. Entretanto, aceitando as circunstâncias, observando cuidadosamente as oportunidades, tenho visto grandes chances de melhorar interiormente.

- Quanto a mim, sou voluntário nesta viagem e ainda não consegui encontrar razões convincentes.

- Dificilmente as encontrará, meu caro doutor. As razões convincentes não saem do coração. Quero dizer, o coração não precisa das razões convincentes da inteligência. A inteligência nos faz obedecer. Só a desobediência provocada pelo coração nos dá a direção do destino. Espere. Siga seu caminho com honestidade e dedicação. Pouco a pouco a vida irá mostrando ao nobre doutor a que veio ele, se estiver prestando atenção.

- Tem razão. Nasci e fui criado para ser um teólogo. Sou filho único e causei uma grande decepção quando resolvi estudar medicina. Mas cá estou eu num trabalho missionário!

- Sem dúvida. Lembre-se, porém, de que o trabalho missionário diz respeito à missão. Não confunda sua missão com a dos outros. Não perca sua vida salvando outras que talvez não possam contribuir na mesma medida. Não se assuste! Percebi sua expressão... Não proponho que se arvore em juiz das outras vidas. O momento fará o coração dizer como fazer. Cuide-se. Boa noite, doutor.

Por que estou rememorando este diálogo? Porque Pistorius é uma pessoa especial, estou certo. Não sei bem, mas tenho a impressão de que seremos amigos. Ele tem cerca de cinqüenta anos. É um tipo introvertido, calado e sisudo. Por ser tão reservado surpreendeu-me o fato de ter sido ele a buscar o contato.

Pistorius é uma pessoa estranha, no melhor dos sentidos. Não é uma pessoa comum e me impressionou sobremaneira. De certa forma, evoca a imagem de um irmão mais velho ou de um pai desobrigado de ser ranzinza. Espero que possamos nos entender bem. Na verdade, anseio por alguém que compartilhe das mesmas inquietações. Acho que o introvertido sou eu... Meus amigos me complementam e me possibilitam ampliar uma visão limitada do mundo. Um mundo povoado de sofrimento e sofredores; de fantasmas e castelos. Gostaria de conversar com alguém que conhecesse coisas que ignoro; de poder falar abertamente.

Por que será que as pessoas não fazem coincidir sua história pessoal com aquilo que, inevitavelmente, ficamos sabendo que de fato foram ou gostariam de ter sido? Por que é tão difícil ser original? No entanto, cada indivíduo sente-se o único e o primeiro. Por isso me agradam os artistas. Suas obras são autobiográficas. Suas imagens como que saltam da vida para a tela, para a pedra e,quando são cruéis, para a palavra.

7 de setembro de 1629

Passei vários dias sem poder escrever. Mas foram dias produtivos. Conversei muito com Pistorius e mudei um pouco meu conceito dos pastores. Pelos relacionamentos de minha família com pastores, fiquei com a impressão de que seriam as pessoas menos indicadas para se conversar, discutir religião ou filosofia. A mim, davam a impressão de já conhecerem todas as respostas e de terem uma incapacidade visceral para aprender novas questões e muito medo de duvidar. Sempre tinham explicações para o inexplicável. Uma incompetência total para o poético.

Conheci artistas e poetas na minha vida em Leyden. Para eles, não pode haver incômodo maior que o tormento provocado pela incompreensão sarcástica de sua linguagem. As pessoas "inteligentes" e eruditas costumam ser sarcásticas.

Por isso gostei de Pistorius. Ele não sabe das coisas com certeza e tem uma visão poética do Universo. Seu melhor amigo foi um médico que morreu cedo e era um pouco mais velho que ele. Deixou-lhe uma boa biblioteca. "E por boa não se entenda numerosa" dizia-me ele.

De início, achei-o iconoclasta. Parecia um tanto distanciado do que eu achava devia ser um pastor. Se, de fato, Pistorius for um pastor, felizmente o é de uma maneira muito interessante. Não mostra aquela fachada ridícula de quem conhece a virtude e a verdade. Percebo até um certo distanciamento da religião como nos é apresentada oficialmente. É isso! Pistorius não parece representar uma instituição oficial. É pastor do seu próprio rebanho.

Apesar de não se dizer magoado, mostra uma alma ferida, buscando alívio para uma dor profunda. Enfatiza sempre a importância do sentimento num mundo afogado de razões práticas e intelectuais. Como achei bom encontrar alguém assim! Principalmente sendo religioso. Apesar dos meus quase trinta anos, não consegui ainda me desvencilhar da sensação de ser algo monstruoso por não compreender (ou aceitar) certas verdades. Vejo que há pessoas mais experientes, com a mesma educação que, não só pensam da mesma maneira, como também têm bons argumentos, fruto de uma experiência pessoal.

Pistorius me lembra mais um artista, uma pessoa extremamente criativa que vê na liberdade a salvação. Não é de surpreender, pois, que a religião, especialmente a ordem religiosa, o faça sofrer. Vive um paradoxo cotidiano de liberdade e obediência. A saída contemplativa que encontrou é muito criativa. Obedece e, ao mesmo tempo, abre-se em total desobediência para escutar seu coração. E o faz como melhor lhe apraz. Inimigos não lhe faltam. Não é para menos. Algumas de suas posições são quase católicas e devo admitir que têm seu encanto. Sempre me encantou o ritual católico com seus paramentos coloridos e uma estética em oposição à assepsia prática do luteranismo.

As conversas recentes com Pistorius deixaram-me embevecido. Suas atitudes firmes e talvez arrogantes me assustam e me deixam inebriado também. "No amor tudo é permitido" dizia ele. "Amo, única e exclusivamente porque Deus precisa de mim para amar. Assim, faço-O feliz na medida em que sou sincero no meu amor. Como sei que O faço feliz? Na minha própria e sincera felicidade".

Como eu gostaria de ter tido a coragem de dizer coisas assim nas tertúlias intelectuais de nossa casa em Leyden. Estou certo de que faria alguns convidados darem pulos de alegria. Mas, eles temiam tanto, ou mais que eu, a autoridade intelectual de meu pai.

São Vicente, 16 de setembro de 1629

Chegamos à Ilha de São Vicente, em Cabo Verde, há dois dias. Foi tempo suficiente para eu perceber que não me sobrará muito tempo para diários e reflexões.

Já encontramos outros navios apoitados, com tropas engajadas em treinamento, visto que nossa viagem demorou um pouco mais que o previsto. O Coronel de Exército, Frederick Waerdenburch, é esperado só em novembro, trazendo o restante dos soldados e equipamentos.

O ritmo de trabalho é frenético já que temos alguns milhares de homens acantonados e sujeitos a todos os tipos de moléstias. Fora os acidentes, que não são poucos. A desnutrição é de surpreender. Parece que alguns desses meninos (pois muitos não têm mais que dezoito anos) nunca tiveram boa alimentação. Da maneira como comem essa ração insuportável, percebe-se que sua dieta anterior não era das melhores.

Talvez fossem esses jovens os que realmente praticavam a frugalidade calvinista. Nos meios onde me encontrei, a fartura beirava ao exagero. Este era, em geral, o caminho preferido pela maioria.

26 de setembro de 1629

Amanheceu um dia bonito. Uma brisa fresca varre os alojamentos. Apesar de muito ocupado com tarefas absolutamente banais, tenho tido oportunidade para refletir e meditar. Para que isso aconteça, busco ou ao menos me ajuda o relacionamento com outras pessoas. Fico surpreso cada vez que percebo a imagem social que passo. Vêm-me exatamente ao contrário. Várias pessoas acham que não preciso de ninguém, que me basto. Com essa mensagem, dificulto as possibilidades de encontro. Posto de outra maneira, seleciono as pessoas que chegam a mim. Geralmente pessoas que me percebem por sobre a barreira que pareço erigir à minha volta. Pistorius é uma dessas pessoas. Temos nos encontrado com freqüência e o resultado desses encontros é sempre enriquecedor para mim. Ainda ontem tivemos uma longa conversa numa taverna. Eu caminhava mergulhado nas minhas fantasias quando, mais uma vez, sua voz me trouxe de volta a este mundo. Perguntou se eu estava nas nuvens e pediu que o acompanhasse à taverna para um chá.

Eu estava mesmo pelas nuvens, absorto por pensamentos muito estranhos a tudo que estávamos vivendo. Às vezes eu movia a cabeça e não tinha certeza se o mundo se deslocava ou se a sensação era conseqüência do movimento. Coisas que um médico não deveria confessar em qualquer lugar sob o risco de ser considerado um pouco maluco...

Eu havia escutado o ruído de uma árvore caindo por ter sido serrada. Machucava os ouvidos. Eu escutava cada galho quebrando, cada folha sendo triturada, até o baque surdo seguido de um gemido quando o tronco, finalmente deitou. Fiquei em dúvida se era realmente necessário cortar aquela árvore para reparar caravelas e atravessar um oceano. Olhei para os lenhadores. Obviamente, nenhum deles estava cogitando desse assunto. Faziam o que precisava ser feito.

Um dos homens, com um barrete vermelho, apoiava-se sobre o machado, a lâmina no chão. O cabo parecia um grosso cajado, em cuja extremidade estava o antebraço segurando o queixo. Ele estava sofrendo. Digo sofrendo no sentido médico. Estava doente. Não pensei em socorrê-lo. A cena fazia parte do contexto. A natureza expressava seu sofrimento através daquele agente humano da vida. Ninguém mais parecia se dar conta do sofrimento daquele lenhador.

Um pouco mais adiante, uma árvore com flores amarelas derramando-se pelo chão testemunhava o momento. Foi quando a voz de Pistorius interveio. Entramos na taverna, onde ele pediu chá e cognac. Eu fiquei no chá. Depois dos preâmbulos naturais, relatei o que havia visto, tomando o cuidado de separar os fatos das minhas fantasias.

- Meu caro! Disse Pistorius, os fatos não têm a menor importância. São apenas referências para a imaginação. Que garantias temos de que tudo isso esteja realmente acontecendo? Ou que esteja acontecendo da maneira como nós achamos que está acontecendo?

- Não podemos esquecer que a ciência procura, a cada momento, ver as coisas com mais objetividade, retruquei.

- Ora, a ciência! E, aqui entre nós, ora a religião também! Cada sistema tentando organizar seu próprio instrumental para definir a realidade. A assim chamada realidade. A vida e a maneira como a vida é experimentada é que determina como cada um definirá a realidade. Os fatos, como percebidos individualmente, se sucederão continuamente com maior ou menor intensidade, dependendo de sua imaginação. Quanto menor sua capacidade de imaginar, menor é a espera...

- Espera de quê?

Nesse momento entraram Caspar e outro oficial que eu só conhecia de vista. Vieram até nossa mesa e Caspar convidou-se a sentar. Naturalmente a conversa mudou de rumo. A alegria descontraída do meu amigo era um convite à festa e aos assuntos do mundo.

Pistorius, sem dificuldade e rápido para se adaptar, mudou de interesses e passou a provocar os dois oficiais a falarem de nossa empreitada. Ficamos sabendo, por exemplo, que um navegador holandês, chamado Corneliizoon Jol, havia se instalado numa ilha a pouco mais de cinqüenta léguas a nordeste de Pernambuco. Jol vinha freqüentando a costa brasileira há cerca de dois anos e, finalmente, investiu contra a pequena guarnição da ilha, assumindo o comando. Aprisionou também um navio que trazia escravos de Angola e incorporou os africanos à população do lugar. Parece que a ilha é um lugar paradisíaco e tem dois portos excelentes. Um deles teria condições de abrigar mais de sessenta navios. Talvez nossa esquadra passe por lá para reabastecimento.

Pistorius parecia se distrair com essas informações. Seguramente não era bem o tipo de informação que chegava aos médicos e ministros religiosos. Caspar era naturalmente bem informado a partir de sua família influente e também em função das responsabilidades que tinha nessa missão. O amigo que o acompanhava chama-se Heyn e também é parente de militares. Parece ser um homem recatado e de poucas palavras. Várias vezes fez observações inteligentes e a mim pareceu que criticava a loquacidade de Caspar. Diante de uma pergunta impertinente de Pistorius (que eu já conhecia o suficiente para saber que era pura provocação), respondeu secamente com um olhar desconfiado. Pistorius queria saber por que as informações que tínhamos, ele e eu, eram claramente limitadas e superficiais, em comparação com aquilo que nos diziam. Heyn disse que ele haveria de lembrar que Jesus falava às multidões por parábolas e, aos escolhidos, o ensinamento deveria ser outro. Há um discurso para muitos e, para uns poucos, outro. O olhar de Pistorius foi divertido e misterioso ao mesmo tempo. Não deu nenhuma resposta verbal.

Gostei do Heyn. Além do que, fez-me refletir muito sobre meu passado, minha educação e, mais uma vez, me fez pensar no por quê de estar nesta viagem. Preciso voltar a isso depois. Já se faz tarde.

27 de setembro de 1629

Hoje foi mais um dia calmo para mim. Produtivo também. Procurei Pistorius logo que foi possível. Estava curioso para saber sua impressão sobre a conversa de ontem lá na taverna.

A noite havia sido uma boa companheira de reflexões. Cada vez mais eu me sentia mais próximo de alguma coisa que não era possível definir.

- Não defina, recomendou o meu amigo, pois no momento em que puder definir, terá perdido a oportunidade de encontrar algo realmente importante.

- Gostaria apenas de compreender...

- Compreender não implica chafurdar no absoluto. O homem que se compreende não é o que se interroga demais: é o que não se interroga o suficiente. É preciso deixar espaço para que a vida se expresse espontaneamente. À medida que o homem se aproxima daquilo que ele realmente é, naturalmente passa a perder o interesse pelo que se passa com ele.

- Não sei se está me ajudando com essas colocações crípticas. Deixa estar. Queria mesmo era falar sobre o encontro de ontem. O que achou do Heyn?

- Aquele rapaz? Está um pouco encantado com as informações que tem. Encantado demais. Por um lado, isso é bom; está levando seu trabalho a sério. É primo do almirante Piet Heyn, aquele que há poucos meses capturou uma frota espanhola abarrotada de riquezas.

- Como então, você já sabia quem ele era?

(Pistorius ignorou totalmente minha pergunta).

- Fala-se tanto, na Holanda, em mares livres e pacíficos, dos direitos a serem respeitados e do livre comércio! Será a pirataria uma expressão do livre comércio e do respeito? O tal navegador que mencionaram, o Jol, é um corsário que opera independentemente com o beneplácito do governo. Não sei que nome deveríamos dar à façanha do Piet Heyn.

- Não é a mesma coisa o que estamos fazendo, Pistorius?

- Claro, meu amigo. Por isso disse-lhe há algum tempo que não estou aqui de bom grado e, estou certo, não fui escolhido como prêmio. Mas estou aqui. São essas incongruências da vida que, geralmente têm algum sentido. Ainda preciso esperar mais para percebê-lo.

- E aquela história de "um discurso para muitos e outro para uns poucos" a que se referiu o Heyn? Você fez uma expressão engraçada...

- Eu sei. Talvez tenha sido coincidência, mas é a diferença que vejo entre o Novo Testamento e os ensinamentos gnósticos. O primeiro é dirigido às massas e o outro é para aqueles que "têm ouvidos para ouvir", que procuram a divindade no próprio ser. Nesse sentido, conhecer-se é conhecer a Deus, já que o ser e o divino são idênticos.

- Você achou que Heyn quis dizer algo mais?

- Não. É que me lembrou Orígenes, de Alexandria. Você haverá de lembrar que ele sucedeu Clemente na escola platônica de Alexandria lá pelos anos 200 d.C. (Eu não "lembrava" coisa alguma, mas ele foi delicado). Orígenes sempre tinha em mente a distância entre os devotos simplórios e a congregação dos doutos nos "Mistérios de Cristo", como ele mesmo dizia. No fundo, ele estava propondo uma leitura simbólica, como fazia a gnose e certamente a alquimia. Certamente não estava articulando manobras políticas por meio de desinformação e mistérios militares. João Evangelista conta que pessoas incrédulas desafiaram Jesus a dar provas de que ele havia feito o que dizia ter feito. Ele respondeu que se destruíssem o santuário ele o restauraria em três dias. Riram, porque o santuário a que pensavam referir-se levara quarenta e seis anos para ser construído. Jesus referia-se a seu corpo e à própria ressurreição...

Não posso dizer também que tenha ficado feliz por tomar consciência de que estava engajado num grande projeto de pirataria. A imagem que fazia antes, felizmente, era mais vaga, sombreada pelo entusiasmo de Caspar e seu idealismo quase juvenil. Heyn, por outro lado, não me dava essa impressão. Mas seria eu tão ingênuo a ponto de aceitar uma empreitada como essa só pela aventura ou pela influência do meu caro amigo? Recuso-me a aceitar tamanha insensatez. O que venho percebendo é um desligamento de mim mesmo. Melhor dizendo, parece que começo a ver em perspectiva aquilo (ou aquele) que convencionei identificar como Peter Deneboom.

Uma força estranha à minha vontade conduziu-me a contrariar as normas que aprendi a chamar de bom senso. Talvez seja isso o que Pistorius estava tentando me dizer. Ao resistir e tentar voltar ao que eu vinha sendo, dei-lhe a chance de me esclarecer. Não o que deveria ser, mas o que está sendo.

Tomara que eu esteja começando a realmente compreender a minha viagem. Ainda não sei como vou chamar essa viagem, mas para mim, não tem que ver com pirataria.

Desde que saí da infância que não identificava esse estado de espírito. Parece que ao nos tornarmos adultos o mundo assume qualidades, cores e sons completamente estranhos à alma. Já não meditamos, não lembramos os sonhos, não damos atenção às mudanças do corpo, e a imaginação é usada para coisas sérias, seja lá o que sério queira dizer. Temos medo de brincar. Quem sabe, o medo de brincar, à maneira das crianças, não nos faça inventar jogos perigosos e destrutivos. Com medo de brincar, abandonamos a nossa criança interior, e o adulto desprovido de criança torna-se destrutivo; pensando estar realizando coisas importantes, inventa brincadeiras muito perigosas.

1 de outubro de 1629

Mais uma conversa com Pistorius. Falávamos de assuntos gerais ligados ao nosso momento e de como é difícil para um grupo de homens inteligentes chegar com rapidez a uma decisão simples. Nos grupos parece haver uma força contrária ao entendimento, à tolerância e à generosidade. Com o argumento da "praticidade", nossos superiores estendiam *ad nauseam* as reuniões para, no final, fazerem o que algum indivíduo já havia sugerido.

Argumentei uma vez que nada poderia substituir a experiência individual e que passá-la ao grupo era tarefa dificílima. Por isso nunca me interessei pelo ensino. Tive bons professores, alguns mestres de verdade, além de ser filho de um deles. Entretanto, o aprendizado das coisas importantes foi feito sozinho. Assim, parece que os professores precisam estar ali, a postos e trabalhando, mas só conseguem ensinar até um determinado ponto. Daí em diante é uma tarefa individual.

Pistorius fez uma longa preleção sobre o aprendizado. Em princípio, concordava comigo, mas fazia uma clara distinção entre conhecimento e sabedoria. Os professores, o estudo e a reflexão levavam ao conhecimento. Já a sabedoria é função da experiência e do tempo. Não havia dúvidas de que o conhecimento poderia favorecer a sabedoria, especialmente a sabedoria mais profunda, essa convicção interior que só pode ser conseguida por aqueles espiritualmente prontos para recebê-la.

Não conseguirei relembrar todo o nosso diálogo, mas ficou claro que Pistorius não se referia ao cristianismo ao qual eu estava habituado. A espiritualidade a que se referia não era aquela ensinada pela teologia da Reforma. Pouco a pouco, Pistorius ia se revelando como um homem de enorme riqueza interior. Comumente falava pouco, de forma lenta e baixo tom de voz. Às vezes, eu não escutava e ficava com vergonha de pedir-lhe que repetisse. Devagar eu ia percebendo uma profunda delicadeza de alma que contrastava com uma imagem rude que exibia.

Fiquei sabendo, por exemplo, que seu pai era um militar rabugento que havia morrido quando ele era ainda criança. Sua mãe lutou com grande dificuldade para educá-lo. Depois de concluir seus estudos básicos, foi para Padova, onde estudou medicina.

É incrível a reserva que este homem se impõe! Demorou quatro meses para que me revelasse esse dado, sabendo-me médico e fazendo circunvoluções em torno das minhas idéias. Essa revelação só o fez ainda mais misterioso para mim. Evidentemente, há um certo prazer em criar essa aura misteriosa e cultivar o carisma que ele de fato tem. Isso poderia ser interpretado como uma forma, digamos, menor de se valorizar. Entretanto, em Pistorius, isso não parece falso nem pedante. Combina muito bem com sua personalidade.

Depois de estudar medicina, voltou para a Holanda, estudou teologia em Leyden, onde, naturalmente, conheceu meu pai. Outra surpresa: viajou pela Suábia onde conheceu poetas, alquimistas e homens de grande erudição. Aprendeu a apreciar Giordano Bruno (queimado em Roma há quase trinta anos) e refere-se ao Mestre Eckhart com freqüência.

Mais do que erudito Pistorius é muito crítico com relação a Lutero, Calvino e Zwinglio. Entretanto, tem grande admiração por esses teólogos. Aliás, não é crítico só em relação ao protestantismo, é crítico como parte do seu temperamento. Está sempre questionando alguma coisa. Portanto, não é de se espantar que o clero tenha tanta indisposição com relação a ele.

Disse-me que uma das razões de estar revelando tantas coisas da sua vida (deve ter muito mais a revelar) deve-se ao fato de eu ter me preocupado com as árvores, com as pedras, com os rios e com o espírito de verificação que há entre todas as coisas, que ele chama de Amor Infinito. Parece que ficou emocionado com uma atitude minha que achei ingênua!

Ainda há muitas interrogações com relação a esse estranho amigo. Digo amigo deliberadamente, pois sinto entre nós uma energia especial que transcende a mera relação de companheirismo. Diria mesmo que meu encantamento já me leva a pensar numa relação de mestre e discípulo, uma relação ainda assim leve e agradável. De nenhuma forma, Pistorius apresenta, ou insinua, alguma atitude de superioridade arrogante. Mas, se assim é, a superioridade sou eu quem a confere, pois tenho certeza de que aprenderei muito nesta viagem.

Pistorius ficou pensativo e não tive vontade de interrogá-lo, mas minha cabeça fervilhava de curiosidade. Alquimia, gnose, os pais da Igreja, tudo isso me trazia a lembrança da casa do meu pai e do meu desinteresse por esses assuntos que agora me despertavam tanto!

4 de outubro de 1629

Depois de três dias de intensos afazeres, voltei a encontrar Pistorius numa noite calma e fresca. Tudo indicava que teríamos uma boa chuva brevemente. Onde houvesse um lampião estava uma nuvem agitada de insetos à volta. Perto de uma mureta, numa parte alta da ilha, Pistorius fumava seu cachimbo com ar pensativo. Comentou sobre nossa partida, sobre o espanto que lhe causava a seqüência de acontecimentos dos últimos tempos e como tudo mais parecia um processo alquímico em que ele era parte dos ingredientes, pelo que entendi.

Passou por cima do assunto e me informou, num tom casual que, no final de novembro, chegaria o Coronel de Exército, Frederick Diederick van Waerdenburch, para se unir ao General de Armada, Hendricks Loncq, ao Almte. Pieter Adriaanszoon e ao Vice Almte. Justus Trappen.

Os navios continuam a chegar tanto da Holanda quanto da Zelândia. Parece que já somam cerca de trinta naus entre navios e chalupas. No momento, as tropas chegam a três mil homens e continuam chegando mais nas embarcações que atracam.

Pistorius parecia ter passado para esses temas facilmente observáveis da vida prática com naturalidade e, ao mesmo tempo, com uma certa preguiça de continuar falando sobre alquimia. Estava claro que não queria mais voltar ao assunto, mas insisti. Perguntei de súbito e sem preâmbulos, qual o entendimento que tinha sobre o assunto. Para nós da academia e da ciência, era um assunto proibido e mal visto.

Pistorius tentou esquivar-se, mas, como eu não desistia da pergunta, começou a falar com resignação e um certo enfado. Como se não valesse a pena gastar o assunto comigo.

Fez uma longa digressão comparando os alquimistas com os poetas, os poetas com os místicos e os místicos com os artistas. Tinha como idéia central a alquimia como expressão poética da vida simbólica. Acreditava que os alquimistas, não conhecendo a natureza da matéria, interpretavam as transformações que podiam observar como um diálogo entre eles e a matéria. Assim, interpretavam essas transformações como manifestações da alma, como uma linguagem reservada para alguns que se dispusessem a entendê-la. Era preciso encontrar o ponto de partida. Ou melhor, o ponto de partida precisava encontrar o alquimista!

- Como assim? Perguntei

- Como o processo alquímico se revela pela matéria, era preciso encontrar a "prima materia". Ou era preciso identificar a matéria-prima quando ela se revelava.

- Pelo que vejo, era preciso um estado constante de alerta.

- É preciso - corrigiu o passado no meu verbo . É o trabalho de uma mente aberta e consciente. Não é possível conhecer aquilo que não se sabe que está procurando. Mesmo achados casuais são "des-cobertas"; é a retirada daquilo que encobria, que nos impedia de ver, mas atraía ao mesmo tempo. Assim,. a matéria-prima se apresenta. Não conheço registro de nenhum trabalho de descoberta da alquimia. Os alquimistas revelavam a alquimia.

- De onde vêm os primeiros registros?

- Penso que remonta aos primórdios da gnose, ou seja, o conhecimento reflexivo que brotava de algumas comunidades de terapeutas. Daqueles que prestavam um serviço à alma por meio do conhecimento. A gnose via a redenção do homem pelo conhecimento e não pela fé ou por qualquer tipo de ideologia. Os terapeutas eram aqueles que curavam melhor que os médicos conhecidos da cidade.

- Pode explicar melhor? (O aspecto médico aguçou meu interesse que já não era pouco).

- Porque os curas da cidade curavam os corpos e não as doenças incuráveis. Eles não podiam curar os prazeres, os apetites, as tristezas, as loucuras, as injustiças e todas as paixões e medos que vêm atreladas a esses sentimentos. Já os gnósticos tinham uma educação mais apurada e, nesse sentido, alquimia é um serviço aos deuses, ou um serviço à alma, através dos deuses.

Pistorius falava continuamente, de uma maneira pouco usual nas conversas comigo. Parecia que uma fonte se abria para mim. Continuou:

- O alquimista é consciente, assim como o artista precisa ser, pois sem um corpo alerta, ético, em vigília e com capacidade de julgar não há alquimia possível. Porque a forma é dada pelo alquimista, mas a matéria-prima é dada pela natureza. E aí o alquimista desperto, assim como o artista, toma a matéria-prima e a transforma em obra, que é o "opus alquímico". Criando a forma, devolve esta forma para a natureza. Então o trabalho sagrado, a busca do valor supremo é o opus. Quando a gente começa uma obra dessa natureza, não sabe exatamente o que vai fazer, porque quem sabe está inserido naqueles grupos que querem as coisas formatadas, como se houvesse etapas muito bem delimitadas. E o alquimista sabe que o trabalho vai-se desenvolvendo à medida que ele se desenvolve! Está ao lado da poesia quando caminha e, para caminhar, é preciso preservação, é preciso estar atento, com coragem; é preciso que se estabeleça um ritmo, e um ritmo constante.

De repente pareceu se dar conta de que estava falando muito para seus hábitos e mudou de tom.

- Então, basicamente, a alquimia é isso. Começa por aí. Você sabe que tem uma obra a fazer, uma obra que é sagrada, que tem todas as dimensões do sagrado e precisa de uma matéria-prima. Essa matéria-prima não é inventada, ela se revela. Os alquimistas sabiam que essa relação era tão sagrada que recomendavam que não se falasse muito sobre alquimia, a não ser para pessoas especiais. Na verdade a grande maioria dizia que não se deveria falar para ninguém, a não ser quando o alquimista já estivesse velho, sentindo a proximidade da morte, dessa última transformação. Então, que contasse para o seu ajudante, que normalmente era uma pessoa que vinha acompanhando o trabalho há muitos anos. A natureza secreta da obra é que sublinha a natureza sagrada, assim como o processo precisa se passar num ambiente fechado, secreto e respeitado. Como num vaso; um vaso que não se intercomunica. A sacralidade fica protegida por esse comportamento secreto. Aquele que não passou pelo processo, não vai poder entender!

Tanto é assim que se diz, quando as pessoas perguntavam o que estavam fazendo, o alquimista respondia que estava buscando ouro. E todos riam, porque aquele era um homem maluco, que estava tentando transformar o chumbo em ouro. Mas isso quando o chumbo era uma das matérias primas! E o chumbo na verdade não era o chumbo, muitas vezes estava relacionado com Saturno, assim como o ouro estava relacionado com o Sol, com o centro, com a consciência. A Lua estava ligada à prata: mercúrio, ao planeta Mercúrio; o cobre era Vênus e Saturno era o chumbo. Então, quando se trabalhava com chumbo, na verdade estavam pensando em Saturno, e o que Saturno poderia e pode significar. A natureza serve à arte com a matéria. E a arte serve à natureza com os instrumentos adequados e convenientes para produzir novas formas.

-Essa nova forma seria a chamada "Pedra Filosofal"?

- A "Pedra" é uma imagem figurada, assim como o "ouro" dos alquimistas. Nenhum alquimista esperava a sério encontrar ouro, o metal ouro, no final do processo. O ouro representa tão somente a transformação final. Assim, a "Pedra", que é filosofal, é um princípio. Assim é a pedra que encontra sua forma através da arte. Essa forma é a descoberta do alquimista, o seu ouro simbólico. O mundo é então recriado a partir de pequenas transformações.

- Não sei se entendi muito bem...

- Vamos lá. Podemos transformar o mundo à medida que nos transformamos, Peter. O ser humano acredita que pode ser íntegro, no sentido de unicidade. O alquimista sabe que não é assim. Sabe que essa é uma postura pretensiosa. Somos uma permanente dualidade e uma imensa possibilidade de faces para nos relacionarmos com o mundo.

- Estou acompanhando. Temos por exemplo o Bem e o Mal, o dia e a noite, a desgraça e o triunfo e além dessas dualidades absolutas temos as particulares como gosto e detesto. É isso?

- É. O importante é que somos seres limitados neste universo. Como limitados que somos, precisamos confrontar as tensões uma por vez. Só podemos ser íntegros na morte. A morte exige integridade...

- Não podemos morrer parcialmente.

- Claro. Mas podemos vivenciar "mortes" parciais. Quero dizer, é preciso ter o espírito aberto para reconhecer que ciclos se fecham, que coisas acabam, que a gente muda. Só assim podemos dar soluções novas a questões velhas.

- Continua minha inquietação quanto à relação entre suas idéias e sua função de ministro religioso.

- Não se preocupe comigo. Nem tudo pode ser dito a todos. Tenho a vívida experiência disso na minha história pessoal. Mas estou convencido de que o conhecimento "mexe" no mundo. No princípio não era o verbo? O verbo, a palavra, o conhecimento do princípio é feito com elementos e qualidades divinas roubadas aos deuses.

- Continua usando o plural?

- Claro! O singular é a manifestação divina possível. Só o indivíduo singular pode conhecer a Deus. Já o mundo... Bem, o mundo precisa de deuses para manifestar suas mazelas e prazeres.

Depois, a conversa derivou para temas mais práticos sobre nossa partida que deverá acontecer em dezembro, quando todos os navios estiverem agrupados.

Começou a chover forte. Parecia lavar o mundo, e nos recolhemos.

6 de outubro de 1629

Mais do que "lavar o mundo"; o temporal está alagando o mundo; pelo menos a parte do mundo onde estamos.

Há dois dias que não fazemos mais que cuidar de febres e tosses, pequenos ferimentos e mazelas gerais. Temos menos de um médico para cada tripulação. Nas embarcações menores temos aprendizes ou barbeiros tira-dentes e não, cirurgiões de formação. Muitos são jovens como eu, e alguns poucos, como meu superior imediato, Doutor Rozestraten, são profissionais conhecidos e respeitados. O comandante médico é o Dr. Abraham Duurcoop.

Os navios até parecem que vão se soltar das amarras. Não gostaria de enfrentar um temporal desses no mar!

12 de outubro de 1629

Se há seis dias que não consigo sentar para escrever uma linha sequer, que dizer de reflexões e conversas com Pistorius?

Tenho me referido pouco, por escrito, ao meu trabalho de médico. Na realidade, é o que me toma todas as horas úteis do dia e não quero tornar as horas da noite e do descanso em repetições do cotidiano de trabalho.

Entretanto, desde que começou essa tormenta, tenho trabalhado mais que o habitual e há quatro dias fui obrigado a fazer uma grande intervenção cirúrgica e, pela primeira vez na minha carreira, assumindo toda a responsabilidade pelo ato.

Houve um desmoronamento numa grande oficina de reparos navais. Vários ficaram soterrados, muitos feridos com gravidade, mas nenhuma morte a lamentar. Todos os médicos foram mobilizados e tocou-me cuidar do pobre homem com o pé esmagado.

Tudo que eu queria era ter o meu chefe e mentor ao lado. Quando o encontrei, pôs a mão no meu ombro como que me dizendo que afinal eu já era um médico. Foi encorajador e apavorante. Tentei rever mentalmente tudo quanto havia aprendido, até que entrei na parte do hospital onde o paciente se encontrava no maior sofrimento. Lembrei que precisava esquecer e começar a fazer.

Não havia como salvar o pé daquele homem. A amputação era o caminho natural e isso foi compreendido pelos auxiliares que já começavam os preparativos.

Ainda bem que era uma amputação abaixo do joelho. Sabemos que as tentativas de amputação na altura da coxa são quase sempre fatais. Consegui deixar tecido mole suficiente para cobrir o osso cortado mais para cima e fazer um coto usável no futuro, para uma perna de pau, por exemplo.

A ligadura funcionou apesar de ter sangrado bastante. Fiz a cauterização como ensina Ambroise Paré, com a solução em óleo quente.

O paciente não morreu e está respondendo satisfatoriamente aos cuidados. O pior é a melancolia que dele tomou conta.

Já auxiliei muitas vezes médicos experientes que, graças às expedições da Cia. das Índias Orientais junto com os ingleses, haviam trabalhado com o Dr. John Wooddall, a grande autoridade em cirurgia na Europa. Verifiquei o quanto havia aprendido na hora em que precisei fazer sozinho.

Não saí da Holanda para aprender medicina e também não senti necessidade. Estudei com bons mestres e vi hoje como pude usar bem a técnica aprendida.

Descobri que não gosto de refletir e escrever sobre minha atividade de médico! Está sendo uma descoberta surpreendente. Geralmente os médicos são entusiastas em tempo integral. Eu sinto-a como uma missão que aceito e cumpro com humildade.

15 de outubro de 1629

Finalmente pude parar um pouco e reencontrar Pistorius. Contei do meu grande feito de operar só pela primeira vez e, pouco a pouco, foi-se dissolvendo aquela euforia tão comum depois das batalhas. No fundo, a gente fica tão feliz por ter sobrevivido ao perigo que estende por vários dias, em vários relatos, a emoção vivida naquela situação ameaçadora.

Como eu deveria esperar, meu sábio amigo não mostrou interesse maior que o devido pela amizade. Escutou meu relato e mostrou-se feliz pela minha satisfação. Nada mais. Foi muito bom para mim que assim tenha sido. Preparou-me para outro embate, com a alma mais leve e confiante. O que é passado se foi e o que se foi me faz experiente.

Eu ainda estava querendo voltar ao assunto da alquimia, mas não conseguia engajar Pistorius nessa conversa. Insistia em que não era uma coisa da qual se pudesse falar muito; era algo que se praticava na vida.

Qualquer coisa que me dissesse estaria num plano demasiado intelectual para de modo algum ser parecido com alquimia:

- É como tentar comunicar o que somos, Peter! (Foi a primeira vez que me chamou pelo nome e senti que algo havia mudado). É muito difícil justamente porque somos. É menos difícil comunicar o que não somos.

- Lembre-se de que sou, digamos, um tanto lerdo para acompanha-lo.

- Comparemos com a mentira. Podemos confessar a mentira, mas confissão e mentira são a mesma coisa, são da mesma natureza, da mesma ordem das coisas.

- E a verdade, então?

- A verdade é revelada, não pode ser contada. Preste atenção na palavra, re-velada; velada duas vezes. A verdade precisa de véus para se proteger. Um desses véus é a ironia, como me lembrou um inglês que conheci. Chamava-se James e morava numa colina na Suábia. Sabia interpretar sonhos.

Não havia trégua. Mesmo quando não queria falar de um assunto, Pistorius conseguia despertar minha curiosidade em outra direção. Agora eu queria saber sobre esse James e sobre os sonhos! Mas não houve jeito. Foi uma conversa curta.

22 de outubro de 1629.

Para mim foi uma manhã calma, com um longo passeio pela praia onde vi um bando de gaivotas atraídas por centenas de peixinhos mortos trazidos pela maré.

Sentei-me numa pedra a uma distância razoável e as observei por bastante tempo. Simplesmente olhava. Aos poucos, todo um cenário se armava. Passei a reconhecer individualmente algumas das gaivotas e suas peculiaridades. O bando também tinha seus padrões. Outra pessoa se aproximou caminhando pela orla, bem próximo onde as marolas terminam. À medida que chegava perto do bando, as gaivotas mais próximas alçavam vôo, um vôo vertical, para, depois de cumprir um círculo no ar, baixar atrás do intruso. Assim, como uma onda, todo o bando subiu para descer depois que o caminhante atingisse uma distância segura.

Entretanto, quando apareceu um cão de bom tamanho (aparentemente mais interessado nos caranguejos que nas gaivotas), todas voaram ao mesmo tempo, horizontalmente em direção ao mar.

Distraído nas minhas observações, não percebi o quanto havia relaxado a tensão dos meus julgamentos e análises. Na verdade, tudo quanto escrevo agora, ocorreu-me depois como narrativa.

Depois de haver despertado daquele estado de relaxamento espiritual tomei consciência de um sentimento de amor indefinido.

Um amor não dirigido e sem nome. Um sentimento tão forte que, seguramente, não suportei vivê-lo mais que uns segundos. Logo voltei a ter "controle sobre mim mesmo" como se diz. Não creio que "eu" estivesse no controle antes. Não era ruim nem perigoso; ao contrário, senti-me fortalecido depois.

Estou certo de que não pensaria assim, não fosse pelas últimas çonversas com Pistorius. À medida que vamos nos tornando mais íntimos, ele exercita frouxamente suas inclinações professorais, melhor dizendo, de mestre. Digo mais: como não sou um crítico de suas idéias, ao contrário, elas me encantam, ele corre de rédeas soltas. Está sempre se referindo ao meu "pequeno eu", em alusão a meu hábito de querer entender e explicar as coisas - segundo ele - colocando-me no centro dos acontecimentos, como um solipsista que dissesse "nada acontece fora de mim". Não concordo, mas deixe estar. Não me vejo como centro dos acontecimentos, mas identifico um "centro" onde os acontecimentos fazem ou não sentido.

Dizia-me outro dia que eu estava muito longe do Cristo, apesar dos meus conhecimentos de teologia. Quis com isso desqualificar a questão conhecimento, é claro. Seguiu afirmando que minha alegada fé não bastava; que esse "eu" comum e limitado, freqüentemente no centro das questões, impedia o aparecimento do Cristo. Pois é, usou a expressão "aparecimento". Para o contínuo aparecimento do Cristo, dizia-me, é necessário que floresça um eu essencial, que tenha a essência de um amor infinito.

Talvez, olhando as gaivotas eu tenha começado a compreender...

29 de outubro de 1629

Continuamos em São Vicente. Mais uns dois meses de ansiedade pela partida, pelo que sei. Sabemos que o Coronel Waerdenburch prepara-se para partir de Texel. Tão logo chegue ao nosso ponto de encontro, partiremos em direção a Pernambuco.

Temos tido cada vez menos tempo para conversas descontraídas, mas os momentos com Pistorius continuam sendo oportunidades de elucidação de alguns mistérios para mim.

Ontem, por exemplo, foi a vez de revisitar o pai. Perguntei a Pistorius como ele sentia o fato de ter perdido o pai tão cedo. Depois de um curto e significativo silêncio respondeu:

- Nunca perdi meu pai. Infelizmente, perdi a pessoa que melhor poderia encarná-lo antes que eu pudesse conhecê-la bem. Ainda assim, não tenho certeza se seria ela, aquela pessoa, a melhor imagem do pai.

- Desse pai que você lembra ter vivido?

- Vivi meu pai de muitas maneiras. Foi uma imagem que sempre me acompanhou de perto. Perto demais algumas vezes. É esse pai que me acompanha, que me permite – e obriga, a aprender mais do que pretendia. Sempre senti que deveria me aproximar mais dele, que parecia ter todas as respostas. Mas não tinha. No entanto, foi a imagem que meu pai me presenteou que serviu como guia para o espírito, na minha tentativa de compreender a alma.

- Você se refere a um pai como resultado de um processo de vida...

- Nesse processo, aqui e ali, encontrei homens que, por algum tempo, com maior ou menor intensidade encarnaram meu pai. Um deles, talvez o mais importante, conviveu apenas três anos comigo. Morreu recentemente e são dele muitos dos livros que escolhi trazer nesta viagem. Também os livros me ajudaram a não perder meu pai.

- Por que diz "ajudaram"? Não ajudam mais?

- Meu compromisso com as verdades escritas, com os tratados e as congregações de mestres já foi mais forte. Entretanto, os livros ajudam, sim.

- Preciso confessar que atualmente vivencio a relação com meu pai muito fortemente. Muitas vezes conversando com você ele está muito presente. Outras vezes, sinto sua presença apenas olhando o mar...Nossa relação poupou-me o grande esforço de inventá-lo. Ele sempre esteve ali, com sua erudição invejável, com sua autoridade e respeitabilidade. Com seu amor.

- Isso é um privilégio, meu caro!

- Às vezes, eu invejava os alunos que batiam à sua porta para receber seus conselhos. Eu queria sentir a mesma emoção que eles demonstravam. Hoje percebo que não precisava. A convivência com o homem limitado, que ele é, deu-me a dimensão de sua grandeza. Não precisei mitificá-lo.

- Ele soube dar espaço para que você pudesse ser livre, Peter.

- Acho que sim. Meus interesses também eram diferentes dos dele, o que facilitou minhas liberdades de escolha. A biologia, por exemplo, me impressionava mais que a filosofia. Talvez eu não me atrevesse a invadir os domínios de meu pai.

Foi muito curioso perceber detalhes de nossa profunda relação, minha e do meu pai, por meio das conversas com Pistorius. Principalmente quando entrávamos pelo território movediço da teologia, terra firme de meu pai.

Não me surpreende mesmo que Pistorius seja uma grande ovelha negra na Igreja. Estou certo de que conversa comigo na mais profunda confiança, tamanha é sua espontaneidade. Algumas vezes acho que está permitindo àquelas idéias aflorarem ali, naquele momento, pelo simples fato de haver um interlocutor - de confiança!

Hoje não me sobra mais tempo. Não quero deixar de registrar, no entanto, que Pistorius mencionou, com o olhar muito vago, que lhe vinha ocorrendo constantemente a impressão de que tudo isso já havia acontecido. Como se ele estivesse apenas revivendo. Soou estranho e preciso voltar a mais esse assunto.

1 de novembro de 1629

Outra questão que está sempre voltando como tema de conversas com Pistorius é a reencarnação, ou a crença em outras vidas depois da morte. Na verdade, até recentemente a questão não se havia explicitado. Simplesmente me sentia intrigado pela suspeita de que Pistorius era um crente na reencarnação, para mim, uma heresia sem tamanho para um ministro cristão.

Voltei a provocar o assunto quando, outro dia, disse-me que parecia já haver experimentado tudo anteriormente. Contra-argumentei dizendo que poderia ser uma forte intuição do que está prestes a acontecer. Respondeu-me que também ocorre isso. De alguma forma, sem o conhecimento da razão a alma analisa as possibilidades e, antes de o evento ocorrer, já sabe como o eu vai se conduzir. O que não deixa muita margem de escolha para esse "eu" que, suponho, controla a vida. Pistorius não se deixou intimidar pela minha observação e continuou o seu discurso:

- No caso da intuição, o "eu" acredita que já tenha experimentado aquele acontecimento antes, uma vez que não se dá conta de que foi prevenido pela alma. Mas não era a isso que me referia anteriormente. Falava de uma experiência anterior da alma. Não a experiência de acontecimentos concretos, mas o experimentar de situações humanas já vividas, de fatos do espírito humano. Há muito tempo que pensadores originais do cristianismo se preocupam com o problema.

- Quem, por exemplo?

- Orígenes, de quem já falamos há alguns dias depois do encontro na taverna com o Heyn, lembra-se?

- Claro que me lembro.

- Foi com Orígenes que comecei a pensar o corpo dissolvido na alma. Talvez imerso seja uma colocação melhor. A alma como uma instância elemental muito maior do que esse limitado fragmento de vida, que é o corpo.

- Elemental ou elementar?

- Elemental mesmo. Elementar dá uma impressão de inicial, mais primitiva ou rudimentar. Nesse caso, o corpo ganharia em importância. Veja bem, não quero dizer que o corpo, seu objeto de trabalho, não tenha importância. Mas, vejo o corpo como uma manifestação material e concreta da alma. Um instrumento para operações que uma instância elemental, sem consistência, não poderia realizar.

- Que operação, Pistorius?

- VIVER, por exemplo - disse alterando a voz. É através da vida como é experimentada pelo corpo que a alma evolui. Nesse processo há, naturalmente, ascensão e queda, sucessos e fracassos. Há elevação e pecado.

- Naturalmente o fracasso é o pecado. (Senti que o irritei de novo!).

- Não Peter, o fracasso é indispensável para a evolução. O fracasso traz a possibilidade de reavaliação, de mudança de rumos, de crescimento. Desde que não seja visto como uma barreira. Só não fracassa quem não se expõe a crescer. É mais fácil pecar pelo sucesso, que leva à estagnação.

- Então o pecado se torna um conceito difícil para mim.

- Pecar é, sobretudo, infringir regras estabelecidas. Algumas vezes pecamos sem querer para logo perceber que a infração foi criativa. É quando um "fracasso" bem reconhecido se torna ponto de partida da transformação. Torna-se conhecimento.

- Então não vejo por que punir um avanço...

- É importante pecar, e pecar é parte do processo de salvação. Algumas vezes o pecado é um passo adiante. Desde que não se esteja de frente para um abismo! O pecado dificilmente passa isento de punição. Nenhuma resposta criativa, inovadora, passa sem criar comoção e desconforto para a ordem estabelecida.

– Mas, falávamos de Orígenes... E reencarnação.

- Falávamos de Orígenes e da renovação de experiências humanas. Dizia Orígenes: "... e o espírito purificado (depois do pecado) será trazido de volta a casa, mas nunca será admitido naquele círculo sagrado onde os de coração puro se olham nos olhos". Ora, meu caro doutor, o espírito purificado não precisa – nem quer, sentar-se naquele círculo aborrecido dos ingênuos de coração puro. A punição e o crescimento a que me refiro são de outra natureza.

-Tenho a impressão de que não vamos encontrar muitos teólogos compartilhando suas idéias sobre Orígenes.

- A crítica da Igreja a Orígenes deve-se a dois fatores, principalmente essa "pureza de coração" de muitos que não podem ver além do literal e a imperdoável condescendência dos inteligentes para com o literalismo. Orígenes tinha um bom-humor que se revela nos textos. Seu primeiro livro tem o título de "Miscelânea", que foi o título do último livro de Clemente, que morreu antes de o terminar.

- Clemente de Alexandria, um dos Pais da Igreja! - disse eu exibindo erudição.

- Pois é. Orígenes era óbvio admirador de Clemente, que sugeria mais do que prescrevia. Achava que era uma forma de promiscuidade dizer mais que o necessário para que se chegasse a conclusões. A linguagem religiosa é mesmo assim; precisa ser mais próxima da poesia, dizer pelo que não foi pronunciado. Ele se esforçava para ter uma Bíblia mais próxima do texto hebraico.

- A teologia parece fazer o contrário e tenta encontrar argumentos para demonstrar seus pontos de vista.

- Clemente queria passar a idéia da conversão inteligente, da importância de uma ética cristã e do papel do tutor. Na época, a gnose de Valentino era bem conhecida e oferecia desafios intelectuais. A educação literária era inseparável do politeísmo e de valores pagãos.

- E daí?

- Acho que estamos caminhando em círculos. Resumindo: no Egito, a história da Igreja é nebulosa antes de Clemente. Ele não nasceu lá. Os autores gnósticos tinham leitores. Clemente sugeria que a Igreja, como instituição, precisava combater o gnosticismo com filosofia e não com repressão. Via Alexandria como uma cidade defendida e amedrontada em relação à filosofia grega e à literatura pagã. Entendeu?

- Mas ele não era contra o gnosticismo? Não queria combatê-lo com a filosofia?

- É que para ele a verdadeira gnose, não gnosticismo, era o conhecimento da assimilação da alma por Deus. Isso é vida espiritual, um processo, uma "escola" que não termina. Aí voltamos à imortalidade. Imortalidade é um processo! Clemente detestava fricotes intelectuais e de atitudes como jejuns e vegetarianismo. O gnosticismo estava cheio de fricotes. O verdadeiro gnóstico não titubearia em escolher o conhecimento de Deus a esse fricote literal da "salvação eterna".

Pistorius foi sendo tomado por uma visível irritação enquanto falava e mais uma vez o assunto ficou interrompido. A incapacidade poética dos mais bem dotados intelectualmente parecia transtorná-lo como a mais abominável corrupção. Está cada vez mais claro por que não é bem visto entre seus pares. Para mim é uma dádiva dos céus. Esta viagem que imaginei tão militar e, no fundo tão condenável, está se revelando um belo pecado; e a alma se rejubila!

5 de novembro de 1629

Ainda não sei o que se passa com Pistorius. Suas idéias têm muito de Platão e seus conhecimentos sobre os grandes pensadores da cristandade são respeitáveis. Chegou a dizer que Platão havia plagiado Moisés! Sinto-me privilegiado quando conversamos. E eu que pensava já saber de teologia tudo que precisava! Certamente era assim que se sentiam os discípulos na Grécia clássica diante dos mestres. Já tive grandes professores e nunca vivi essa experiência onde deliberadamente sorvo conhecimentos de outro que insiste em não pretender ensinar. Não me escapa que também estou sendo importante para Pistorius como estímulo e oportunidade.

Apesar do meu entusiasmo pelos encontros, sobra pouco tempo para escrever tudo que gostaria. Tenho muito a fazer como médico e o clima geral já é de partida. Temos sessenta e sete embarcações reunidas e nada menos que sete mil e trezentos homens!

8 de novembro de 1629

O corpo médico trabalha ininterruptamente e percebo que os casos de irritabilidade se avolumam. Fazemos sangrias diariamente, o que parece melhorar o estado da maioria dos que são afetados por essa condição. Entretanto é um procedimento que não me agrada. Já vi casos de irritabilidade, espasmos musculares e pulso rápido desaparecerem, se não com o tempo, com a ajuda do cura ou da paciência do médico - que é condição mais rara. O mais comum é que os médicos assumam uma dessas duas atitudes: tentam resolver o problema o mais rápido possível ou usam o doente para satisfazer sua curiosidade profissional. Louvável, mas, às vezes, em troca de sofrimento desnecessário. Muitas vezes o doente precisa dos sintomas, precisa sofrê-los por um certo tempo até que algo se resolva dentro dele. Outras vezes, a própria enfermidade precisa cumprir seu ciclo sem interrupções.

Tomara que possamos partir logo. O acantonamento prolongado de tropas é prejudicial ao espírito de corpo e ao moral. Sobretudo os mais jovens adoecem mais facilmente e se tornam irascíveis.

Temos procurado manter a higiene o melhor possível, mas a demora nessa permanência dá mostras de que estamos no limite tolerável dessas instalações provisórias. Em alguns lugares o cheiro é insuportável e já se vê ratos em grande número.

15 de novembro de 1629

Eu pensava em Heyn como um bom soldado nos meus devaneios diários quando dei de encontro com Thomas Kemp na enfermaria, há uma semana. Tinha febre e calafrios. Estava muito mal. Cheguei a pensar que não sobreviveria, tal o estado de penúria em se encontrava.

Apresentava tremores nas mãos que o impediam até de segurar uma caneca e beber água. Depois do prolongado estado febril com irritabilidade e dores de cabeça apareceram algumas manchas avermelhadas na pele que, por essas alturas apresentava-se escamosa e pálida. Começou a perder cabelo e a queixar-se de dificuldades de visão e audição. Não descuidei um minuto de acompanhar seu caso.

Fiz com que o banhassem todos os dias, trocassem seus lençóis a cada dois dias e forçassem a ingestão exagerada de água; sempre que apareciam novos sinais de febre lhe foram administrados eméticos e estimulantes quando o pulso se tornava fino. Quando a crosta amarelada que lhe cobria a língua começou a involuir minhas esperanças aumentaram.

Conversamos à medida que melhorava e pensei ter percebido medo diante de nossa partida em breve. Kemp não me parecia um soldado por vocação. Creio que me enganei. Insinuei em nossa conversa que ele talvez estivesse querendo dar mais que sua natureza permitia. Recebi como resposta um olhar frio de desconfiança. Comparado a Heyn, fica mais fácil perceber que não se trata de covardia, mas de sensibilidade diferente. Parece que o corpo reage diferente em um e outro. Heyn é empertigado, atlético e confiante; faz o que precisa ser feito. Kemp mais parece um cristal de tão frágil e sensível. Nem por isso é menos robusto. Talvez seu corpo não consiga corresponder à valentia de sua alma.

Cuidadosamente, durante os exames diários, procurei aproximar-me das emoções desse rapaz tão introvertido. Esboçou um sorriso quando lhe afirmei que não me parecia um soldado como os outros, mas era um soldado sem dúvida. Interiormente eu estava confuso. Algo me dizia que ele estava numa luta de outra natureza, em que as armas não seriam as convencionais.

Seu aspecto foi melhorando e apesar de não me haver dito nada diretamente, deixou claro que tem razões muito especiais para estar nessa missão. Depois que senti haver estabelecido um vínculo de confiança recíproca, mencionou um manuscrito que está em poder de sua família desde que os espanhóis tomaram Haarlem em 1573. Teria algo que ver com Pernambuco pelo que entendi.

Fiquei tremendamente curioso, mas não quis trair ou ameaçar sua confiança com bisbilhotices.

25 de novembro de 1629

Passarei a visitar Kemp a cada dois dias a partir de hoje. Já não está no hospital, mas insisto em que conserve a rotina de higiene, sobretudo com relação às roupas pessoais e de cama.

Não necessita tanto de meus cuidados médicos: a visita é mais pela minha curiosidade quanto a esse tal manuscrito de que fala o rapaz. Juntando as pontas soltas das frases descuidadas parece tratar-se do "testamento" de um português que representava grandes interesses no Brasil.

Nossa relação é agora mais aberta e franca. Confessei que a história do tal "testamento" do português me havia intrigado. Que testamento é esse tão importante que o faz alistar-se num exército dessa natureza?

Ficou em choque e me pareceu muito sincero quando, surpreso, disse não se lembrar de ter mencionado coisa alguma a esse respeito. Entretanto, diante da minha insistência delicada e ao perceber que havia falado demais, pediu que eu guardasse segredo, pois não passava de uma questão pessoal, familiar, sem nenhum interesse para terceiros e sem nenhuma relação com riqueza material.

Insisti e ele me contou que Duarte Coelho, o fundador da Capitania de Pernambuco, edificador de Olinda e responsável pelo enorme desenvolvimento dessa colônia portuguesa não era exatamente um donatário comum. Ao contrário dos donatários de outras capitanias, tinha projetos mais ambiciosos e interessantes que se projetavam em longo prazo e para além das fronteiras de Portugal e Espanha.

Aparentemente haveria uma vinculação do donatário com uma ordem religiosa católica. De início, ele criaria uma sólida base econômica e social para desenvolver uma comunidade de espíritos livres e criadores, aberta a todos quantos quisessem participar de boa fé nesse grande projeto. Talvez, não ficou claro, a boa fé seria a católica. O princípio básico explicitado era da ordem responsável e o bem-estar coletivo. Pernambuco seria um modelo de liberdade e progresso, disposto a receber colaboração competente de indivíduos de qualquer nacionalidade.

Naturalmente, tudo isso teria de ser feito com um planejamento cuidadoso e debaixo de riscos enormes. As forças religiosas e políticas em Lisboa não tolerariam semelhante disparate. Seria considerado grande traição.

Haveria gente em várias partes da Europa cientes desse projeto e profundamente engajadas no respaldo necessário. Essas pessoas representavam apoio político, econômico e, eventualmente, militar. A dimensão religiosa estaria presente por meio de uma ordem que Kemp não soube ou não quis contar.

Por ser um plano ambicioso e inovador, teria de ser implementado por pessoas da maior confiança de Duarte Coelho. Entre esses, seu cunhado Jerônimo de Albuquerque. Ao que parece, aqueles que acompanharam Duarte Coelho na primeira viagem não o fizeram apenas por aventura ou por acaso: deviam compartilhar o mesmo espírito e tinham funções bem definidas a cumprir.

Aparentemente algo transpirou ou emergiram suspeitas da corte de Lisboa. A conseqüência foi uma contínua sabotagem aos projetos de Duarte Coelho. Parece que tudo corria bem demais e, a partir dos ciúmes e invejas naturais dos abutres da realeza, fizeram com que inteligências mais perspicazes despertassem para a possibilidade de algo maior estar em andamento. Parece ter sido uma esgrima de inteligência entre os "pernambucanos" de Duarte Coelho e as forças de oposição em Portugal.

Infelizmente, por razões que Kemp não explicou, o donatário foi atraído a Lisboa num determinado ponto da contenda e não mais voltou a Olinda. Morreu em circunstâncias pouco esclarecidas.

Seu plano, uma espécie de testamento político e espiritual, escrito nessa ocasião, foi deixado sob a guarda de outro cunhado. De Lisboa o documento foi parar na Inglaterra, via Espanha. Na Inglaterra esteve em mãos da família Kemp por algum tempo. Por enquanto é tudo que sei e é muito menos do que quero saber.

30 de novembro de 1629

Apesar de minha determinação de visitar Thomas Kemp quase todos os dias, o que fiz, nada mais consegui em termos de informação. Consegui, sim, sua amizade e reconhecimento pelo fato de tê-lo tratado.

Mas, a grande notícia é que partiremos depois do Natal.

Recentemente tivemos notícia de uma reunião dos comandantes: General Hendricks Loncq, Almirante Pieter Adriaanszoon, Vice-Almirante Justus Trappen e o coronel Frederick Waerdenburch. A reunião informativa que tivemos foi conduzida pelo Karl Heyn, porta-voz do Estado-maior. Mais uma vez me impressionou favoravelmente o rapaz. É um soldado de verdade. Muito sério e se leva bastante a sério. Assume responsabilidades com extremo profissionalismo.

Não sabemos o dia da partida, mas a única certeza é que passaremos aqui a noite de Natal. Entendi que o alto escalão já dispõe de todas as informações de que necessita sobre a situação em Pernambuco e suponho que outros grupos já estejam agindo na região costeira do Brasil.

Por aqui o tempo é insuficiente para tudo que temos de fazer. Já não encontro Pistorius como antes, o que me faz falta. Entretanto, esse fato novo revelado por Kemp me transtornou o juízo.

Quando comecei a escrever essas notas, tinha em mente registrar observações no decurso do meu ofício. Imaginava escrever sobre medicina: descrever doenças, tratamentos, registrar resultados e assim contribuir para a prática médica. Afinal, é assim que fazem quase todos os meus colegas. Como me dei conta disso há uns dias, não gosto muito de escrever sobre o tema apesar de exercer a profissão com dedicação e orgulho.

Com a exceção do caso de Kemp, quase nunca escrevo sobre a prática. Tenho a impressão, olhando para o que já escrevi, de que o paciente das minhas observações sou eu mesmo. Em vez de páginas e mais páginas sobre semiologia tenho escrito uma ou duas sobre minhas próprias elucubrações.

Uma vez conversei sobre isso com Pistorius, que me disse, na ocasião, que a Europa estava inundada de textos médicos descritivos e práticos. Mas a maioria não passa de instrução simplória para os que não sabem ver. Continuava dizendo que o mais erudito dos médicos não passaria de um curandeiro se não se ocupasse da alma.

O restabelecimento do bem-estar físico, em geral, era para aliviar a angústia do médico. Muitas vezes, dizia, quando não se conseguiam bons resultados, chamava-se um guia religioso. Às vezes o espírito sofre por doenças do corpo. Mas que fazer quando o corpo sofre por doenças do espírito? Infelizmente os médicos estão deixando aos religiosos a tarefa de cuidar da alma, o que é uma pena. Os médicos perdem com isso uma enorme oportunidade de conhecer melhor as doenças, os doentes e a natureza humana. O médico precisa embrenhar-se mais na tarefa de ser um Terapeuta.

Os terapeutas são aqueles que se ocupam da alma, que inclui o corpo, e não o contrário. Os terapeutas prestam serviço à alma através dos deuses funcionando como intermediários entre os deuses e os homens.

Tivemos longas conversas sobre essa história de Pistorius usar a forma pagã de deuses no plural. Não sei se o entendo bem, mas ele se refere aos deuses como instâncias, como aspectos da natureza divina que se manifestam através da humanidade. Já o ouvi dizer que é paganismo de certa forma, porque a natureza não é uma igreja ou ordem religiosa. Não é Reforma nem Contra-Reforma; não precisa de fiéis, apenas de consciência.

Sugeria que mergulhássemos na sabedoria para conhecer os mistérios e não nos satisfazermos com.o mero conhecimento. Curar é mais importante que tratar. Vou tentando relembrar suas idéias que me ocorrem como um caudal agora.

A grande cura a que estamos destinados, segundo Pistorius, é a cura da alma, especialmente na sua forma de expressão mais acessível, a vida pessoal. A alma curada é a alma imortal, diz ele, o que me fez lembrar a conversa sobre Clemente para eu tentar não "literalizar".

5 de dezembro de 1629

O tempo já não me pertence, se é que algum dia me pertenceu. Aproxima-se o dia da partida e não damos conta de tanto trabalho. Dificilmente terei tempo para grandes reflexões até a hora de zarpar.

De qualquer forma ainda consegui um pouco do tempo de Pistorius, que na verdade fazia menos trabalho braçal que eu, para falar um pouco mais de assuntos pendentes.

Estou conseguindo me segurar para não abrir o segredo de Kemp para Pistorius. Voltei ao assunto dos terapeutas que me interessou como médico. Pistorius fez uma enorme circunvolução que nem me darei ao trabalho de transcrever. Obviamente não queria tocar no assunto com mais profundidade.

O fato é que na noite seguinte ao nosso encontro, tive um sonho interessante:

Eu estava no Egito, especificamente em Alexandria, e precisava acordar muito cedo, escuro ainda. A razão era uma visita à biblioteca. Uma senhora desconhecida, mais velha que eu, preparava-me o desjejum. Era uma sensação parecida com o despertar da casa dos meus pais em Leyden. Uma sensação de bem-estar e segurança seguida da certeza de que haveria um dia inteiro para viver. Quando saio da casa (que não era a casa dos meus pais) aparece uma mulher jovem e bonita que me passa uma mensagem por uma janelinha no muro do pátio interno. Ela estava fora dos limites da casa.

Eu via o céu clarear aos poucos com o nascer do sol. Leio a mensagem que a moça bonita me deu e nela constava que eu deveria ir ao encontro de um homem no porto. Não havia porto. Chego à beira de um rio raso, de águas muito claras e transparentes. Ali haviam encontrado várias estatuetas de terracota. De início não havia ninguém e vejo uma das imagens de homem com um braço partido e uma corrente de pedras verdes em volta do pescoço. Um homem, que parecia estar lá todo o tempo, me ensina que é a imagem de um judeu. Pergunto como é seu nome e me responde: "Filo". Despertei aí.

Passei a manhã inteira possuído por esse sonho e sem encontrar nada que eu pudesse relacionar com a situação que estava vivendo. À tarde, contei a história toda para Pistorius que ficou pensativo e levou tudo muito a sério.

-Que sabe sobre Filo?

- Não muito, respondi. Sei que foi um pensador judeu (aí tocou um sino na minha cabeça) dos primeiros anos do cristianismo e seu nome apareceu muitas vezes nas conversas de domingo do meu pai com os amigos que eu chamava de "estranhos". Havia os "esnobes", os "pedantes", os "chatos", e assim por diante. Filo era tema dos "estranhos". Entendeu?

- Não, mas não importa. O fato é que Filo parece ter nascido uns vinte anos antes de Cristo e seus escritos datam dos anos 40 d.C. nos quais não menciona o cristianismo; mas, de uma forma ou de outra, faz referências às comunidades místicas de pensadores que conheceu em suas viagens ao Templo. Conheceu essênios e terapeutas. É curioso que falamos sobre isso há poucos dias e não lembro de ter dito que Filo foi o grande inspirador de Orígenes. Sobretudo no que diz respeito ao uso da alegoria na exegese cristã em oposição ao literalismo.

- É verdade. Ao contar lembrei-me de que a menção a Filo vinha sempre associada ao qualificativo "judeu". Filo, o judeu, ou, agora lembro, Filo de Alexandria! Conte mais, meu amigo!

- Os essênios eram uma comunidade que teve o seu grande momento por ocasião do nascimento de Jesus. Digamos que floresceu setenta anos antes de Jesus e acabou setenta anos depois. Filo escreveu sobre eles. Há indícios não confirmados de que tanto Jesus quanto João Batista tenham sido essênios, embora eu tenha minhas dúvidas.

- Por que você tem dúvidas disso? Na verdade nunca ouvi nada a esse respeito e estou cheio de curiosidade.

- Porque ouvi muitas coisas enquanto peregrinava pela Itália e França e hoje sinto uma forte inclinação a considerar influências da Babilônia nos discursos de Jesus. Mas deixemos este assunto para outra ocasião. Vamos voltar ao sonho, por favor.

- Pois é, falávamos dessas imagens que eu achei que escutara de você.

- Interessante que eu não as tenha mencionado e haja uma correlação no seu sonho. De um lado os essênios eram ativos politicamente e de outro havia os terapeutas que se concentravam ao sul de Alexandria e eram mais contemplativos e universalistas. Faziam uma leitura alegórica e criativa das escrituras sem discriminar homens e mulheres na comunidade. Não conheço suas origens nem o que aconteceu com eles depois. Os essênios foram aniquilados pelos romanos, que destruíram suas comunidades pelos anos 70 d.C.

- Não eram os essênios gente simples, pastores e pequenos agricultores? Viviam no deserto, não?

- É o que se diz. Quanto a deserto, parece uma tradução inadequada, a palavra grega é *eremos*, que significa lugar de recolhimento. Daí o eremita. Os terapeutas eram teóricos mais reflexivos e igualmente místicos. Uma dessas comunidades de terapeutas, próxima a Alexandria, cuidava da cura da alma enquanto os médicos da cidade curavam o corpo. Alexandria tem uma importância maior do que se supõe.

- Ah! Por isso é que você comentou outro dia algo parecido quando criticava os médicos!

- Comentei? Não me lembro. Parece que os terapeutas se destacavam por assinalar constantemente que faziam a leitura das escrituras como se estas fossem uma alegoria a algo mais importante; referiam-se a um significado maior. Estou certo de que não mencionei os terapeutas como uma comunidade que de fato exista...

- Ou existiu?

- Sejamos menos literais, doutor! A função das escrituras é passar verdades espirituais, o fato histórico é irrelevante. Historicamente, havia os *assaya*, os médicos. Talvez essênio venha dessa palavra.

- Já percebi que quando se irrita comigo me chama de "doutor" com uma pitada de ironia. Mas não me ofende. Estou começando a compreender o sentido de "curar" a que você se refere. Antes eu percebia como coisas de pastor de igreja.

- Cuidado para não ofender a mim! Não me vejo como um missionário da Igreja. Foram as circunstâncias me levaram a este lugar e a esta posição. Sou apenas uma pessoa em busca de sentido para a vida, um cura de almas convencido de que a gente faz alma, no sentido de expandir, à medida que fazemos o que precisa ser feito, quando pode ser feito. É como ser um herói em tempo integral. Parece pretensioso, não é? Mas não ser herói é ser um candidato ao tédio.

- Entendo. (Não sabia muito bem se entendia...) Gostaria, no entanto, que dissesse algo a respeito do meu sonho.

- Pois é. Pensava nisso. Sei que não falei dos terapeutas, não insinuei a importância de Filo nas minhas reflexões e ainda assim ele o "visitou" esta noite. Como você viu essas duas mulheres?

- A primeira era alguém relacionada a meu bem-estar, uma pessoa dedicada a me cuidar, ou melhor, era protetora. Presente, mas invisível quando não necessária. Lembrou minha mãe. Já a segunda era uma mulher jovem, invisível mesmo quando necessária. Sei como era, mas não a vi, mesmo quando me passou a mensagem pela portinhola.Talvez eu pudesse tê-la visto se olhasse diretamente para a janelinha. Eu estava mais atraído pelas nuvens no céu e pelo amanhecer. Havia algo de promessa no ar, como se fosse reencontrá-la inevitavelmente.

- Vai encontrá-la, sem dúvida. Mas, e o homem?

- Era pouco mais velho que eu. Uns seis ou sete anos mais velho, digamos. Era amável e atencioso. Eu prestava atenção ao que ele dizia. Você não está pensando que é uma imagem sua, está?

- Nem de longe! Eu não sou assim. Além do mais, por que o sonho me esconderia atrás dessa máscara de egípcio? Eu diria para você ficar atento aos próximos seis ou sete anos. Ou cinco. Não importa o número. Uma voz interior parece dizer que prepara algo para você num futuro próximo. Seria bom entender a mensagem ou reconhecer a oportunidade quando ela se revelar.

- Você parece saber mais do que diz. Por acaso está vendo algum oráculo no sonho?

- Não, por favor! Não vejo oráculo algum e tudo que vi foi o que me contou. Nada mais. Isso não me impede de ter fantasias. Prefiro guardar minhas fantasias por enquanto. Afinal, são minhas imagens e o sonho são suas imagens. Já é tarde. Boa noite, doutor – sem nenhuma irritação – é uma forma afetiva de dirigir-me a você. Boa noite, meu amigo. Bons sonhos!

Subitamente me dei conta de que Pistorius também era médico! Havia apagado por completo da minha mente o fato de que ele estudara medicina na Itália. Não foi a primeira vez que senti um profundo amor por esse homem.

8 de dezembro de 1629

Os dias passam rapidamente. Partiremos com certeza no dia 26. A movimentação é febril e estamos tão tomados pelos preparativos e pela ansiedade que, mesmo agora, enquanto escrevo, faço-o como se estivesse em falta com mil afazeres pendentes. Na verdade foi um dia estafante, mas produtivo. É noite e escrevo diante de uma vela que tem ainda muita cera para queimar. Estou cansado, mas não o suficiente para impedir-me de registrar alguns acontecimentos recentes.

Encontrei Pistorius outras vezes e falamos sobre Filo de Alexandria, Orígenes, as comunidades meditativas, que ele chamou de gnósticas e me apavorou. Sempre associei o gnosticismo a práticas perversas de alucinados que haviam abandonado os ensinamentos corretos da cristandade. Pistorius alertou-me para a diferença entre gnose e a versão cristã, especialmente católica, do que foi chamado de gnosticismo, seitas perversas que praticavam toda sorte de rituais sombrios e corrompidos pelo impulso dos prazeres do corpo.

Gnose, dizia meu amigo, não é mais que conhecimento. No caso dessas comunidades, a expressão referia-se a uma forma de conhecimento transcendental dos propósitos divinos de salvação através do Logos.

- Lembra-se de que "no princípio era o Verbo?" Nada mais gnóstico. Traduziram por Verbo por preguiça ou conveniência, mas dá no mesmo. Logos é um princípio que se contrapõe a outro princípio, que é Eros. Este é vida, satisfação que não significa luxúria, mas bem-estar com a natureza. Talvez a imagem daquela cena do seu sonho quando acorda, uma mulher maternal cuida de você, o amanhecer está bonito, você se sente bem e merece uma mensagem de um feminino mais afoito e menos evidente. Logos é a busca pelo espírito, ou seja, pela inteligência, pelo saber e pela reflexão.

- Aonde você quer chegar?

- Há um longo caminho até chegarmos lá. Não seja apressado. Antes eu não queria chegar a lugar nenhum com você. Entretanto isso mudou. Mas não me apresse. A busca da gnose é a de um Adão primordial, o Antropos, que seria o carreador, no tempo limitado do universo, da alma humanizada. Podemos dizer que a gnose é uma teologia vista pelo prisma da tradição clássica da filosofia grega.

- A mim parece um tanto misterioso...

- Boa palavra. A atitude gnóstica é uma atitude de mistério. A palavra grega é *myein*, que significa fechar delicadamente. Assim como o fechar das pétalas de uma flor, o fechar dos olhos para refletir ou fechar os lábios em segredo. Os neófitos da gnose são chamados *mystes*, aqueles iniciados nos segredos. Veja bem, não se trata de segredos como os segredos estratégicos, segredos que são guardados para auferir as vantagens da surpresa, para levar vantagens militares e conquistar poder. Os segredos da gnose dizem respeito a poder, sim, mas a poder fazer algo maior, a "fazer alma" e para isso, a matéria-prima é experiência, conhecimento, reflexão e, conduta correta. Sabedoria resume bem.

- Alguma relação com o que falamos sobre "prima matéria" no sentido alquímico?

- Bravo! A alquimia no sentido mais delicado era pura gnose. Eu ousaria dizer que houve essa passagem da gnose pela alquimia no século passado e no século XV como uma anunciação da Reforma na Igreja. Quando Lutero preparou sua versão do Novo Testamento em 1522, trouxe mais um momento alquímico; apresentando uma linguagem mais acessível ao público alemão revolucionou a maneira de revisar as Escrituras.

- Causando grande contrariedade à Igreja Católica...

- A Igreja Católica teve sempre como objetivo o caráter de universalidade; é isso que católico significa: universal. Quando se pretende a universalidade, o *unus verto*, o todo voltado para o um, precisa-se de disciplina e ordem coletivas. Perde-se assim em criatividade e no valor do indivíduo como expressão criadora. Quando se permite que indivíduos mergulhem em reflexões teológicas não se pode esperar ortodoxia! Talvez os movimentos gnósticos tenham sumido pela liberdade de reflexão que proporcionavam. Isso não quer dizer que a atitude gnóstica tenha desaparecido. Lembra-se do processo de tornar a alma imortal? Se dermos uma olhada na história...-

- Mas, você disse que a história era irrelevante!

- Santo Deus! Eu disse que as Escrituras não deveriam ser lidas como fatos históricos e sim como estímulo às reflexões espirituais. A história é tão importante quanto a medicina!

- Desculpe.

- Está desculpado. A igreja deliberou muito tempo para decidir se era preciso desligar-se completamente do Judaísmo e das Leis Mosaicas. Mas era complicado e Paulo encontrou a "via media". Ficaria o Velho Testamento e entraria um livro para ser interpretado à luz de Jesus Cristo. Veio o Novo Testamento, mas importante mesmo, na época foi a derrota do gnosticismo. Os ascetas e os pensadores tidos como pagãos foram empurrados para comunidades isoladas. A iniciação passou a ser a via natural de acesso à gnose.

- E como alguém era iniciado nesse processo?

- Alquímicamente, meu caro. Depois de reconhecida a matéria-prima do seu trabalho na vida, aparecia – e não me tome literalmente - um mistagogo. O mistagogo era um condutor de alma, parecido com o deus Hermes que conduzia os mortos pelos labirintos da escuridão, quando era chamado de psicopompo.

- Assim como você está sendo comigo? (Assim que disse isso morri de vergonha. Senti-me um menino no jardim da infância!).

- Não. Acho que estou mais próximo do *Paedagogus*, o tutor de que fala Clemente. A matéria-prima de que estamos falando agora se revelou aos teólogos do início da Igreja, na forma de problemas teóricos e práticos, espirituais e operacionais. Depois da queda do Templo, no ano 70, a união com os judeus tornou-se impossível. Tanto que em 135 d.C. Jerusalém já havia perdido as características de capital judaico-cristã. A ênfase recaía nas igrejas gentias das grandes cidades como Alexandria e, sobretudo, Roma. A comunidade tendo um bispo como autoridade tornou-se a direção do processo. Viu? A história pode ser um processo alquímico. A história pessoal também, ou não. Há vidas que parecem um seixo rolado, de rio.

- Você se considera um "gnóstico"? Um iniciado?

Pistorius não deu resposta, mas me olhou de uma maneira marota. Como tivesse percebido meu desconforto, meneou a cabeça e fez uma expressão de grande compaixão. É claro que ele estava sendo meu "mistagogo", guia, ou seja lá o quê. Aprendi rápido o sentido de mistério no sentido de fechar suavemente os lábios. Ao pronunciar o óbvio, algo diminuiu de tamanho, perdeu-se algo em sacralidade.

9 de dezembro de 1629

Acordei ansioso por fechar esse assunto de ontem. Não consegui dormir direito e as perguntas não calaram. Consegui encontrar uma situação calma no porto, coisa rara, para conversar com meu amigo-mestre ao pôr do sol.

- Gostaria que você me esclarecesse a questão dos bispos, clero, pais da igreja e outras coisas que me deixaram muito confuso, Pistorius.

- Veja bem, as leituras pagãs eram muito atraentes ao povo e muito estimulantes aos intelectuais pela liberdade que proporcionavam. Era preciso um clero para substituir os pensadores. Inácio percebeu muito bem trazendo à prática da igreja a importância clerical. Irineu colaborou sublinhando a importância de uma "tradição" que ainda não existia. Curioso, não é? Inventar uma tradição...

- E aí?

- Daí que o povo foi ficando mais afastado. A congregação ficou menos importante. Os gregos até esconderam o altar! A congregação não via a celebração da missa. No século VIII a missa em latim tinha o cânone recitado em voz muito baixa, inaudível para o povo.

- Imagino que isso abriu caminho para a gnose.

- Não exatamente. Críticos pagãos educados e bem formados em filosofia abriram caminho para Clemente e Orígenes. Perceberam que o cristianismo precisava ser uma aspiração ética. Por isso diziam que Sócrates era cristão antes do cristianismo. Viam nos Evangelhos uma potencialidade moral no homem como criação de Deus.

- Você falou do século VIII, mas antes disso os movimentos gnósticos eram já importantes nos séculos I, II e III.

- Foi só um exemplo. O século IV trouxe um afluxo imenso de adeptos ao cristianismo, forçando os movimentos gnósticos ao isolamento. Essa massa de adeptos precisava de regras como toda massa. O pensamento criativo é que precisa de isolamento e solidão para se manifestar.

- Por que o cristianismo se firmou então, mesmo com todas as invasões bárbaras? Deveria ter minguado.

- Ao contrário. A invasão bárbara desintegrou o império ocidental, especialmente aquela parte liderada pelo bispo de Roma, que era a única liderança coerente para uma coesão européia.

- Agora é que não entendi mesmo!

- O papado não tinha como representar a unidade cristã na forma tradicional. O Papa Gregòrio, o Grande, percebeu, como bom articulador político que foi, que a sobrevivência da Igreja como instituição estava no alinhamento com os chamados bárbaros ocidentais. Essa visão pragmática separou ainda mais os cristãos gregos tradicionais dos latinos, mais flexíveis, politicamente mais articulados.

- Não seria por causa da língua? Duas línguas fortes como o grego e o latim?

- O problema não era a língua, mas a linguagem. Não havia vontade de compreensão mútua. Isso resultou num movimento ocidentalizante da Igreja em relação a Constantinopla. A conversão de Constantino não cristianizou o seu império. Enquanto isso, a Igreja grega tinha de se haver com as conquistas islâmicas.

- Pelo que entendi, essa ocidentalização do cristianismo encontrou a fórmula da sobrevivência dividindo a representação na forma do bispado.

- Exatamente. A comunidade tendo o bispo como autoridade ficava mais fácil de administrar. Inácio, sublinhando a importância clerical, permitiu que o cânone do Novo Testamento pudesse ser estabelecido.

- Entendo. O bispado junto com a "tradição" criada para a Igreja formou as bases de seu poderia político.

- Pois é. Irineu, com sua visão da igreja com uma "tradição", que na verdade é uma compilação de várias tradições já muito conhecida de outros grupos, deu o toque que precisava.

- É? Que grupos?

- Os Terapeutas, por exemplo...

Não quis falar mais e fui dormir um pouco mais confortável. No meu entendimento, a era dos Pais da Igreja terminara com Gregório, no Ocidente, e com João de Damasco, no Oriente. A partir daí já não era mais possível usar cristandade como expressão de uma história comum para essas duas vertentes.

10 de dezembro de 1629

São tantas as coisas que gostaria de estar registrando que termino por escrever quase nada. Continuamos desfrutando o bom tempo e cheios de tarefas a cumprir. A questão do Testamento de Duarte Coelho continua ocupando meus pensamentos tanto quanto os ensinamentos de Pistorius, esse íncubo que caiu do nada a meu lado.

Aprendo constantemente com ele. Dediquei os poucos anos de minha vida à formação como médico e como ouvinte de teoria religiosa. Tive pouco interesse pela história que se desenrolava pela Europa. Parecia a um jovem estudante uma história de insanos. A Inglaterra engajada em lutas intestinas de poder. Os Países Baixos, que não me era possível ignorar, em disputas constantes. Os casamentos de interesse que uma vez celebrados, refaziam toda postura estratégica do estado, seguiam sua comédia.

Estamos nós agora, em direção a colônias atlânticas de Espanha e Portugal praticamente por conta de pendengas entre hispânicos e holandeses sobre outras possessões ultramarinas. É tudo muito estranho...

13 de dezembro de 1629

Continuo com muita vontade de conversar com Pistorius sobre essa história que o Kemp me contou. Não pode ser uma simples coincidência essas conversas sobre gnose, alquimia, comunidades místicas e como, sem ver nenhuma ligação, eu trato do homem que me conta de um projeto para criar em Pernambuco algo parecido! Ou serei eu, fascinado pelo tema, que estou devaneando e criando ligações que não existem?

Fiz uma longa caminhada pela praia com Pistorius. Minha visão do cristianismo anda se abalando nos alicerces. Sei bem que nunca aceitei os dogmas de uma forma cega. O ambiente acadêmico da minha casa estimulou a crítica e a curiosidade. Por outro lado, Pistorius ainda me confunde. É um ministro luterano, mostra-se encantado pelos rituais católicos e seu discurso é de um liberal; de um historiador, talvez. Por alguma razão acho que ele sabe para onde está indo. Eu é que ainda não tenho a mais vaga noção do meu destino.

Ainda me faltam as dúvidas mais importantes. Meu amigo, com certeza sabe onde as dele estão e espera as respostas com uma serenidade invejável.

Os conhecimentos de Pistorius sobre Alexandria, a grande biblioteca e o museu me fascinam como se eu nunca tivesse convivido com mestres do mais alto nível de conhecimento. Parece que respira teologia. Não essa teologia repetitiva das aulas dominicais, mas uma teologia viva, interiorizada, que não pode ser facilmente ensinada. Precisa ser vivida, experimentada, digerida e só então externalizada. Exteriorizada de uma forma humana, completa e não um pacote de palavras, no mais das vezes, vazias.

14 de dezembro de 1629

Para quem não teria mais tempo para escrever e refletir, tenho refletido e escrito bastante. Isso não significa que o hospital esteja vazio e as pessoas tenham deixado de adoecer. Simplesmente não quero escrever sobre isso agora.

Comecei a encontrar conceitos para sentimentos que me eram familiares, porém indefinidos. Aprendi que Clemente, precursor de Orígenes, dizia que a ignorância é a causa do pecado. Achei fascinante, à luz do que vimos discutindo nesses últimos meses. Pistorius insiste numa inspiração, um alento, que nos leva a conhecer. Ele desenvolve suas idéias com enorme suavidade e com um brilho que me escapa ao tentar reproduzir. Relendo meus escritos, percebo um aglomerado de informações que não reflete a profundidade do que escutei.

Sinto uma certa inclinação de Pistorius pelo catolicismo e fico confuso. Suas idéias privilegiam o divino através do humano, pelo reconhecimento humano do que seja sagrado sem descuidar do profano. Essas idéias sempre assustaram os chefes da Igreja Católica que preferiam a aceitação mecânica do dogma a essa inspiração criadora. Mas é um convite a contemplar a teologia de um ângulo poético, evitando a concretude das imagens e a literalidade. A alegoria deixa tudo muito mais rico.

Pistorius vem se mostrando bem mais alegre do que antes. No início me parecia uma pessoa taciturna, cáustica e, às vezes, desagradável socialmente. Por outro lado, venho percebendo que meu julgamento também se transforma. Talvez ele continue igual...

18 de dezembro de 1629

Antes que me esqueça, preciso registrar que tive mais informações de como o manuscrito foi parar na Inglaterra:

Como já me havia contado, Kemp relembrou que o "Testamento de Duarte Coelho", como ele diz, fora escrito em Lisboa no ano de 1554. Duarte Coelho já suspeitava então que, por alguma razão, não poderia voltar a Olinda. Teria redigido um plano e seus princípios, confiando o documento a seu cunhado. Certamente com informações e orientação a quantos mais estivessem engajados nesse processo.

Entendi que havia uma intenção de restaurar o catolicismo na Inglaterra associado ao plano. Quando a Rainha Mary se casou com Felipe, filho do Rei Carlos V da Espanha, o Testamento já estaria em Madri e daí seguiu para Londres. Alguém do grupo ligado a Duarte Coelho compareceu ao casamento e recebeu o documento.

Felipe assumiu o governo dos Países Baixos e, em 1556, quando seu pai abdicou em seu favor, criou toda uma rede de influência e de colaboradores. Para infelicidade dos seus planos políticos (dos quais pouco sei), a Rainha Mary morreu em 1558. Nessa ocasião subiu ao trono a Rainha Elisabeth I e pouco depois se instala o puritanismo na Inglaterra. Assim, muitos calvinistas de Flandres que sofriam perseguições nos Países Baixos se animaram a mudar para a Inglaterra.

As coisas ficam mais confusas para mim. Evidentemente não quis (não pude) forçar Kemp a falar mais do que estava disposto no seu humor rabugento e desconfiado, (não sem razão)!

19 de dezembro de 1629

Preciso escrever um pouco mais. Não consigo parar de pensar nessa história. Devia ter gente muito importante envolvida nesse projeto para Pernambuco. Sendo assim, o cunhado de Duarte Coelho apressou-se a retirar o documento de Portugal após sua morte, por meio de pessoas de confiança na Espanha e que teriam ligações com a corte, já que imagino que tenham comparecido às bodas em Londres. Aí, continuo supondo, poderia haver outro grupo ligado ao projeto que, de quebra, gostaria da restauração do catolicismo na Inglaterra.

Estaria Felipe envolvido? De qualquer forma foi um casamento estranho, pois Mary era muito mais velha que ele. Considerando aceitáveis essas suposições, a família Kemp estaria no grupo dos restauradores, ficando como guardiã do "testamento", que desapareceu depois de 1563, quando outro grupo de calvinistas retornou aos Países Baixos. Estou gostando da minha teoria, ainda que se prove inverossímil.

Sei que houve um grande tumulto com o fim da Inquisição na Holanda.

Perguntei a Pistorius se ele sabia quando o "Imitatio Christi" de Thomas à Kempis poderia ter sido traduzido para o Inglês. Ao final do dia de hoje me disse que fora por volta de 1567. Uma curiosa coincidência, pois, na mesma ocasião, o Duque de Alba assumiu o governo dos Países Baixos e estabeleceu um regime de terror.

Talvez houvesse informações fragmentadas de algum movimento revolucionário na clandestinidade contra os espanhóis, o que justificaria a repressão exercida pelo Duque de Alba. O fato é que o documento foi parar na Holanda, com toda certeza vindo da Inglaterra. Em virtude de uma situação política perigosa, em ambos os países, deve ter sido escondido ou se terá perdido. Por que seria tão perigoso?

É tempo de sair dos devaneios, já quase amanhece. Posso ver os primeiros sinais da madrugada e a silhueta das caravelas no porto, inquietas nas suas amarras, ansiosas por partir em direção a não sei quê. Quanto a mim, sabia mais antes do que sei agora. Cansado, vou dormir.

21 de dezembro de 1629

Tudo pronto para a partida em seis dias. Além das tarefas extraordinárias que me couberam, movi céus e terra para conseguir que Thomas Kemp fosse designado como auxiliar especial na caravela em que viajaria. Atormentei o meu amigo Caspar até o limite de sua curiosidade onde me vi constrangido a contar uma parte do que eu sabia. Foi uma versão criativa e simplificada até o limite do verossímil. Caspar mostrou-se muito interessado. Demasiado interessado. Pedi-lhe a maior discrição que pudesse me dar.

Contei o ocorrido a Kemp, que não escondeu sua enorme frustração. Raiva é um termo melhor. Disse que não me havia autorizado a pedir coisa alguma, que o fato de tê-lo tratado não me dava direitos sobre ele, por maior que fosse sua gratidão e saiu nessa linha de destempero.

Mais calmo pedi-lhe desculpas, reconheci a forma pela qual eu havia trespassado uma fronteira sem permissão, mas também pude fazer minha exposição de motivos. Ele estava demasiado só nessa história; o peso dessa responsabilidade poderia estar causando uma fragilidade no seu corpo e, como eu esperava que confiasse em mim, gostaria de estar a seu lado. Disse da minha relação especial com Pistorius e o fato de não ter contado nada a ele. Só contei um pouco a Caspar para que fosse possível a transferência de funções. Isso pareceu acalmá-lo.

Mais uma vez, perdi uma boa chance de ficar calado e, por gabolice afirmei que poderia ter contado tudo a Caspar e não revelar nada a ele, Kemp. Tentei convencê-lo de que certas buscas não podem ser levadas a cabo isoladamente. Usei a experiência de Duarte Coelho como exemplo, ao que ele retrucou que o resultado final era bem conhecido! Aí lembrei que, segundo ele, o donatário teria sido assassinado!

Bem, a gente faz o que pode. Confesso que não tenho grandes motivações humanitárias nesse caso. Estou movido por uma enorme curiosidade de saber o que, na verdade, movia esse grupo. Talvez não fosse assim se não houvesse essa estranha coincidência do tema nas minhas conversas com Pistorius. Parecia que estávamos eu, Pistorius e Kemp tratando do mesmo assunto e freqüentando um mundo paralelo.

Não há muito tempo para escrever hoje. Encontrei Kemp que, como esperado, mostra-se aborrecido pelo sentimento de ter sido traído. Fechou-se numa carapaça. Foi traído mesmo. Só as pessoas próximas podem trair e, no meu caso, a traição, como quase todas as traições, tinha uma boa intenção. O que dificulta é o traído se comportar como o traidor, traindo as razões da traição. Ele estava só nessa história e agora estamos juntos, ainda que ele não se dê conta.

Estou nessa empreitada por bisbilhotice pessoal e por estar intensamente motivado a ajudá-lo a descobrir mais a respeito desse alegado plano de Duarte Coelho. "Plano" é uma palavra minha. Kemp se refere ao documento como "testamento".

23 de dezembro de 1629

Não cessa a minha admiração pela administração dessa empreitada, ainda que tenha restrições quanto aos princípios que a norteiam: lucro, vantagens e, em minha opinião, pilhagem.

Quando conversei com meu amigo de infância Caspar Hendricks e ventilei essas idéias, a sua praticidade aflorou com a força de sempre:

- Por que pilhagem, com esse tom de culpa, Peter? Culpa é um sentimento inútil. O conceito de culpa serve para que juízes o atribuam a terceiros. Atribuir culpa a nós mesmos é inacreditável!

- Mas que direito nós temos de invadir o Brasil e tomar o que por lá exista para gáudio e riqueza de uma companhia comercial?

- O mesmo direito que se arvorou Portugal de invadir uma terra que já tinha donos e moradores que nunca pensaram em invadir a Europa, que eu saiba. O mesmo direito que teve o Papa de dividir terras e mares entre Portugal e Espanha sem consultar os interesses da Holanda, da Inglaterra, da França, etc. Por acaso não temos interesses ultramarinos? A grande diferença é que não somos hipócritas; está bem claro na lei e nos contratos do Governo-Geral que não temos nada contra ganhar dinheiro. Nossas riquezas são conquistadas pela competência militar e comercial. São distribuídas e vendidas pelo mundo. Produtos de todas as partes do mundo encontram-se à mesa de muitos na Europa!

- Caspar, meu amigo, somos uma república e não uma monarquia em que as coisas se resolvem pelo interesse de poucos.

- Somos uma república aristocrática! São poucos os sábios e são poucos os nobres. Cabe a essas elites tomar as decisões nacionais e depois levar em consideração a necessidade das camadas menos favorecidas. Não lhe parece justo? O que estamos fazendo, os cartagineses, os fenícios, venezianos, genoveses e florentinos já fizeram. Crescemos pelo comércio e a liberdade de comércio é a marca de uma grande nação. Estamos fazendo valer um direito natural. Onde houver riqueza estaremos por perto. Que a protejam! Se forem fracos, seremos vitoriosos. Sempre foi assim e continuará sendo assim. Não se preocupe Peter, somos organizados e eficientes. Faça a sua parte e deixe o resto por nossa conta. É só o que pedimos: que cada um faça a sua parte.

Talvez tenha ficado mais confuso, mas de alguma forma me acalmei. Em meio ao trabalho correspondente "à minha parte" vi com mais pragmatismo o reagrupamento das tropas que ficaram acantonadas no continente, em Cabo Verde. Só duas vezes estive no continente. A realidade era completamente outra; havia muitas matas verdes e densas, uma interação de respeitosa distância com os povos locais e uma imensa quantidade de gente nossa. Parecia que tudo funcionava bem.

24 de dezembro de 1629

Amanhã faremos uma celebração pequena do Natal e no mesmo dia estaremos embarcados para partir depois do amanhecer de 26.

Quase que Pistorius é designado para outra embarcação, uma nau aberta que demoraria mais a chegar a Pernambuco. Ele me proibiu de interferir nos acontecimentos como fizera com Kemp. Que deixasse ser o que tivesse de ser. Finalmente continuou junto comigo. Devo dizer conosco, já que estou ligado tão fortemente a ele e a Kemp.

Pistorius sabe que alguma coisa está ocorrendo da qual ele não foi informado. Poderia parecer ciúme quando fez uma observação sobre o nome "Kemp", que em inglês significa grosseiro. O sentido é mais sutil, é um grosseiro que destoa. Entretanto, entendi como sinalização de que ele estava atento.

Também me questionou um pouco sobre meu interesse por Thomas à Kempis. Queria saber o porquê da minha curiosidade sobre a tradução para o inglês do "Imitatio Christi". Achou que eu havia ficado contente com a informação de que essa tradução datava de 1567. Perguntou se eu continuaria contente se ele dissesse que essa havia sido a segunda tradução! A primeira havia sido em 1503, noventa e nove anos depois de escrita a obra.

Espontaneamente me ilustrou, como sempre, sobre o contexto em que foi escrita a obra desse abade alemão do Séc XIV. Pistorius não parecia muito impressionado com a *Imitação de Cristo*. Segundo ele, era uma reação a uma saudável tendência que surgia na Europa de se buscar conhecimento em teologia e não uma aceitação incondicional dos dogmas como preconizava a Igreja de Roma. Pelo menos disse que o mérito da obra de Thomas à Kempis estava numa colocação: que a razão não era suficiente e, sozinha, não era adequada para se compreender o mistério chamado Deus.

Fiquei novamente com aquela sensação de escola dominical quando a criança acha que o pastor sabe a besteira que ela fez. Quase confessei tudo. Achei melhor dizer apenas que minha curiosidade devia-se à origem inglesa de Thomas Kemp e a similaridade do nome. Pistorius fingiu acreditar.

27 de dezembro de 1629

Saímos ontem quando amanheceu o dia. Somos uma força impressionante, mesmo para quem esteja acostumado a participar de grandes operações militares.

Estava falando sério o conselheiro Jan Andries Moerbeck quando, em 1624, sugeriu à Companhia das Índias Ocidentais que o Brasil deveria ser tomado da Espanha o quanto antes. A empreitada da Bahia foi um fracasso cheio de ensinamentos. Desta vez não pode dar errado. A operação foi cercada de cuidados, até mesmo os detalhes do plano da invasão selados em carta a serem lidos após a passagem do equador. Cada comandante carrega a sua própria cópia.

A viagem será longa, com cuidado, evitando nos separarmos em tempestades e fugindo das vistas de naus portuguesas. Para isso contamos, inclusive, com a colaboração e presença entre nós de um navegador lusitano que viaja com o Almirante Adrianszoon. Também foram de grande valia as informações da tripulação de uma fragata espanhola que uma de nossas esquadras capturou quando vinha em direção a Cabo Verde. Usamos também a fragata e deixamos a tripulação em São Vicente.

Esperamos chegar à costa de Pernambuco depois de seis semanas navegando; antes da segunda metade de fevereiro, pois.

Fiquei sabendo por um dos nativos brasilianos que se juntaram a nós que Pernambuco, na língua local, é uma deturpação portuguesa de *Parana'mbuco* que significa "mar que abre uma brecha". Aparentemente, ao norte da capitania existem barreiras naturais de arrecifes e nestas, algumas brechas abertas pelo mar. Oferecem um abrigo natural para muitos navios quando se aprende a navegar entrando e saindo por essas brechas.

31 de dezembro de 1629

Termina o ano de 1629! Tenho a certeza de que a década que se inicia amanhã terminará, se vivo estiver, para um homem transformado, assim como transformado me sinto hoje. Há dez anos atrás eu era um jovem estudante, desfrutando o privilégio de ser parte de uma família educada e em boas condições financeiras. Estou próximo de completar trinta anos em pleno mar e possivelmente já então no hemisfério sul.

Não houve muito tumulto no embarque. Entretanto, nos primeiros quatro dias de viagem já surgiram os quadros mórbidos mais temidos. Um dos soldados de infantaria mostrou sinais de escorbuto, afecção rara em marujos experientes com poucos dias de viagem. O rapaz, que não deve ter mais de dezoito anos mostra-se desnutrido. Estou administrando refrescos que chamamos "verversinge", uma mistura das frutas que se tenha e, eventualmente, legumes.

Caso apareçam outros com a doença, possivelmente terão de ficar na Ilha Pavonia, a ilha paradisíaca que citei há um tempo atrás. Os portugueses chamam de "Fernando de Noronha", mas é uma ilha de domínio holandês e está arrendada a Michael de Pauw. É usada como ponto de tratamento de escorbuto, além, é claro, de porto de apoio a navios holandeses. O corsário Pé-de-Pau, como é conhecido Corneliizoon Jol, navega à vontade às vistas do Recife, observando toda a movimentação do porto.

6 de janeiro de 1630

Nada de muito especial ocorreu. Navegamos com bom tempo e até agora, com onze dias de viagem, não perdemos nenhum navio e tudo corre como o planejado. Foram avistadas duas naves rápidas velejando ao sul. Não foi possível identificá-las e foi decidido não persegui-las. Desapareceram em pouco tempo. Pensam os comandantes que eram naus mercantes, já que não tinham peças de artilharia e ficaram assustadas com o poderio de semelhante armada como a nossa.

8 de janeiro de 1630

Encontrei Kemp algumas vezes. Tentei conversar dentro dos limites de sua reserva, já minha conhecida. Era de fato descendente de ingleses. Aproveitei para diminuir um pouco minha ignorância sobre a Inglaterra e sua confusa posição política e religiosa.

Contou-me que em 1530, durante o reinado de Henrique VIII, este considerou intolerável que os interesses da Inglaterra fossem submetidos, por intermédio do Papa, à vontade de terceiros.

A Inglaterra era um país católico romano, portanto sujeito às vontades do Imperador da Espanha e sua enorme influência na Igreja. Complicava-se a equação por ser a Escócia, na época, também católica, mas subordinada à França. Dois anos depois eram ambas protestantes, livres de influências continentais, tendo o nacionalismo como elo.

Parece que Cromwell liderou as ações antipapais e anticlericais. Era tido como inescrupuloso. Além de escolher Cromwell como ponta de lança de suas intenções, Henrique VIII mandou enclausurar Thomas More pela sua recusa em repudiar o Papa. Para completar, também atacou protestantes pela recusa em aceitar o mistério da transubstanciação.

Por volta de 1536, suprimiu as ordens de monges e frades. Haveria lugar para bispos, mas não para a figura do abade. Lembrei-me de Pistorius quando me disse que o pensamento criativo precisava de isolamento e solidão para se preparar. O abade, isolado do clero e dos prosélitos, era perigoso, pois podia estar pensando criativamente.

A rivalidade entre o clero, o bispado, os monges e os frades (mais ativos que os monges) era enorme. Os bispos estavam acostumados a servir como funcionários reais. Assim, para estes foi fácil escolher entre o papa e o rei.

Posteriormente, no reinado de Elizabeth, fica definida a questão religiosa. Mas não foi simples. Antes dela, sua irmã Mary destruiu a causa católica. Era descendente de mãe espanhola, mas identificava-se com a Inglaterra. Por fanatismo, descuidou das coisas de estado e da delicada situação em se encontrava a Inglaterra. Seu casamento com Felipe II da Espanha não ajudou sua imagem na grande ilha de Albion.

Na época de Mary, o protestantismo era visto na Inglaterra como coisa de homens violentos. Quando Mary insistiu em casar-se com Felipe, em 1555, desrespeitando o desejo dos súditos, colocou a Inglaterra por três anos a reboque da Espanha.

Qualquer política contrária à Espanha precisaria ser colocada de lado, pois havia um alinhamento natural entre as duas potências. A pretensão de comércio com a América precisaria se descartada, pois era proibida por Felipe. Colonização e poder marítimo, nem pensar. Então, quando ela queimou trezentos protestantes em quatro anos, os súditos passaram a ver o catolicismo como uma religião estrangeira e cruel. O protestantismo agora não parecia tão violento assim.

Em junho de 1558, os franceses tomaram Calais dos ingleses numa guerra em que a Inglaterra entrou palidamente para agradar aos espanhóis. A perda dessa cabeça de ponte no continente, em território francês, selou a sorte de Mary como rainha impopular e entreguista.

Foi tida como uma rainha interessada em entregar seu reino aos espanhóis. Só a revolução ou sua morte poderia salvar a situação. O orgulho nacional estava muito ferido. Como elemento complicador, não tinha herdeiros.

Felipe passou a desprezá-la como esposa, já vendo Elisabeth como sucessora. Mary entregou-se à morte; deixou-se morrer. Subiu ao trono sua irmã de 25 anos, Elizabeth. Rapidamente, promoveu o afastamento do catolicismo que tinha princípios e leis latinas, usando uma língua estrangeira nas celebrações.

No primeiro ano, Elizabeth instalou uma igreja nacional com representação no Parlamento. Fez guerra contra a Espanha por conta do monopólio marítimo desta e em parte pela sua representatividade no catolicismo. A Inglaterra foi recriada aí. Isso encerrou as disputas com a Escócia e levou à conquista da Irlanda católica.

10 de janeiro de 1630

Não resisti e comecei a contar ao amigo Pistorius o que estava se passando entre Kemp e mim. Usei dos recém-adquiridos conhecimentos sobre história inglesa para introduzir a informação sobre esse provável documento de Duarte Coelho e o que poderia ter significado na época.

Pistorius ficou visivelmente magoado pela minha falta de confiança, apesar de tentar com bondade e cavalheirismo demonstrar o contrário. Exibindo a erudição de sempre, pegou de mote o que ele chamou de "mal-entendidos" entre o catolicismo e o nacionalismo inglês.

Repetiu que catolicismo é *universal*, não é romano, é visão de mundo, é uma aristocracia que nunca pretendeu tomar a Inglaterra. Discordei em silêncio, pois via evidências em contrário. Talvez o catolicismo não quisesse a Inglaterra, mas poderosos do Continente assim o desejavam, apoiados pela Igreja Católica de Roma. Pistorius fez uma crítica velada a Kemp dizendo que a história que nos interessa não pára ali. Anotei o "nós" na sua frase.

Lembrou que ainda em 1561, Mary Stuart, com 19 ou 20 anos, rainha da Escócia, estava pouco inclinada a submeter seus caprichos reais a essa representação religiosa criada por Elizabeth. Começou a dar sinais para a Europa de que estaria disposta a se engajar numa reforma católica da Inglaterra. Era tudo que os europeus queriam ouvir, uma líder do peso de Mary Stuart disposta a trazer a Inglaterra de volta à fé católica.

Mary Stuart começou a desejar alto uma contra-revolução para destituir Elizabeth, filha ilegítima de Henrique, e colocar a coroa na cabeça meritória dela mesma. A Escócia não tinha interesse em querelar com Elizabeth. Estava bem assim.

A moça realmente se complicou quando se casou com o assassino do seu marido. Pistorius era cáustico. Considerou o assassinato "normal por aquelas bandas", mas "havia uma certa má vontade para com esposas que assassinavam maridos".

Seu casamento levantou suspeitas e ela foi deposta em 1567, fugindo para a Inglaterra na ingênua esperança de contar com a acolhida de sua irmã mais velha. Elizabeth estava mais do que ciente das aventuras de entreguismo católico de Mary Stuart e não nutria simpatias pelas suas frivolidades. Mandou encarcerá-la. Quando descobriu que Felipe II, o Papa e outros na França conspiravam para Mary Stuart ficar com o trono da Inglaterra, contando com ajuda dentro da corte, mandou executar o Duque de Norfolk em 1572. Era ele um nobre dos mais influentes e pretendia casar-se com

Mary Stuart quando o Papa anulasse seu casamento com Bothwell, o assassino de seu primeiro marido.

O Duque de Norfolk estava ligado a Felipe e ao Duque de Alba. Portanto, quando os holandeses se rebelaram contra os dois, a rainha Elizabeth não ficou triste. Aproveitou o ensejo, e a própria Mary Stuart foi executada em 1587.

Antes de nos despedirmos, Pistorius disse já de pé e quase de costas: "Duarte Coelho tinha a simpatia de Mary Stuart".

Se eu estava confuso e envergonhado, agora estava me sentindo um tolo. Parecia que todos sabiam alguma coisa que eu não sabia e me faziam de idiota. Kemp não se relacionava com Pistorius, eu sabia. Pistorius não parecia saber nada dessa história de um testamento político de Duarte Coelho. No entanto, fez um comentário solto que sugeria um vínculo.

11 de janeiro de 1630

Minhas dúvidas aumentaram. Agora era a vez de não revelar demais a Kemp. Nos últimos dias conversamos aos pedaços. Tentei construir um texto coerente dessas conversas esparsas chegando à seguinte conclusão: Duarte Coelho devia ser parte importante de um movimento revolucionário para manter a Inglaterra católica para que fosse uma aliada segura da França e de Portugal.

A Espanha era mais uma ameaça que uma ajuda pressentida. Tanto que, hoje, os bisnetos de Duarte Coelho pelejam em lados distintos, pelo que me contou Caspar, nosso mestre em inteligência militar. O General Matias de Albuquerque luta pelo desejo de Portugal de se separar politicamente da Espanha. Parece seguir a tradição do avô. Duarte de Albuquerque Coelho, seu irmão mais velho, é ligado aos espanhóis. Nessas pendengas, ambos negligenciaram Pernambuco, para nossa vantagem. Também podem estar estrategicamente ocupando espaços políticos nos dois lados da arena.

13 de janeiro de 1630

Voltei a encontrar Pistorius, que parecia mudado. Falei das minhas últimas conjecturas e ele não quis muita conversa. Perguntei por que ele havia sido irônico e ele disse que a verdade precisa da proteção da ironia, não pode ser desvelada. Precisa de véus. E não quis mais conversar.

Fiquei triste. Mas o trabalho não me dava muito tempo para tristeza. Curiosamente, dava tempo e espaço para elucubrações e teorias. Agora eu estava ansioso para que chegássemos logo a Pernambuco, para que a ocupação fosse rápida e que não morresse muita gente.

20 de janeiro de 1630

Ontem ocorreu um fato excitante como prenúncio de que as hostilidades seriam violentas de parte a parte. As coisas não serão tão fáceis como me fizeram crer.

Avistamos uma nau avariada que velejava com dificuldade ao nosso encontro. Preparativos para luta e abordagem foram feitos para logo se perceber que era uma nau holandesa. Precisamente a nau de Corneliizoon Jol, o corsário que fazia da Ilha Pavonia (Fernando de Noronha) seu quartel.

Contou que, na noite de 21 de dezembro, quando estavam fundeados no porto principal, mandaram a terra uma lancha com quatro holandeses e sete prisioneiros portugueses que faziam as vezes de marujos a remar. A finalidade era buscar água e prevenirse para a chegada da armada que eventualmente faria aguada por lá. Não perceberam que sete naus portuguesas haviam chegado pelo porto menor a sudeste e armado emboscadas ao pé do ancoradouro.

Possivelmente mataram os holandeses e libertaram os portugueses, pois usaram a mesma lancha para vir na escuridão e atear fogo ao navio, em quatro lugares. O fogo se espalhou, mas a tripulação acudiu rapidamente e perdeu-se apenas o corredor da popa.

Trataram de se fazer ao mar depressa por não saberem qual a força dos portugueses. Evitaram navegar pelo sudeste da ilha saindo na direção nordeste para depois navegar em segurança na direção sudeste, na esperança de encontrar a armada.

Os planos de fundear na ilha foram por água abaixo. Mudamos a direção para o cabo chamado de Santo Agostinho. Possivelmente só avistaríamos Olinda em meados de fevereiro.

25 de janeiro de 1630

Nesses dias, muito tumulto a bordo; um marujo enlouqueceu. Tudo começou quando um soldado teve a doença da queda. Perdeu os sentidos, caiu em convulsões espumando e revirando os olhos. Vários homens a bordo queriam matá-lo por razões várias. Uns por acharem que estava possuído pelo demônio; outros porque era mau agouro. Foi difícil controlar a tripulação e fácil cuidar do marujo.

Contei com a ajuda de Kemp, que estava mais próximo à marujada. Ele se impôs como líder e fez questão que me ouvissem dizer que era uma enfermidade como outra qualquer. Não havia nada de sobrenatural. O rapaz precisava de cuidados e não, de castigo.

Agradeci internamente aquela feliz intervenção, que não impediu um marujo de ser acometido de uma crise de furor. Tomou atitudes obscenas, expondo as partes íntimas e dizendo que precisava ter intercurso sexual com aquele soldado. Só assim o navio poderia ser salvo de uma grande tragédia. Foi contido e uma sangria lhe foi aplicada. Eu estava convencido de que era excesso de bile contaminando o sangue e assim atingindo o cérebro e suas membranas.

Era difícil explicar àquela população que a loucura não podia ser vista como a luta entre Deus e Satã. Havia no corpo um sistema de canos e tubos, fios coordenando a ação de membros, sensações e locomoção. É claro que os pensamentos confusos e comportamentos estranhos devem ser atribuídos a substâncias tóxicas que são levadas ao cérebro.

Já na universidade eu percebia que os ensinamentos religiosos sobre loucura ficavam mais discretos. Sacerdotes e pastores também ficaram incomodados com a caça às bruxas e julgamentos por heresia. A luta apocalíptica entre Reforma e Contra-Reforma, entre Deus e o Diabo produziu apenas o caos. A validade da loucura religiosa foi questionada e começou a ser racionalizada.

Não tenho dúvidas de que o corpo afeta a mente e vice-versa. Faz parte da condição humana. Estou muito cansado de ser apresentado todos os dias a essa instância, apesar de fazer parte dela. Parece que a condição humana não passa de uma guerra civil da alma.

31 de janeiro de 1630

Já se percebem sinais de terra firme próxima. A temperatura mudou, o ar está quente e úmido e flutuam à volta do navio algas verdes e vermelhas como eu nunca vi.

2 de fevereiro de1630

Já avistamos terra! Navegamos em direção ao norte com terra à vista a *bakboord*, como gritam os marujos. Mirando a oeste lá estão as terras brasileiras. Sou tomado por uma invasão de afeto difícil de explicar.

10 de fevereiro de 1630

Os preparativos são frenéticos e já não posso parar para escrever. Sei que vamos desembarcar ao norte de Olinda, quatro léguas, na praia do Pau Amarelo.

Algumas naus vão se deter em frente aos fortes que protegem a barra do Recife para bombardeá-los enquanto se tenta penetrar no porto e ocupar o Recife. Boa parte da infantaria será desembarcada no norte e marchará para Olinda que é aberta e não fortificada.

Navegamos em círculos; vários grupos de navios formam vários círculos esperando a hora melhor para o desembarque e o início do canhoneio dos fortes. Estou muito tenso. Os militares parecem excitados, mas seguros do que estão fazendo. Eu não tenho idéia do que estão para fazer. Tenho medo. Vem aquela fantasia infantil para que "tudo acabe logo" quando eu sei que vai demorar muito e vai doer. Deve ser isso que faz com que as pessoas em pânico se exponham a riscos desnecessários e morram.

15 de fevereiro de 1630

Desembarcaram mais de quatro mil homens e várias peças de artilharia. Fiquei a bordo com ordens para só desembarcar quando houvessem os nossos soldados estabelecido uma cabeça de ponte segura para instalar um hospital. A maré está alta e logo mais, a maré baixa facilitará o desembarque do material de que necessitamos. Kemp já desapareceu com seu grupo em terra. Eu e Pistorius pisaremos em Pernambuco amanhã.

Podemos ver pequenas fortificações e uma tentativa de defesa que, mesmo para leigos inexperientes como eu, parecem risíveis. Sinto pena. Deveria sentir?

PERNAMBUCO

1629 - 1658

Reminiscências: um exercício de memória que faço para dar um contraponto local à chegada do meu pai e das forças sob o comando holandês.

No dia 9 de fevereiro de 1630 chegou ao porto do Recife um barco dos dois que haviam sido despachados de Cabo Verde pelo seu governador, João Corte Real, avisando que setenta naus holandesas haviam estado na ilha de São Vicente e se dirigiam a Pernambuco, tendo partido no dia 26 de dezembro.

A informação era confirmada por prisioneiros portugueses que foram deixados na ilha depois de tomada a fragata em que iam às Índias. Foram logo enviados dois patachos rápidos para o Recife, tendo um se perdido quando avistaram a esquadra invasora e procuraram fugir de seu alcance.

Antes disso, a 19 de dezembro, Rui Calaza Borges e o capitão Pedro Teixeira Franco comandaram uma expedição de sete caravelas à Ilha de Fernando de Noronha por saberem que o corsário "Pé-de-Pau" estaria por lá com três navios em mais uma incursão suspeita na área. Encontraram apenas uma caravela que pensaram ter destruído. Mataram quatro holandeses numa emboscada e prenderam sete além de terem libertado sete prisioneiros portugueses.

Na ilha, encontraram duas povoações: além dos holandeses, uma de negros, sobreviventes de um navio negreiro que vinha de Angola e que eles capturaram. Os negros plantavam mandioca e outras coisas que serviam de subsistência e que os holandeses comiam quando desembarcavam e se abrigavam no outro povoado. Havia indícios de preparos militares, como peças de artilharia ainda não montadas e que poderiam ser embarcadas.

Ficou em terra essa expedição, desfazendo o que haviam feito os holandeses, só retornando ao Recife a 14 de janeiro. Foram interrogados os sete prisioneiros, que não confessaram nada ou de fato não sabiam da esquadra, o que é pouco provável.

A Espanha sabia e Portugal também sabia. Tanto que o general Matias de Albuquerque, irmão do donatário de Pernambuco, Duarte de Albuquerque Coelho foi mandado por Madri para auxiliar a defesa da donataria. Eram netos do fundador, Duarte Coelho Pereira.

Matias de Albuquerque tentou por todos os meios sensibilizar a Espanha para o prejuízo e o dano político da perda de posse e controle sobre Pernambuco. Afinal, o donatário era seu irmão e vivia na Espanha, ao que me consta, casado com uma espanhola. Depois de muitos protestos, foi mandado a Portugal com ordens para que lhe dessem os meios para organizar a defesa de Olinda e Recife.

Tudo que conseguiu foi uma única caravela com 27 soldados e alguma munição. O ridículo da ajuda contribuiu para um pouco mais de argumentos que não chegaram a sensibilizar um Portugal subordinado à Espanha e com desejos de restaurar sua própria soberania.

O general conseguiu apenas mais duas caravelas com munições que deveriam ser distribuídas pelo Rio de Janeiro, Bahia,

Paraíba e Rio Grande do Norte. Saíram de Lisboa com os capitães Gil Castelo Branco e Diogo Bettancourt a 12 de agosto de 1629, e chegaram ao Recife em 18 de outubro.

Enquanto isso, não era segredo a força impressionante que armavam os holandeses. Meu avô Romero lembrava que já se discutia o que tirar de Olinda e para onde levar, já que o saque era tido como inevitável.

Ele morava numa boa casa na parte mais baixa de Olinda. Gostava de ficar mais perto do mar e ocupava um terreno enorme que usava também para abrigar alguns pacientes que vinham dos engenhos. Ajudou a construir a igreja que se dedicou a São Pedro Mártir, mais como marco de sua presença importante do que por devoção sincera. Aí funcionava uma das cinco vigararias mais importantes da província. Havia umas dez casas nas proximidades da igreja.

Como muitas casas de avós, a de Romero não era menos mágica. Na frente havia duas portas grandes, pintadas de vermelho por onde circulavam mantimentos e serviçais. Havia também uma porta mais estreita para a escada que dava acesso ao piso superior onde se vivia. Ali tínhamos uma ampla sala com muitas janelas para os lados. Para o leste se via o mar verde unido por uma linha definida ao céu azul. Para oeste, era de um verde forte de bananeiras a perder de vista, de mangueiras, oitizeiros, cajueiros e tantas frutas mais. A frente norte exibia uma varanda imponente com uma treliça mourisca que protegia do sol e permitia a entrada da brisa fresca.

A parte mais alta de Olinda ficava exatamente à frente por onde se chegava por caminhos arruados e com casas esparsas. O mosteiro dos beneditinos não ficava longe, numa caminhada para oeste. Eu gostava de ver o pôr-do-sol emoldurando o cruzeiro que se avistava da varanda, uma vez que o mosteiro estava numa elevação em relação à casa.

Minha avó costumava ir até à praia, levada de charrete conduzida por escravos a quem dedicava muita atenção. Eram bem tratados e a contrapartida era igual. Dariam a vida por ela. Por meu avô também. O escravo mais velho chamava-se Crispim, um angolano forte de cabelos precocemente brancos e idade indefinida. Acompanhava Romero onde quer que fosse, como um anjo da guarda. A ele era permitido usar uma espada portuguesa que havia sido presenteada a meu avô pelo Doutor Cabral. Crispim a empunhava com belíssima postura e dignidade.

Na época da invasão, Olinda deveria ter cerca de oitocentas famílias. Cada engenho abrigava de trinta a quarenta moradores. Em todo o Nordeste haveria nessa época uns 40.000 habitantes, se tanto. Incluindo-se uns 5.000 escravos indígenas e 1.000 escravos negros.

Militarmente era um desastre. Podia-se improvisar uma cavalaria de 500 e uma infantaria de 2.500 combatentes. A tradição deixada por Duarte Coelho Pereira era pacífica e trabalhadora sem prejuízo da bravura quando foi necessária. Afinal, mais do que a El-rei, defendia-se a propriedade e a liberdade de viver daquela maneira. Era uma comunidade agrícola e de comerciantes. Cento e quarenta engenhos de açúcar produziam mais de 10 mil toneladas por ano. Era uma presa apetitosa.

Por isso estavam lá os holandeses da Companhia das Índias Ocidentais. Para diminuir o botim, tão logo chegou ao Recife, Matias de Albuquerque apressou a saída de vários navios carregados de açúcar para os portos da Espanha. Encontrou as fortalezas que havia construído na época em que foi capitão-mor do Brasil em completo abandono. Aliás, Pernambuco havia sido abandonado por eles mesmos, os herdeiros da capitania.

Construir a defesa de Pernambuco era uma tarefa difícil. No tempo de que dispunha então, era desesperadora. Principalmente depois de haver distribuído as armas e munições segundo as ordens de Lisboa. Meu avô insistia que isso não era verdade porque o general não era burro e quem contou essa história foi o irmão dele.

Olinda era uma cidade aberta e indefensável. O porto do Recife com suas duas entradas era de fácil acesso e por isso era tão bom de usar. O porto do Recife dista de Olinda uma légua por uma nesga de praia onde se pode caminhar. De Olinda, caminhando-se para o norte, há cinco léguas de praia até o rio de Maria Farinha, passando por Pau Amarelo. Para o sul, são três léguas até as Candeias.

É fácil desembarcar em qualquer lugar, principalmente com ausência total de defesa. Foi feito o possível. O general espalhou milícias pelo litoral, recolheu as armas disponíveis, montou patrulhas montadas pelas praias e avisou os jesuítas para que os índios se armassem e pudessem acudir quando chamados.

No dia 14 de fevereiro, no meio do dia, Olinda observava atônita a imponente esquadra ao largo. No dia 15, começou o ataque. Uns vinte barcos se dirigiram para o porto enquanto outros foram desembarcar infantaria mais ao norte. O general Matias de Albuquerque movia-se pelas praças de guerra procurando organizar o impossível. Mandou recado ao meu avô para que ficasse em Olinda onde poderia receber os que necessitassem de atendimento dos combates ao norte para onde seguia, certo de que a invasão começaria por lá.

Voltou logo depois com poucos homens, pois a vista que se tinha da entrada da barra no porto dava a impressão de que os navios holandeses entravam com facilidade. Não foi bem isso que constatou ao chegar. Um navio de guerra estava em frente ao forte da barra e trocava canhonaços com a guarnição que lá se encontrava e com alguns barcos que defendiam o porto com razoável eficiência.

Percebia-se que pretendiam os invasores desembarcar gente, mas as forças de terra davam mostras de vigor e infligiam danos. Há de se recordar que aí estavam os homens com experiência militar, o que não acontecia nas praias ao norte. Uma velha corrente que havia sido retirada da barreta foi reposta e algumas embarcações foram postas a pique para impedir a passagem de navios inimigos.

O capitão Nuno de Melo acudiu com apenas uma nau de combate para fustigar a esquadra que já bombardeava a povoação do Recife, uma vez que a embaixada enviada com tambores, flâmulas e fanfarras para pedir a rendição não voltava. Podem ter morrido no tiroteio, mas houve quem dissesse que uma negociação ocorreu; que foi oferecido um pagamento para os holandeses desistirem da invasão.

Matias de Albuquerque volta a Pau-Amarelo passando pela vila de Olinda para constatar que as deserções já começavam e que muita gente já retirava pertences das casas para levar para o interior. Reuniu cerca de 1.300 homens em condições de combater e mais 200 índios. Quando chegou à margem do Rio Doce, já se deu conta de que o inimigo havia desembarcado muita gente. Esperavam os holandeses que a maré baixasse para atravessar o rio. De fato, atravessaram com água pelo peito. Se tivessem sido atacados então, teriam sofrido grandes baixas.

O general achou por bem se retirar para o rio Tapado, onde contava com trincheiras. Tratou de posicionar a cavalaria com lanças de costa para a mata, preparada para uma carga quando cruzassem o rio. Os índios com arcos e flechas atacariam durante a travessia, o que aconteceu pela manhã do dia 16.

Desastre é o que se pode dizer do que ocorreu. Os defensores eram gente simples da terra, despreparados e desmotivados. Até líderes militares preferiram se embrenhar pela mata e pouco mais de cem homens ficaram ao lado de Matias de Albuquerque diante de soldados profissionais. Pior, profissionais e em número quatro a cinco vezes maior naquele momento.

O general mandou confiscar os bens dos moradores para que se vissem obrigados a lutar, mas era tarde. A confusão já reinava e a balbúrdia era completa. Ainda alguns homens se fortificaram na igreja dos jesuítas e em algumas praças-forte espalhadas pela vila.

O que restava de seu batalhão bateu em retirada para uma trincheira no caminho para a vila. Os holandeses tinham um guia, Antonio Dias Paparrobalos que os guiou por caminho alternativo que levava perto do convento de São Francisco passando por trás. Esse homem havia morado em Pernambuco por vários anos tendo-se mudado para a Holanda depois.

Nessa passagem estreita, ainda encontraram um grupo de 20 homens do capitão Salvador de Azevedo, que conseguiu causar algumas mortes perdendo cinco do seu lado. Subiram para reforçar a defesa na igreja da Companhia de Jesus e, logo após, chegaram os invasores, quebraram as portas e houve uma luta ferrenha com a vitória do inimigo. Aí, na parte alta, fizeram os holandeses o seu quartel general para Waerdenburch.

Os feridos graves eram levados para a propriedade de Romero, que contava com a ajuda de voluntários e voluntárias, incluindo Beatriz Gonsalves. Fez questão meu avô que sua filha ficasse na casa. Estava certo de que se algo acontecesse de trágico, seria melhor estarem juntos. Não conseguiria fazer seu trabalho na angústia de não saber a cada instante o paradeiro de Maria Ana.

Vendo que a derrota era inevitável, ao invés da rendição pura e simples, alguns defensores se dispuseram a ajudar o inimigo. É difícil julgá-los já que não eram combatentes profissionais, mas foram fracos de caráter. Para infelicidade de dois deles, foram encontradas em seu poder ordens escritas de Matias de Albuquerque, pelo que foram executados.

Já estavam praticamente dentro da vila de Olinda. A resistência de uns poucos permitiu que a grande maioria fugisse com tudo que pudesse carregar. Disse Romero que desses não partiu um tiro sequer, enquanto morriam inutilmente aqueles que acreditavam na luta.

Antevendo o resultado e percebendo que os fortes da Barra e de São Jorge ainda se batiam valorosamente, Matias de Albuquerque e poucos homens cujos nomes, de tão poucos que eram, meu avô lembrava, guarneceram esses fortes e conseguiram segurar o inimigo até que todo o Recife fosse incendiado. Queimaram todo o açúcar, tecidos, navios e armazéns. Pouco ficou para ser aproveitado pelos invasores.

Com isso, os holandeses ocuparam Olinda e não tentaram avançar até o Recife. Vieram para o sul pelas praias, acompanhados de perto por lanchas que exigiam pouco calado e por mateiros batedores prevenindo emboscadas. Boa parte da vila foi destruída e incendiada. A pilhagem foi desenfreada e teve a ajuda dos facínoras que se encontravam presos e fugiram no tumulto. As ricas igrejas foram profanadas e destruídas.

Os locais organizaram milícias para hostilizar o inimigo e não permitir que se aproximassem das paróquias de fora, onde se cultivavam hortas e se criavam animais. Logo no primeiro dia, além de degolarem muitos, prenderam três soldados: um holandês, um inglês e um francês.

Romero, que não havia feito outra coisa além de atender e tratar, atendeu o primeiro ferido inimigo, um que se dizia inglês. Suspeitava-se que era holandês de origem inglesa pela facilidade com que falava o neerlandês. Chamava-se Thomas Kemp e usou da língua inglesa para se comunicar com meu avô. Tinha uma ferida perfuro-contusa no flanco esquerdo, provocada por uma lança tosca dos locais, feita de pau com a ponta queimada e afilada.

Kemp confirmou a Romero que a invasão era para valer. Já tinham 6.000 homens desembarcados, ocupando a vila onde tinham feito não mais que 20 prisioneiros. Todos os outros fugiram. Chegaria a 13.000 o número total de homens nessa operação. Verdade ou não, Romero ordenou a Crispim que encontrasse Matias de Albuquerque e passasse a informação.

Crispim veio a encontrar o general às margens do rio Beberibe, desolado com o comportamento da população. Morriam os mais valorosos para que se escondessem os medíocres. Com essa informação, tratou Matias de Albuquerque de se certificar de que os locais não se dispusessem a comerciar com os invasores. Nem bem havia pensado, já lhe chegaram um alferes e um soldado com duas pessoas presas exatamente por isso. Haviam cruzado o Beberibe para vender alimentos. Foram enforcadas.

Formou-se então uma espécie de cerco informal à vila de Olinda para proteger o interior. Matias de Albuquerque passou a organizar a defesa desde o Arraial do Bom Jesus na várzea do Beberibe, já contando com o auxílio valioso de João Fernandes Vieira.

Crispim fez por onde voltar à entrada baixa da vila onde morava meu avô, pela parte de dentro, por entre os mangues e atalhos, que conhecia como ninguém, tendo em vista que o acesso pela praia já era totalmente controlado pelos holandeses.

Romero contou por anos a fio a mesma história, com riqueza de detalhes e com a mesma tristeza. Comentava que Matias de Albuquerque e seu irmão, Duarte de Albuquerque Coelho, não tinham o direito de cobrar lealdade de nenhum dos habitantes posto que viviam em Portugal. O povo da terra não via necessariamente a família dos donatários como merecedora do sacrifício da vida.

Dos militares se esperava mais. O próprio rei, D. Felipe IV, recebeu aviso de sua irmã D. Isabel, que governava o estado de Flandres, sobre a formação da armada invasora. Além de dar parcos recursos a Matias de Albuquerque, que não merecia toda sua confiança, supôs, em erro estratégico, que os holandeses poderiam estar a caminho - outra vez - da Bahia. Privilegiou o político sobre o econômico, esquecendo-se de que aquele que detém o poder econômico detém o poder político.

Enquanto Matias de Albuquerque se esforçava para defender a donataria do seu irmão, El-rei mandava a Salvador instruções para que se fortificassem e ajudassem Olinda. O governador Diogo de Oliveira mandou a Pernambuco o especialista em fortificações Pedro Correia da Gama para que ajudasse André Dias da Franca. Fizeram trincheiras pela praia de Olinda e cercaram o Recife com paliçadas de pau-a-pique. Então, chegou Matias de Albuquerque achando tempo para celebrar o nascimento do filho de D. Felipe que, segundo Romero, interessava a pouca gente. Em meio aos festejos é que chegou o barco de Cabo Verde confirmando a invasão.

Voltemos a Olinda. A chegada de Crispim foi discreta e protegida pela escuridão. Transmitiu as recomendações de Matias de Albuquerque, que pedia a colaboração do meu avô no sentido de que tentasse ficar na vila e conquistasse a confiança do comando holandês. Via com otimismo o fato de soldados inimigos aceitarem ser tratados por médico português. Seria uma boa fonte de informação.

A guarda que acompanhava Kemp percebeu que havia algo estranho acontecendo e chamou um superior, que tentou retirar Kemp do hospital improvisado, ao que se opôs Romero. Houve altercação e um movimento do oficial foi interpretado por Crispim como agressão iminente e acudiu de espada em punho. Por pouco não foi espetado pelas lanças da guarda quando apontava a ponta da espada para o pescoço do oficial.

Romero interveio de forma rápida e eficiente imobilizando Crispim fisicamente enquanto paralisava os holandeses com seus berros. O oficial enfurecido ameaçou prender o escravo e a diplomacia de Romero o convenceu do contrário. Kemp conseguiu ser tratado adequadamente e, de alguma forma estabeleceu-se um laço entre os dois.

Os luso-brasileiros se misturavam com holandeses e feridos de outras nacionalidades na casa transformada em enfermaria. Beatriz, minha avó, ajudava como enfermeira e coordenava o trabalho das amas. Por fim, minha mãe, então com quinze anos, além de cuidar da casa como habitação, passou a atender os feridos e doentes também, apesar dos protestos de meu avô.

Já não havia dúvida que não seriam molestados pelos invasores. A confirmação disso se deu com a chegada de um jovem médico da esquadra cuja visita tinha a finalidade de fiscalizar os serviços do meu avô, muito mais experiente. Dedicou especial atenção ao soldado Kemp, que o reconheceu. Romero percebeu que a relação entre o soldado e o médico era anterior àquele momento.

O Doutor Deneboom além de ficar satisfeito com o tratamento dispensado aos seus comandados encantou-se com a menina clara, de cabelos castanhos e olhos verdes. Aparentemente, conseguiu manter esse encantamento despercebido dos meus avós, que só se deram conta anos depois. O mesmo não ocorreu da parte de Maria Ana. Disse-me ela que ficou terrivelmente incomodada por ter-se sentido atraída pelo estrangeiro que viera ocupar sua terra, sua casa, seu lugar. Como as visitas se sucederam, o desconforto foi sendo substituído pela confiança conquistada por Peter Deneboom.

Certa feita, Romero foi levado por meu pai, através da vila de Olinda até as proximidades do rio Tapado, onde havia uma enfermaria de campanha, bem equipada e cheia de doentes com escorbuto ainda em conseqüência da viagem. Peter, como já era chamado pelo meu avô, pediu a opinião dele quanto ao tratamento. Romero substituiu os legumes cozidos por suco de caju em quantidade, com resultados positivos. A recuperação se dava rapidamente. Estreitava-se a relação entre os dois.

Já era óbvio que Romero desfrutava, sem comunicação oficial, de uma espécie de salvo-conduto. Movia-se à vontade pela vila e fazia suas anotações mentais da situação militar e social. À medida que se consolidava a ocupação, a casa foi voltando a ser a casa de antes. Ao mesmo tempo, nunca mais seria a mesma. Peter freqüentavaa com assiduidade e Maria Ana conseguia proteger a troca de olhares da presença protetora de Romero e Beatriz.

Mas... avancei muito no tempo. Esse capítulo da relação entre meu pai e minha mãe levou três anos. Meus avós e eles fingiram não perceber nada por três longos anos. Foi tempo suficiente para que fosse criada uma relação que transcendia a medicina e as nacionalidades, para não dizer da animosidade que deveria existir - se respeitados os padrões políticos da ocasião.

Os flamengos, como eram chamados, antes de qualquer coisa, eram vistos como hereges que tripudiavam sobre a religião católica. Blasfemavam e ofendiam os locais com isso. Mas os anos foram-se passando, os holandeses foram-se integrando e até o soldado Thomas Kemp, agradecido, passou a visitar Romero, algumas vezes acompanhado de Peter. Pareciam bons camaradas e Kemp, por intermédio do pastor Wilhelmus Pistorius, que coordenava parte da atuação religiosa dos holandeses, foi assumindo tarefas de evangelização.

Kemp demonstrava grande interesse pelos índios e parecia bastante tolerante com o trabalho dos jesuítas, não sendo a recíproca verdadeira. Em 1633 era "consolador" para os soldados ingleses. Pistorius, que também já freqüentava mais amiudadamente a casa do meu avô, conseguiu que o candidato a pastor fosse aproveitado pela Companhia das Índias Ocidentais como "consolador", ou seja, uma espécie de apoio moral para os soldados em crise.

Romero contou-me certa vez que o trio parecia ter um segredo comum. As atividades de Kemp nem de longe pareciam as de um auxiliar evangélico. Pistorius era um intelectual brilhante e reservado. Adorava uma bebida forte e logo se tornou um entusiasta da aguardente de cana que vinha dos alambiques de engenhos em Itamaracá.

Peter e Maria Ana já davam sinais explícitos de um romance em andamento. Estava instalada a dicotomia na vida de Romero, português nacionalista, católico, inconformado com a submissão de

Portugal à Espanha e agora se vendo na iminência de ter um genro holandês e calvinista que fazia parte de uma força de ocupação da terra que considerava sua. Entretanto, continuava abastecendo o Arraial de Matias de Albuquerque com as informações que conseguia coletar.

Seu homem de confiança era Crispim que, com a convivência com os flamengos, foi absorvendo a forma deles de encarar a escravatura. Uma forma ambígua, diga-se de saída. O tratamento para com os escravos era mais cerimonioso, pois não quero dizer civilizado. Diziam ser contra a escravização, mas afirmavam que sem os escravos africanos não existiria Pernambuco. Crispim assumia ares de colaborador de Romero e menos de serviçal.

Romero sabia que um movimento discreto de arregimentação de negros estava em andamento na forma de uma corrente de comunicação secreta. Agora havia um inimigo comum a negros e luso-brasileiros. De muitas maneiras os quilombos ganharam importância. Deixaram de representar apenas um prejuízo no patrimônio. Passaram a constituir uma ameaça à segurança dos holandeses.

Era voz corrente entre os holandeses que os homens nasciam iguais e por isso não deveriam ser escravizados. Entretanto diziam que é também uma lei da natureza a falta de sorte e, a esse povo, que, lamentavelmente carecia dos recursos europeus, cabia dar seu esforço braçal e sua vida para o bem geral. Entenda-se o bem do povo europeu. Principalmente dos grandes investidores.

Era muito estranho o fato de o discurso ser de solidariedade, mas a prática ser de domínio. Pelas histórias de Romero e por minha própria experiência, nem sempre os escravos eram maltratados. Havia diferença de caráter entre os negros assim como havia entre os senhores. Na casa de Romero Gonsalves os escravos gozavam de privilégios, no entanto em outras propriedades o abuso era a regra.

Já entre os holandeses havia menos diferenças individuais. Notava-se com mais atenção a regra institucionalizada que facilitava, e muito, as desculpas para o sentimento de superioridade e o abuso de poder como se fosse um direito. Parecia decidido por uma instância divina que os negros eram inferiores, indignos de confiança e dotados de uma moralidade sombria e malvada. Não se comparava, em nenhum momento, à crueldade e à perfídia dos mercadores de escravos europeus.

Estava claro que precisavam dos escravos como parte do capital de produção. Salvaguardas foram criadas para diminuir os riscos de perda. Uma dessas foi proibir aos escravos portarem armas. Isso atingiu diretamente a Crispim, que se sentia despido sem sua bela espada. Foi difícil para meu avô convencê-lo a acatar a resolução para que não se perdessem coisas mais valiosas. Quando saíam juntos, passou Romero a trazer a espada na cintura, porém ao contrário! A intenção era facilitar a Crispim, por trás e à sua esquerda, desembainhar a arma com a mão direita.

Crispim ficou menos infeliz. Manteve o seu andar altivo fazendo jus à observação feita por um oficial holandês de que ele "mesmo sendo de cor é nobre no andar espanholamente fidalgo". Só se anda com fidalguia quando a alma não está de cócoras. Era cúmplice e protetor de Romero porque se sentia protegido e benquisto. À medida que o cerco de Olinda se tornava mais evidente pela eficácia estratégica do general Matias de Albuquerque, o trabalho de pombo-correio de Crispim ficou mais difícil. O general proibiu que negros entrassem ou saíssem da vila para que não servissem aos invasores.

Depois de incendiar o Recife, Matias de Albuquerque retirou-se para uma casa que resistiu no outro lado do rio Beberibe. Era conhecida como casa da Asseca. Juntou por lá a gente que pôde e a munição que conseguiu salvar do Recife. Aí começou a se estabelecer a estratégia de resistência, que se afigurava como longa e difícil.

O general Diogo Pais Barreto providenciou para que uma barcaça cheia de pedras fosse afundada na entrada do canal. Logo depois conseguiu afundar mais três barcos grandes impedindo os holandeses de entrar no Recife pelo mar.

O general dispunha de pouquíssima gente, a maioria composta de moradores sem preparo militar. Ainda assim, com imensa capacidade de observação e adaptação, foi eficiente. Logo percebeu que os moradores eram afeitos à vida livre, habituados a uma grande mobilidade. Quando instados a se entrincheirarem à moda européia, ficavam indóceis e com facilidade abandonavam os postos.

Com perspicácia, Matias de Albuquerque criou, entre os líderes que começava a identificar, os capitães de emboscada, encarregados de comandar os homens que ficariam circulando pelas matas em torno de Olinda, causando o máximo de estrago possível ao invasor. Com sabedoria, fez com que esses grupos fossem de natureza mista, contando com índios e descendentes de europeus. Em longo prazo isso permitiu engrossar as fileiras de um exército mais numeroso e variado, contando com combatentes de habilidades diferentes.

Incutiu nos índios, por intermédio dos catequistas, o sentimento de ódio pelos holandeses, atribuindo a esses as baixas e sofrimento que experimentavam. Demonizou os holandeses com tanto sucesso que a ferocidade com que os índios os atacaram foi impressionante. Os holandeses sentiam pavor de se depararem com os "selvagens". É curioso notar como se criam os demônios necessários. Os nativos eram a encarnação do mal por não conhecerem a doutrina cristã e viverem em paz com seus próprios espíritos. Depois, foi conveniente criar para eles demônios que conheciam, e bem, a doutrina cristã.

A ermida de Santo Amaro, a caminho de Itamaracá, foi ocupada por índios sob a supervisão do jesuíta Manuel de Morais. Além de assustarem os holandeses, impediam os moradores de comerciar com o invasor. A falta de víveres obrigou a que mandassem buscar na Holanda patos, galinhas, gansos e porcos, que vieram de caravelas para serem criados no perímetro da vila.

Com essa estratégia, a resistência mostrou bons resultados trazendo moradores do interior que, assim, se adaptavam à guerra de emboscada com mais desenvoltura e vontade. O aquartelamento fazia-os sentirem imobilizados e sufocados. Essa tarefa precisava ser atribuída aos soldados profissionais.

Foi com um pequeno número desses soldados que o forte de São Jorge, no Recife, foi defendido do ataque de 1.500 homens vindos de Olinda. Os 37 defensores conseguiram repelir os atacantes durante uma madrugada, matando mais de 300 e capturando uns tantos que conseguiram penetrar o forte.

No dia seguinte, ainda surpreso com o resultado, Matias de Albuquerque foi ao forte levar reforços e cuidar dos feridos. Não se poderia esperar muito de uma fortaleza construída para repelir ataques de índios sem armas de fogo e não, um exército europeu.

O novo ataque terminou por ser bem sucedido ainda que não tenha sido fácil. Com isso, tomaram também os holandeses a fortaleza de São Francisco, sobre o mar, permitindo a posse do Recife, onde deixaram 2.000 homens.

Quando chegaram os reforços da Paraíba e Ipojuca, eram tão fracos que o general mandou que os índios de Felipe Camarão e Manuel de Morais voltassem para Santo Amaro e que outros grupos fizessem nas estradas e saídas do Recife o que já se praticava com sucesso em Olinda: grupos de emboscadas.

Tornava-se necessária a escolha de um outro local para fortificar e centralizar o comando. Romero já cuidava dos feridos que Crispim conseguira guiar até a entrada de Olinda e sugeriu a Matias de Albuquerque que usasse a casa de Antonio Abreu que estava desocupada, ficava perto do rio Capibaribe e tinha a serventia do riacho Parnamirim, com água boa e abundante. Militarmente era vulnerável, pois ficava numa pequena elevação e a descoberto.

Apesar dos desentendimentos, já que alguns achavam que era imprudência fortificar uma casa há apenas duas léguas de Olinda, começaram os trabalhos e o lugar recebeu o nome de Real do Bom Jesus. Como costuma acontecer, passou a ser conhecido como "Arraial" pela deturpação do nome.

Dez dias depois de começar a construção fortificada, os homens de Waerdenbuch atravessaram a ponte e atacaram o Real do bom Jesus. Felizmente os portugueses haviam retirado alguns canhões das caravelas antes de serem queimadas. Logo depois do ataque vieram em auxílio vários grupos que estavam na região desde a queda do forte de São Jorge. Os holandeses se viram entre dois fogos e bateram em retirada. Foi a primeira vitória do Arraial.

Os atacantes perderam quase duzentos soldados e entre os defensores feridos do Arraial estava Domingos Fernandes Calabar. Poderia citar muitos nomes de capitães e heróis ilustres. Mas Calabar teve uma trajetória toda especial. Romero não gostava dele, mas admitia que, havendo controvérsias a respeito de sua pessoa, podia-se gostar do homem.

Dois anos depois dessa batalha no Arraial, Calabar ofereceu-se como colaborador dos holandeses. O primeiro serviço rendeu muito lucro para o invasor. Calabar guiou-os pelo interior, através de matas e engenhos até a vila de Igarassu. Enquanto isso, uma pequena esquadra aportava em frente ao forte de Itamaracá.

Houve uma grande pilhagem e foram muitos os mortos nessa vila atacada de surpresa. Daí seguiram os atacantes para Itamaracá e tomaram os barcos. Depois dessa investida, outras bem sucedidas aconteceram sempre com a inestimável ajuda de Calabar. Antes dessa ajuda, os holandeses não dominavam os caminhos do interior, que eram bem conhecidos do nativo Calabar.

Uma dessas campanhas desastrosas para os defensores foi o ataque ao reduto às margens do Rio Formoso, um ano depois de

Igarassu. O capitão Pedro de Albuquerque e o jovem Jerônimo de Albuquerque, ambos parentes do general, sentiam-se seguros com mais 18 homens, nada mais. Calabar já era capitão do exército invasor e comandou o ataque em que sobreviveram os capitães Pedro de Albuquerque, preso com ferimentos graves, e Jerônimo, que, mesmo ferido, escapou a nado.

Numa manobra militar de grande efeito, Matias de Albuquerque cercou a fortificação de Porto Calvo, fustigou os defensores até que se rendessem e aprisionou Calabar, que foi enforcado. Diziam uns que era um criminoso antes de lutar no Arraial, por isso fugira de Porto Calvo. Por outro lado, astúcia militar não lhe faltou, pois as vitórias significativas dos holandeses foram, em muito, devidas a ele. Tanto assim que não queriam entregá-lo de forma alguma na rendição.

As peripécias de Calabar renderam conversas por anos após a rendição de Porto Calvo. Romero o considerava um traidor barato. Meu pai ponderava, como holandês, que Calabar havia feito uma escolha, assim como ele, Peter, decidira casar com uma portuguesa e ter um filho pernambucano, sendo parte de uma força de ocupação que ele nunca renegou.

Meu pai argumentava que não entendia o drama que se fazia em torno da escolha de Calabar. Era um mulato, mestiço portanto, que possivelmente não tinha um lugar definido na sociedade. Se não era desprezado, suas qualidades eram menosprezadas quando agora se vê que não eram poucas.

Inegavelmente era um estrategista habilidoso e os fatos o demonstraram. Foram muitos os seus êxitos. Não apenas Igarassu e Rio Formoso, mas toda a campanha dos holandeses depois de sua adesão. A combinação da mobilidade naval com incursões em terra e as patrulhas que lanchas rio acima e rio abaixo, aterrorizando as populações ribeirinhas, não eram táticas dos holandeses.

A grande campanha de Matias de Albuquerque e seu irmão para execrar a imagem de Domingos Calabar é compreensível vinda da parte ferida. Os holandeses o tinham em alta conta e tentaram de todas as maneiras não entregá-lo. Recebia soldo de militar e assumia comandos.

Duarte de Albuquerque Coelho queixou-se de que os ferimentos que Calabar sofreu como defensor do Arraial não lhe causaram o ódio esperado, ao contrário, fez com que se voltasse para o lado inimigo. Romero concordava, com o ardor português que lhe era peculiar.

Ora, dizia Peter, será que seu sacrifício naquela ocasião foi devidamente valorizado? Terá ele sido ouvido pelo general ou desprezado por ser um mulato fugido de Porto Calvo? Meu pai gostava de lembrar uma frase inspirada numa fábula de Esopo: "que Deus me proteja dos amigos que dos inimigos me protejo eu".

A traição só pode vir dos amigos. Ocorre exatamente porque o traidor tem de estar próximo e, quanto mais próximo, mais doída é a traição. O inimigo não pode trair; o inimigo ataca e é esperado que seja destrutivo. A traição dói porque é destrutividade inesperada. A raiva é de não ter percebido a tempo ou de ter confiado mais do que a prudência mandava.

A retaliação é uma forma de expiar a culpa de ter sido origem da dor que outro lhe causou. Na retaliação o traído se comporta da mesma forma que o traidor. Castigando o traidor, o traído não pára para se perguntar onde falhou, o que fez para merecer o golpe que deseja castigar.

É preciso ficar com a dor, senti-la e guardá-la até que essa dor lhe diga onde errou. Ninguém é traído por acaso. Papai achava Calabar normal. Vovô não fazia segredo que considerava uma grande traição dos donatários - que jogaram Pernambuco nas mãos dos holandeses - pelo descuido e descaso com que trataram a capitania. A luta contra a ocupação era uma reação normal e o mínimo que poderiam fazer.

Seriam capazes de ficar horas conversando com a maior civilidade sobre esse e outros temas de que discordassem. Quem sabe se meu pai não se identificava com a traição, tendo em vista que emocionalmente ligou-se aos da terra – sem abandonar suas raízes? Meu pai gostava de citar o mestre Pistorius, para quem não existia sentido numa vida sem dualidade. A tensão entre os opostos lhe dava certeza de que precisava fazer escolhas e escolhas provocam desistências. Desistir era conseqüência das escolhas e a tensão era prenúncio das perdas. Quando não se podem sacrificar aspectos essenciais, para não se trair, eventualmente as coisas acontecessem na forma de traição. A traição ocorre pela impossibilidade de manter a tensão indefinidamente, sem fazer escolhas, sem sofrer a dor da perda.

Falando-se em perdas, não foi pequena a perda sofrida por Matias de Albuquerque. Na Espanha não se confiava muito em suas habilidades militares. Talvez isso se devesse à falta de entendimento que se tinha por lá das coisas em Pernambuco. Fato é que veio uma esquadra comandada por Rojas y Borja em 1634 e Matias foi convidado a bordo, foi preso e levado para a Espanha, onde ficou encarcerado até 1640, quando ajudou Portugal na restauração de sua independência.

O fato é que a resistência foi contínua. Meu avô trabalhava dia e noite, não só com a sua clientela de Olinda, mas também com feridos de guerra que, cada vez mais, eram holandeses, para ironia do destino. Olinda estava completamente sob controle dos holandeses e os feridos das milícias da resistência eram mais facilmente cuidados pelos irmãos de caridade perto do Arraial.

Meu pai já atendia quase em sintonia com Romero, numa colaboração constante. Sempre deixou claro que tinha em alta conta as qualidades médicas do meu avô e que aprendia muito. Suas obrigações para com o empregador, a Companhia das Índias Ocidentais, eram as circunstâncias que o haviam trazido ao Brasil. Não era um nacionalista cego e tinha perfeita consciência que a empreitada era comercial e não tinha ideologia.

Aprendi muito cedo com ele que as ideologias restringem a revelação livre e solta da imaginação. Meu pai insistia que imaginar não era sonhar acordado. Era acolher as imagens que se apresentavam espontaneamente. A ideologia quase sempre se propõe a demonstrar uma conclusão que coincida com a proposta e seja do agrado de muitos.

Ideologia tem que ver com pensamento, com silogismos e é parte do espírito. Imaginação é alma. A alma também pode se transformar em espírito pela consciência mas a alma tem seu próprio tempo e movimento. Portanto é impossível fixar em conceitos ideológicos esse movimento. Nessa tentativa, o espírito perde o contato com a alma e o homem torna-se rígido, simplista e moralista.

Meu pai me ensinava a ver riqueza nos detalhes, a perceber a vida pulsando nas mínimas manifestações. Os detalhes contêm uma riqueza que se perde quando reduzida a um significado literal. Meu avô era mais prático e nem por isso menos poético; só era preciso achar a poesia nos seus "detalhes" que se revelavam em pequenos gestos, freqüentemente rudes. Pelo que me contaram, um dos exemplos foi o casamento dos meus pais mesmo com a oposição manifesta das autoridades eclesiásticas em Olinda. Romero gritou duas ou três imprecações ao bispo, desafiou a igreja a excomungá-lo e decidiu que se casariam numa cerimônia protestante sim, senhor, e numa missa católica posteriormente! Avisou ainda que se a filha e o genro não pudessem ir para o céu dos católicos, iriam com certeza para o paraíso dos protestantes. Seguramente seria mais confortável, pois, como se podia ver, eram mais competentes.

Exagero à parte, esse era o estilo de Romero. Parecia áspero por fora algumas vezes, mas era firmeza quase sempre; mesmo tosco era suave e firme por dentro. Ele dizia que o homem duro por fora e fraco por dentro era inútil.

A morte da avó Beatriz veio logo depois do casamento dos meus pais. Romero ficou desarvorado, perdido e deprimido. Foi com atenção e carinho que pôde sair dessa melancolia, como definiu meu pai. Minha mãe teve dificuldade para engravidar, o que também foi atribuído ao sofrimento pela morte da mãe e tristeza do meu avô. Ouvi o mestre Pistorius dizer ao meu pai que mantivesse a compostura (talvez estivesse caindo na melancolia também), pois como poderia Maria Ana conciliar naquele momento a morte da mãe com o "nascimento" de uma mãe na pessoa dela?

De fato, foi com o tempo e com a vontade do meu avô de receber um neto que minha mãe concebeu dois anos depois. Nasci em 1638 e cresci em plena dominação holandesa, convivendo em ambos os lados. Era estranho entender meus amigos e os pais dos meus amigos que, por uma ou muitas razões, odiavam os "flamengos".

Assim como Rembrandt, eu tinha um pai protestante e uma mãe católica. Quando criança, eu achava essa comparação de Pistorius a meu respeito muito importante e a levava a sério. Queria muito saber sobre o artista e ficava confuso por achar, de coração, que seus quadros eram tristes, com pouca luz. Quando adulto, além de achar a comparação pretensiosa, fiquei aliviado de perceber que a Holanda é bem mais nublada que Pernambuco. A luz em Olinda vem de cima; a de Rembrandt entra pela janela.

A chegada de Maurício de Nassau foi sentida em Pernambuco de uma forma ambivalente. Chegou querendo fazer demais, mas quando percebeu que estava fora do seu próprio ritmo e estilo, as coisas começaram a mudar. A participação de Peter e Romero nessa chegada não foi das mais festivas.

O Coronel Artiszewsky desceu na embocadura do rio Una em fevereiro de 1637 com dois mil soldados para esperar e escoltar Maurício de Nassau, que chegaria dias depois, ao mesmo lugar com o general Von Schkopp comandando três mil e quinhentos homens. Marchariam para o norte em direção a Olinda. Não conseguiram chegar sem antes terem de se bater com a fraca resistência de mil combatentes contra as três divisões de Nassau.

Felipe Camarão liderava pouco mais de trezentos índios, Henrique Dias cerca de oitenta negros e Alonso de Almirón, o tenente-general espanhol, estava à frente de mais quinhentos. Foi nessa batalha, perto da vila de Bom Sucesso, que Henrique Dias levou um balaço e chegou ao hospital dos irmãos de caridade muito ferido.

Crispim, dando continuidade ao seu esforço de ligação, estava por perto. Ele conseguiu que mandassem buscar Romero que, por sua vez, entendeu a gravidade e levou meu pai, correndo ambos grave risco. A intuição de Romero provou estar correta: não havia alternativa e meu pai procedeu à amputação abaixo do cotovelo. Henrique Dias perdeu metade do braço esquerdo.

Apesar de ter-se passado por português, meu pai foi identificado e fez de conta que ninguém havia percebido nada. Henrique Dias, que já contava com a admiração do médico holandês, agora era, segundo ele, devedor da vida, pois poderia ter morrido de hemorragia e gangrena. Esse episódio foi importante para nossa permanência em Pernambuco depois de terminada a guerra da Restauração.

O movimento de insurgência ganhava intensidade a cada semana. A chegada de Nassau prometia ser um período de prosperidade, mas os primeiros acontecimentos não foram dos mais alvissareiros. O conde certamente quis, com uma certa precipitação, resolver militarmente algumas de suas preocupações. A Bahia era uma delas. Nada mais natural que fosse ocupada e deixasse de ser uma das pontas aliadas das colônias portuguesas em Pernambuco, Itamaracá e Paraíba.

Em 1638 Nassau atacou a Bahia. Possivelmente aí se acentuou uma questão que há muito estava dormente. As tropas locais pareceram fugir, mas apenas se retiraram em segurança para o engenho do cristão-novo Diogo Muniz Teles. Este e muitos outros cristão-novos colaboraram financeiramente com a campanha militar contra os holandeses. Curiosamente, colaboraram com os holandeses também.

Enquanto escrevo, neste ano de 1698, posso afirmar que agora existe um sentimento de nação no Brasil. A população de origem portuguesa se sente mais "em casa". Entretanto, os acontecimentos dos anos 1630 a 1654 deixaram uma marca indelével que levará ainda algum tempo para que possa ser avaliada. Hoje, tendo passado por Portugal, Espanha, França, Alemanha e Países Baixos eu me sinto brasileiro e pernambucano. Por escolha. E não por nascimento. Antes, eu era pernambucano por ter nascido lá. Hoje eu sou brasileiro por estar aqui, na Holanda.

Há cinqüenta anos isso não era verdade. Muita gente se sentia vinculado à terra onde pisava. Mas a Inquisição e a perseguição aos judeus foram um dos instrumentos de consolidação da identidade nacional. Toda sombra vem de alguma luz!

Os portugueses, tendo acolhido com mais tolerância os judeus expulsos da Espanha, ajudaram a moldar uma atitude bem brasileira de não levar muito a sério as proibições em geral. Só na Europa eu pude experimentar a vivência de uma proibição interiorizada. Minha experiência em Pernambuco dizia que desde que meus pais me permitissem, eu podia, ou achava que podia, tudo!

Talvez por se sentirem tão próximos a Portugal, os cristão-novos, esses judeus forçados à conversão, contribuíram muito para a defesa de Pernambuco. Por outro lado, a essência do ser judeu apareceu muitas vezes na aproximação com a cultura mais tolerante dos holandeses. Houve gente que foi para Amsterdam como judeu, voltou para o Recife como católico e morreu lutando contra os holandeses, só para dar uma idéia de como eram os sentimentos de uma nação que nascia.

Um sargento-mór e escrivão da Bahia chamado Rui de Carvalho Pinheiro foi muito censurado por não ter participado da resistência aos holandeses em 1624. No entanto, participou de um plano para socorrer Pernambuco, ao lado de outros cristão-novos em 1633.

Precisaram se instalar no interior, na região dos engenhos, tendo podido fazer pouco. O curioso desse episódio é que ficamos sabendo que esse homem era descendente dos Deneboom, na Holanda. Meu pai se divertia pensando como ficaria o orgulho calvinista de seu pai (meu avô, que dificilmente não suspeitaria de uma herança judaica) ao saber que havia alguns Deneboom convertidos ao catolicismo, além de um neto católico ou filho de uma mãe católica.

Meu avô, como não me canso de dizer, era um homem que prezava sobremaneira a liberdade individual e a noção de compromisso. Não via contradição entre gostar do meu pai holandês e ajudar a resistência à ocupação. Era um católico nominal, mas odiava a Inquisição e nutria grandes simpatias pelos cristão-novos. Por isso ficou muito decepcionado quando soube que Matias de Albuquerque, já de volta a Portugal, fez denunciação - como se dizia - ao Tribunal do Santo Ofício afirmando conhecer várias pessoas em Pernambuco que, apesar de batizadas praticavam os ritos judaicos. Esqueceu do auxílio que recebeu, ainda na Bahia, desses que acusava quando da invasão em 1624. Naquela ocasião via bem como os jesuítas serviram à Inquisição enquanto em Portugal protegiam os imigrantes judeus. Não era uma questão de ideologia.

Voltando à Bahia, naquele ano de 1638, a Espanha mandou duas armadas para ajudar no combate à nova investida holandesa. Os navios puderam ser vistos de Olinda e os holandeses ficaram muito preocupados, pois as defesas estavam vulneráveis. Teria sido um momento estratégico para atacar o Recife holandês. Entretanto seguiram para a Bahia dando tempo para que os holandeses se fortalecessem. Uma parte da esquadra foi empurrada para o norte aonde chegou fragmentada pelas galeras batavas. Outra conseguiu chegar na Bahia a duras penas. Mais uma vez foram as economias dos cristão-novos que deram alento para que o Conde da Torre pudesse levantar ferros e ser derrotado na costa do Nordeste. Era tudo muito confuso. Felizmente não era uma questão de ideologia.

O conde Maurício de Nassau se instalava com vontade resoluta. Tomou conta de várias fortificações da resistência, fechou vários acessos ao Arraial, dificultando sua defesa e deixando a várzea do Capibaribe mais vulnerável. Ocupou o povoado do Recife com tropas e moradores, fazendo surgir muitas construções de habitação.

Chegavam aos nossos ouvidos boatos de que o conde de Bagnuolo havia sido enxotado para a Bahia e não, feito uma retirada estratégica para melhorar as defesas de lá, como pensávamos. Cada vez mais ficava claro que não podíamos, os da terra, depender demais de forças européias. Começou a cristalizar-se a noção de que devíamos assumir todas as responsabilidades pela restauração de Pernambuco. Estou deliberadamente tomando um partido porque assim sentia na ocasião.

Com a crescente movimentação do Recife, o porto foi se tornando mais importante. Várias operações navais tiveram ali o seu ponto de partida; umas mais, outras menos nobres. Entre as discutíveis, falava-se de uma comandada pelo velho e conhecido pirata "Pé de Pau", o Jol, que espionava Pernambuco desde a ilha de Fernando de Noronha. Nassau teria dado ao corsário o título de general-do-mar e determinado que fizesse excursões de pilhagem.

Enquanto isso, a insurreição ia tomando corpo. Em 1644, André Vidal de Negreiros tomou a decisão de começar um levante com as características de um movimento para a tomada do poder. A resistência estava cansada da posição defensiva, e frustrada com a indefinição das autoridades na Europa.

Pelos engenhos fabricavam-se umas facas compridas, à moda de espadas que começavam a ser distribuídas. Grupos armados que se escondiam nas matas, muitos deles de salteadores, agora se viam na qualidade de soldados, recebendo soldo com recursos que eventualmente vinham da Bahia.

A atividade diplomática seguia intensa. Missões iam e vinham de Portugal. Outros esforços se dirigiam à Inglaterra, que cedeu barcos e tripulação para ajudar os revoltosos em campanha. Barreto de Menezes, ainda em Portugal, envidava esforços para que se mandassem muitos navios ingleses com recursos aos pernambucanos. Este auxílio poderia ser pago com açúcar, poupando o rei de desgaste político. Uma das primeiras providências de Dom João IV foi aproximar-se dos Estados Gerais da Holanda (que não se confundia com a CIO) para buscar ajuda contra a Espanha! Dessa forma, conseguiu-se a redução do exército holandês no Brasil para 13.000 homens. Assim foram dispensados aqueles de nacionalidade inglesa, escocesa e francesa. Mas ficaram os alemães e todos os holandeses. Com isso, Thomas Kemp conseguiu, a pedido, permanecer em Pernambuco. Todas as reformas em fortalezas e novas fortificações precisavam, a partir de então, de autorização vinda da Holanda.

Parecia que os portugueses recuperavam a astúcia diplomática do tempo do tratado de Tordesilhas. Ficou acertado que os territórios de dominação portuguesa não hostilizariam os territórios flamengos e vice-versa. Mais fácil dizer que fazer. O sentimento nativista aflorava e permitia que os brasileiros ignorassem esses acordos internacionais em território brasileiro. Naturalmente, com o beneplácito português que se permitiria negar ter conhecimento de atividades hostis dos locais.

Próximo a D. João IV estava frei Estevão de Jesus, insistindo junto ao Rei por intermédio do Conselho Ultramarino, que não descuidasse de ajudar os paraibanos, pois estes seriam da maior importância na restauração do Nordeste português. El-rei mandou então que D. Estevão partisse o mais rápido possível de volta a Pernambuco com ordens de articular o levante. Deveria chegar a Olinda antes que Nassau partisse para os Países Baixos. Seria bom aparecer circulando com ele em Pernambuco para conferir autoridade e influência. Lamentavelmente, frei Estevão morreu em Lisboa, antes de partir.

Na ocasião era Governador-Geral do Brasil Antonio Teles da Silva, que tinha como camareiro-mor seu parente e amigo, João Rodrigues de Sá e Menezes que, apesar de morar na Bahia, tinha propriedades e interesses em Pernambuco. Suas relações com Antonio Pais Viegas, secretário do monarca e conspirador para o golpe que restituiu a Portugal sua independência, fez com que nomeasse Francisco Barreto de Menezes para o comando militar do movimento de insurgência que se instalava em Pernambuco.

Com a morte de D. Estevão, D. João IV cancelou por completo suas ordens que eram pessoais para ele. Os beneditinos se apressaram em mandar frei Inácio para substituí-lo, mas os planos agora seriam outros. Foi articulada uma conspiração para desacreditar a oposição. Já se sabia da farta e comprometedora correspondência entre D. Estevão e Gaspar Dias Ferreira, o oportunista que adorava acompanhar Maurício de Nassau e se hospedar em Amsterdam por conta da CIO.

O embaixador de Portugal em Amsterdam, Souza Coutinho, havia assinado um tratado em Haia sobre o compromisso de restituir o Nordeste à CIO mediante acordo comercial enquanto o rei, paralelamente, cortejava a retomada pura e simples. Assim, foram enviadas, por "engano", as cartas de Gaspar Dias Ferreira que estavam em poder de D. Estevão para o próprio Gaspar no seu endereço em Amsterdam! A manobra resultou na prisão de Gaspar por traição e, assim, ganharam tempo os conspiradores pela restauração.

O governo da Bahia pedia que se facilitasse o intercâmbio das populações dos dois territórios. Católicos buscando a aproximação com os hereges até pouco tempo combatidos? Na verdade, isso facilitava a infiltração de agentes. No plano local, os senhores de engenho também puderam ir a Olinda e Recife fazer negócios. Nassau queria que se tratasse com tolerância o lavrador. Os holandeses não demonstravam interesse em migrar para o campo, o que teria facilitado a ocupação do território. As sentinelas da resistência é que não faziam muitas concessões nesse sentido.

Já os senhores do campo eram, além de produtores de riqueza, os maiores devedores dos holandeses. Assim gostariam muito de ver suas dívidas perdoadas. O governador João Fernandes Vieira, insurreto e ele próprio grande devedor, insistia na humilhação que era para os donos de engenho deverem o que deviam. Prometia perdão da dívida para todos que colaborassem na insurreição.

Francisco Barreto de Menezes finalmente foi enviado para o Brasil com três naus e algumas centenas de homens e seu tenente, Felipe Bandeira de Melo. Foram presos depois de uma batalha naval na costa da Bahia antes de desembarcarem. Foram levados para o Recife, onde ficaram em calabouço por vários meses. Para fugir, contaram com a colaboração de um holandês que os fez chegar ao Arraial em 24 de janeiro de 1648. Não foram bem recebidos. Já se sabia que viria uma ordem de Antonio Teles Vilas Poucas, o Conde Aguiar, da Bahia, para que se entregasse o comando e governo de Pernambuco a Barreto de Menezes. Este, certamente representava interesses muito importantes da Península Ibérica.

Henrique Dias era um dos que se opunha. Sabia, por experiência de campanha, que os da terra tinham mais competência para lidar com a situação. Já estavam cansados de métodos europeus e estratégias que funcionaram na África e nas Índias. Sabia também que a relação de comando precisava ser negociada politicamente, pois de outra forma as dificuldades para obter recursos para a insurreição seriam enormes.

Barreto de Menezes contou que esteve preso com o Doutor Simão de la Penha, antes incomunicável. Este doutor era tido como perigoso por ser inteligente e cheio de artimanhas. Teria vindo para queixar-se a Nassau pelo aprisionamento do barco português "Benção de Deus". O recém chegado general confirmou que o doutor era mesmo um espião. Ardilosamente, havia se queixado de melancolia e lhe deram a companhia de um franciscano. Foi o bastante para que pudesse armar sua fuga também. Barreto de Menezes conquistou aos poucos a confiança de Fernandes Vieira e assumiu o comando das operações militares.

À medida que passava o tempo e a boataria circulava, meu avô Romero ficava mais decepcionado com os Albuquerque e mais desconfiado dos que vinham chegando. Barreto de Menezes inclusive. Via crescer o patrimônio de Vieira, que chegara da Ilha da Madeira com pouca coisa. Vidal de Negreiros, com todo seu valor, engajava-se mais e mais no mundo dos negócios. Mas Pernambuco ainda era uma prioridade para ele; seus esforços pela Restauração do domínio português continuavam.

Nassau estabeleceu uma administração diferente de tudo que tivemos antes. Nos sete anos que ficou, desenvolveu as artes, deu ao Recife qualidades de cidade importante, construiu pontes e estradas. O tratado de paz com Portugal funcionou como um balizamento do progresso que se pôde ver.

Os esforços de desarmamento eram claros. A frota de guerra da CIO diminuía e os poucos barcos que ficaram se deterioravam. Era conveniente, do ponto de vista estratégico, uma paz com os "selvagens". Foram criadas as condições para um armistício, por meio da disseminação entre eles de informações apresentando os espanhóis como manipuladores e indignos de confiança. Curioso, parece-me, que os portugueses foram deixados de lado, como se não oferecessem perigo maior.

Ao mesmo tempo, A CIO assaltava o bolso dos produtores locais com impostos exorbitantes, o que caracterizava mais e melhor o fim extrativo comercial que tinha a Companhia das Índias Ocidentais. Aos olhos de Olinda e Recife, a tolerância ao governo de Nassau aos poucos se assentava como algo normal. Ele foi um bom político e um homem sensível como convém ao mecenas das artes que foi. É exatamente essa característica que me faz pensar que foi ingênuo na sua avaliação das forças, ocultas e manifestas, envolvidas na situação.

Uma novidade que Nassau trouxe para o Nordeste, um elemento aparentemente estranho ao local depois da morte de

Duarte Coelho, foi a eficácia do planejamento. Praticou e ensinou a planejar em substituição ao improvisar. A conseqüência visível foi o surgimento de uma metrópole nos moldes europeus onde antes era um povoado portuário confuso e feio. A colônia holandesa não era mais a terra do *"pernambucshout"*,como chamavam o pau-brasil, mas a *"zuikerland"*, a terra do açúcar, da produção agrícola organizada.

Nassau restaurou a capacidade produtiva de Pernambuco. Usou e abusou da sua capacidade aristocraticamente sedutora para atrair os senhores de engenho ao seu convívio. Afinal, não era sempre que se tinha oportunidade de jantar com um príncipe europeu. O poder e a sofisticação andam de mãos dadas. Para manter a sofisticação é necessário mais dinheiro e este vem de organizações que não se deixam seduzir por jantares. Portanto foi econômica a principal razão do sucesso da insurgência pernambucana.

As tropas napolitanas de Bagnuolo, que Nassau tratou de empurrar para a Bahia, queimaram e destruíram plantações e engenhos, além de dizimar populações de camponeses com o argumento de atrapalhar a ocupação holandesa. Atrapalharam, sim, a adesão nativa à resistência que havia antes. O conde recuperou a capacidade produtiva e a paz necessária ao campo. Conquistou, desse modo, os proprietários e os serviçais. Facilitou o crédito, distribuiu renda, aumentou as facilidades de instalação de novos negócios e, no plano social, foi aos poucos instalando uma nova mentalidade na relação com os negros e com os índios.

Em 1640, enquanto Portugal se esforçava para sair do jugo espanhol, Nassau instalava uma Assembléia composta para decisões das coisas locais. Ali se debatiam portugueses, holandeses e brasileiros. A elite da população comparecia para defender seus interesses. Era bem diferente da monarquia católica com que Duarte Coelho sonhava, mas Romero participava orgulhosamente das refregas habituais na condição de luso-brasileiro, como preferia.

Adorava política! E foi por isso que os almoços animados por discussões de toda natureza enriqueceram minha infância. Aprendi logo que as guerras e ocupações não eram atividades heróicas e românticas; diziam respeito a comércio e dinheiro. Quem decidia sobre esses temas tinha poder e o poder revelava os corruptos.

A instalação desse Parlamento trouxe uma enorme contribuição à maneira de pensar política em Pernambuco. As autoridades calvinistas oprimiam os católicos da colônia, isso era fato. Entretanto, na cidade Maurícia, a região urbanizada por Nassau, prevalecia um pensamento democrático no sentido grego. A aristocracia burguesa se reunia com os representantes dos *"demos"* (dos núcleos rurais) para dirimir dúvidas e negociar conflitos. Era permitido reclamar, denunciar abusos de todas as partes e ninguém precisava discordar em silêncio. Infelizmente, eram tempos de grandes dificuldades financeiras. Meu pai era um entusiasta do parlamento enquanto meu avô era da política. Peter era um liberal idealista. Romero era um monarquista pragmático, o que fazia que só ele participasse dos debates parlamentares.

O contraponto na minha educação vinha de Pistorius, o mago da minha vida imaginária que ensinava que, se o poder revela a corrupção, a criação e a arte revelam o espírito. Minha mãe ensinava música e os modos sociais. Meu pai se dedicava a iniciar-me no universo da linguagem, da história e da ciência. Meus avós, cada um à sua maneira, os caminhos da política e do relacionamento.

Pistorius contribuiu muito para minha formação. Levou-me, por exemplo, para assistir aulas na escola para negros, instituída no governo de Nassau. Para mim não causava nenhum espanto, mas soube depois que ele me levava às escondidas. Romero, apesar de libertário e suave no tratamento dos serviçais, não questionava a essência da escravatura. Eu era muito menino para ver essas questões com clareza e não entenderia por que meu avô se aborrecera com Pistorius.

A festa de minha mocidade foi repleta de emoções culturais. Conversava-se muito sobre tudo e o bom é que eu entendia holandês! Muitas vezes me vi na qualidade de mascote de intelectuais que se reuniam com meus parentes. Vi pintores criarem paisagens e retratarem, às vezes de forma muita estranha, frutas e animais com coloridos exagerados. Minha mãe sempre tocava clavicórdio nessas noites em que se reuniam as grandes figuras. Eu sabia se eram grandes figuras ou meros figurantes pela atenção que lhes dava meu pai. Ele conversava com as pessoas que julgava importantes e sempre me trazia para perto. Com outras, era cortês e não se esforçava para me aproximar.

Um desses homens de quem meu pai se aproximou foi o arquiteto Pieter Post. Ele gostava dos arquitetos, admirava sua visão de espaço público e privado. Conversavam muito em tom baixo e fizemos muitos passeios bonitos pelos arredores do Recife. Ele sempre mostrava alguma coisa nova para meu pai. Eu não entendia muito, mas as obras apareciam e eu achava lindo. O irmão dele era pintor mas não se deu muito a conhecer. Lembro-me de conversarem sobre projetos para um porto melhor e planos de urbanização para os alagados; os mangues que seriam como jardins, com vias calçadas em torno, margeadas por habitações individuais e com passagem livre da água para o mar. Os holandeses entendem de mar e marés; de diques e enchentes.

Habituados a cortar árvores indiscriminadamente, os habitantes próximos do Recife se ressentiram da proibição imposta por Nassau para isso. Evidentemente, a principal razão era estratégica, para que não faltasse madeira para fins públicos e militares. De qualquer maneira, meu avô aplaudia já que não se continha quando se desmatava mais do que o absolutamente necessário. Comentava que cortavam árvores "a torto e a direito" para depois se aglomerarem à sombra das remanescentes, quando cada um podia desfrutar de muitas sombras.

Uma das coisas que mais me entretinham eram as viagens de balsa e barco, a via normal de transporte entre o povoado do Recife e o que se chamava de cidade Maurícia. Foi usando o transporte fluvial que vi a construção da primeira ponte entre essas áreas e a terra firme onde usávamos charretes e carros de boi. Eu estava com seis anos de idade quando a ponte entre Antonio Vaz e Recife ficou pronta. Era uma maravilha desconhecida dos povoados portugueses! Era educativo sair com meu pai. Ele gostava de saber coisas. Lembro quando ilustrou o arquiteto sobre a origem do nome Pernambuco, que eu sabia. Recife foi uma corruptela da expressão moura *Ar'Raçif*, "a calçada no mar", em alusão às pedras, como nós chamávamos os arrecifes.

A Ilha de Antonio Vaz se modificava a olhos vistos. A Cidade Maurícia surgia enquanto se faziam aterros, se plantavam bosques e novas construções brotavam do chão como os próprios bosques. Meu pai se encantava e nisso tinha a solidariedade do meu mais que lusitano avô.

Minhas saídas com Pistorius eram diferentes. Tinha sempre mais gente e era mais divertido, menos sério. Íamos assistir a peças de teatro ao ar livre, acrobatas e recitadores na praça e, claro, as rodas de meninos em torno dele a ouvi-lo por horas a fio falar de cruzados, alquimistas, magos e monstros. E como eu gostava das sessões de história que Pistorius fazia com a meninada em Olinda! Eu gostava especialmente de como ele contava sobre as cruzadas. Muitos de nós já tínhamos ouvido falar de como o Ricardo "Coração de Leão" era valente, como os templários protegiam os peregrinos cristãos para que chegassem a Jerusalém em segurança e outras histórias habituais. Pistorius conseguia ser um grande iconoclasta com uma graciosidade que pude de fato apreciar na vida adulta. Especialmente depois de minhas próprias peregrinações.

Para nós, fazia perguntas do tipo:

- Quem era o rei Ricardo? E respondíamos:

- O rei com o "Coração de Leão", que foi lutar contra os sarracenos.

- E ele era valente, justo e bondoso?

-SIM!!!!

- ERRADO! Ele era um desalmado, ignorante e covarde.

Ficávamos todos pasmados, boquiabertos e ansiosos para que a história continuasse. Não se ouvia nem o zumbido das muitas moscas que nos rodeavam. Ele seguia dizendo que Ricardo era de uma brutalidade sem tamanho e completa falta de escrúpulos. Era ignorante porque não levava em conta os conhecimentos avançados que os muçulmanos tinham de ciência, artes e sobre a humanidade. Os muçulmanos eram muito mais tolerantes para com os de outras crenças do que foram os cristãos.

- Havia uma fortaleza chamada Acre, instalada numa elevação de frente para o mar, ocupada pelos sarracenos. Era uma linda localização. A fortificação ficava numa península (e ele desenhava na areia do chão) com um porto protegido. A península ficava protegida do continente por duas enormes muralhas em ângulo reto (e aprendíamos o ângulo reto).

- Por volta do ano 1190, os cruzados europeus fizeram um bloqueio pelo mar e um cerco por terra. Foi uma das batalhas mais longas e sofridas. Em socorro dos muçulmanos cercados, chega Saladino com um poderoso exército. Ao contrário do jovem Ricardo "Coração de Leão", Saladino era maduro, tinha horror a derramar sangue inutilmente e parecia ser um homem de espírito delicado e dado a gestos de nobreza.

- Para ajudar os cruzados vieram os germânicos comandados por Frederico "Barba Roxa", que morreu de uma síncope pelo caminho, e as tropas debandaram. O rei da França, Felipe Augusto, conseguiu desembarcar com reforços, mas ainda assim as forças no local estavam equilibradas.

- Para vocês terem uma idéia da pusilanimidade de Ricardo - dizia Pistorius de pé, dando ênfase com gestos firmes – este pediu um encontro com Saladino. Sentia uma enorme curiosidade por esse homem com a reputação de sábio. Saladino recusou o encontro, a não ser que fizessem um acordo de paz primeiro, pois não era conveniente guerrear depois de terem sentado à mesma mesa. Havia também muitos prisioneiros em ambos os lados. Saladino, num gesto de boa vontade, libertou os "francos", até porque ficava difícil alimentá-los. Sabem o que fez o "valente" Ricardo? Juntou quase três mil muçulmanos presos, entre eles mulheres e crianças, e ordenou aos seus soldados que os abatessem a golpes de espada e lança!

Ficávamos estarrecidos com tamanha crueldade. Pistorius sempre gostava de exagerar os defeitos das figuras tidas como exemplares. Seja como for, isso me deu uma forte inclinação para conhecer o outro lado das questões.

- Não houve alternativa senão a guerra. Os cruzados tomaram a fortaleza do Acre. Curioso é que exatamente cem anos depois, no mesmo dia e na mesma hora, os muçulmanos retomaram a fortaleza. O rei Henrique, junto com um grupo de comandados mais próximos, conseguiu fugir levando tesouros preciosos. Saíram fugidos pelo porto enquanto outro grupo de cavaleiros lutava até o último homem para permitir essa escapada.

Henrique, que conseguiu chegar a Chipre, havia pressentido essa derrota e pedira reforços. Mandaram um exército de larápios e delinqüentes que precipitaram a destruição. Pistorius lembrava como isso era comum na história das conquistas. Quem estava usufruindo o botim das ocupações e bem longe, em segurança, não levava em consideração o sangue dos idealistas ou dos profissionais que arriscavam a vida por aqueles projetos, fossem eles dignos ou não. Comparava com Pernambuco onde coisas parecidas aconteceram e aconteciam.

Nassau, por exemplo, veio instalar um império e não uma loja de comércio da Companhia das Índias Ocidentais. Veio criar civilização, cultura e arte, dizia ele. Infelizmente, foi exatamente isso que o destruiu como administrador público. Foi denunciado como aspirante a imperador. Ambicioso demais para ser um serviçal competente dos interesses comerciais da companhia à qual deveria servir. Havia outros também interessados em projetos menos elevados.

Maurício de Nassau também cativou os da terra recuperando as igrejas profanadas, dando liberdade de culto enquanto deixava claro que a prática do catolicismo não seria inibida (como queriam muitos). Evidentemente, tudo isso, que foi bom para Pernambuco, trouxe a contrapartida perigosa para a administração holandesa. As liberdades civis permitiram a liberdade de sonhar com a independência que se acreditava ter anteriormente. Nada mais seria o mesmo. Erraram os invasores mais uma vez: primeiro, por acreditarem que, vencidos militarmente, os pernambucanos se submeteriam; e, depois, por presumirem que o tratamento civilizado anularia o sentimento nativista. Esse erro de avaliação foi agravado pela trégua acordada com o novo reino português que prometia dez anos de bom relacionamento.

Esqueceram-se de avisar que os pernambucanos, e eu sou um desses, não prometeram nada. Foi uma época em que os preparativos para a insurreição foram muito intensos e produtivos. Ao mesmo tempo, a voracidade dos acionistas da CIO não combinava com uma província bem cuidada e bem tratada. Chegaram a dizer na Holanda que Nassau era um príncipe mimado que se preparava para brincar de imperador. A bem da verdade é possível que desejasse autonomia para o Nordeste, tendo em vista seu comportamento altivo e de gestos cuidadosamente medidos. Porém o dinheiro venceu e ele foi forçado a voltar para a Europa - quando eu tinha seis anos, em 1644. Tenho a lembrança de meu pai ter ficado decepcionado e apreensivo. Aquela situação era a mais cômoda que havia experimentado desde a invasão. Podia-se viver numa calma aparente e ele, como holandês, não precisava andar nas sombras.

Meu pai ficou apreensivo porque saía uma figura representativa da autoridade tão necessária por aquelas bandas onde, em outras condições, se podia fazer quase tudo. Os militares holandeses que ocuparam o lugar do estadista passaram a ver ameaças em toda parte, o que não estava longe da verdade. Mas, em vez de negociar, buscaram a repressão e usaram a rivalidade de crenças como um veículo fundamental para instalar a desconfiança e a violência. Pelo que tenho visto, a fé religiosa é uma das maiores, se não a maior, justificativa para a intolerância e a violência.

A religião é a forma mais importante de reconhecimento da alma. É a via de reunião da identidade do indivíduo com o universo. Como a humanidade é variada, as vias são múltiplas e daí surgem as igrejas como forma concreta e literal de expressão religiosa. É essa literalidade que dificulta a relação entre as igrejas. Estas são movimentos políticos em busca de poder. Assim, fica estabelecida a competição pela prevalência dos princípios de cada uma. Leia-se, pela vitória dos métodos de cada uma para manter sua influência. A reação violenta é inevitável.

O confronto é inevitável quando a intolerância se associa à fé. A fé, que é aceitação tácita de que se ignora muito, quando retirada de sua dimensão poética, torna-se um terreno fértil para a violência. É perturbador e paradoxal porque a humanidade é paradoxal. Agora entendo porque Pistorius era contra a doutrinação e a catequese. Para ele, a atividade missionária era uma forma de violência que gerava movimentos como as cruzadas e as "guerras santas". Preferia a função de "consolador" como ele chamava os auxiliares no seu trabalho.

Muitas vezes pudemos conversar sobre religião. Ele fazia questão de separar "religião" de "igreja". Como disse antes, nunca fui batizado e minha formação religiosa se limitou, se é que se pode considerar limitação a uma formação ética. O grande rabino Hillel, que trabalhou com Herodes, disse que a grande regra é não fazer aos outros aquilo que não queremos que nos seja feito. O resto é comentário.

Quando questionei Pistorius, pela última vez, sobre sua formação na Igreja Reformada e sua atuação como ministro religioso, eu já estava com 30 anos; e sua resposta foi como um ponto final nesse assunto:

- Antonius, meu filho, (foi a primeira vez que me chamou de "filho") estive em muitos lugares do espírito, trilhei muitos caminhos da alma e conheci os homens. Respeito poucos e gosto de menos ainda. As intrigas eclesiásticas são detestáveis, mas entendo que essas intrigas são resultado de embates intelectuais importantes. Por serem intelectuais, são humanos. Já me disseram que eu traí a Igreja. Na verdade não traí porque nunca pertenci. Para trair é preciso primeiro pertencer. Nunca entreguei a alma a nenhuma igreja.

- Como não pertence se é membro do clero calvinista?

- Eles pensam que sou o que acham que sou. Só eu sei o que sou. E olhe lá! Freqüentemente já não sou o que sabia ser.

- Muito hermético para meu entendimento...

- Hermético é um bom adjetivo no caso. As grandes transformações precisam do *vas bene clausum* de Hermes Trismegistus; o vaso hermético, ou seja, bem fechado. A multidão é sempre ignorante, meu filho. Só o indivíduo tem salvação. A multidão ignora, por exemplo, que Lutero escreveu os primeiros textos numa linguagem que seria considerada por qualquer freqüentador de igreja como um horror intolerável. Quanto a mim, esse homem de personalidade tão complicada tornou-se mais interessante por isso.

- Conte-me um pouco, agora estou curioso!

- Você saberá no seu próprio tempo. Não gostaria de afrontar a visão religiosa do seu pai com essas coisas menores ditas a você. Só quero que saiba que sempre há muito mais abaixo da superfície.

A consciência coletiva é muito rasa. Procure ler Conversas à mesa e A figuração do Papado que Lutero escreveu em 1545 com ilustração, digamos, de gosto discutível. Essas coisas são importantes para colocarmos a dimensão humana em perspectiva e nos reservarmos espaço para a importância do religioso. A história do cristianismo é toda assim. O sentido "católico", ou seja, "universal" de uma corrente cristã, é de arrepiar os pelos do braço. Essa "igreja universal" é de uma sede de poder inimaginável!

- Mas a igreja protestante não fica atrás em intrigas pelo poder.

- Claro que não. Por exemplo, Desiderius Erasmus, o teólogo católico que pediu ao papa para cessar a Inquisição, denunciou Lutero por incitar conflitos armados por razões nacionalistas, apesar de apoiar a argumentação lógica da Reforma. Sugeria que os padres pudessem casar-se e advogava por uma concórdia entre os cristãos que não precisariam abrir mão de suas divergências. Que aconteceu com ele? Lutero usou de linguagem coprológica para qualificá-lo e o papa mandou queimar seus escritos e ele foi declarado herético. O mérito individual não pode ser julgado pelo coletivo. Como não tenho a veleidade de me tornar um líder espiritual, não me interessa discutir esse assunto ou justificar os meus caminhos. Nem sempre esses caminhos poderiam ser classificados como "corretos", mas sempre são sinceros e pacíficos. Não sou inocente da violência, até por estar aqui em Pernambuco na qualidade de invasor holandês. Temos nossas culpas religiosas. Nenhuma nação está isenta da acusação de violência em nome da fé. Quem sabe se, num esforço de imaginação, pudéssemos despir a divindade das roupagens humanas para que a religiosidade pudesse se aproximar da alma que, diga-se de passagem, precisa da humanidade para se manifestar. É complicado fazer isso em bandos. O bando quer seguir e obedecer. A alma, através do indivíduo, quer criar.

Achei por bem não encompridar a conversa, pois meu mestre começava a dar sinais de uma profunda tristeza. Eu sabia perfeitamente que ele não era o mais completo dos pastores, mas era dos homens mais honestos que já conheci. Conhecia o Bem e o Mal e os mantinha consigo, um em cada mão e a uma distancia saudável do coração. A mão do bem praticava o mal eventualmente, enquanto a mão do mal se revelava bondosa às vezes. Não misturava as coisas, não aproximava os opostos para não causar a neutralidade que dizia ser nociva. Um homem de espírito, dizia ele, não deseja a neutralidade, procura o equilíbrio. A neutralidade ou é desprezível, quando intencional, ou pobre, quando é resultado da ingenuidade. O homem de espírito não tem o direito de ser ingênuo. Portanto, sua neutralidade é sempre desprezível.

Essas questões me preocupavam. Pela minha situação, eu achava que deveria me encaminhar para a neutralidade. Era pernambucano e holandês; católico e protestante; discreto e curioso. Vi como em vários lugares os holandeses impuseram restrições à prática católica. Como essas coisas não acontecem de um lado só, os portugueses católicos aproveitaram para um movimento de acerto de contas. Agentes foram infiltrados a partir da Bahia, enviados pelo governador Antonio Telles para espionar, agitar e sublevar as comunidades nas terras ao norte do São Francisco.

O governo de Haia, por seu lado, estava debilitado com a guerra da Inglaterra e um novo conflito com Portugal não seria viável. Então, uma série de circunstâncias deflagrou o movimento final da Restauração pernambucana. Se a Inglaterra não tivesse divergido da Holanda por motivos comerciais, dificilmente Portugal teria reconquistado o Brasil holandês. Mesmo com o heroísmo nordestino, o bloqueio inglês dos portos holandeses possibilitou a Portugal envio de recursos financeiros e militares sem maiores contratempos.

Entre os motivos circunstanciais estavam os impostos altos e os interesses dos produtores em se ver livres de suas dívidas. Assim o monarca português viu a chance de tomar tudo de volta sem pagar o prometido, que seria a entrega do território que ia de Pernambuco ao Ceará. Somem-se a isso as dificuldades militares holandesas que seriam, em outras circunstâncias, um importante fator de dissuasão.

Mentiras daqui, engodos dali e um punhado de homens e mulheres idealistas, daqueles que não perderam o direito à ingenuidade, permitiram que tivéssemos uma revolução bem sucedida. Culminou com a chegada de tropas sob o comando de André Vidal de Negreiros e Soares Moreno, vindos da Bahia e tentando fazer com que acreditassem estarem combatendo "focos de rebeldia de um pequeno grupo que deveria ser castigado". Como não era uma boa desculpa, tiveram de agir com rapidez e tomar os fortes de Serinhaém e do Pontal, ao sul de Pernambuco. A notícia do sucesso correu e estava criado o clima da revolução.

Em abril de 1648, travou-se o primeiro de dois grandes confrontos militares: a batalha dos Guararapes em que tropas luso-brasileiras venceram o general van Schkoppe e seus soldados já bastante desmotivados. Menos de um ano depois, em fevereiro de 1649, houve outro embate ainda nos montes Guararapes, perto do povoado dos Prazeres, selando a vitória no plano militar. As manobras políticas continuavam na Europa e na África, como em um grande jogo.

No final de 1653, a Companhia de Comércio Portuguesa, criada com a finalidade de se opor à Companhia das Índias Ocidentais, foi ocupando os espaços que há muito a coroa havia negligenciado, deixando o Nordeste ensangüentado e espoliado. Nesse ano de 1653, uma forte e bem armada esquadra surgiu à costa do Recife. Agora o bloqueio se completava pelo mar. As forças de van Schkoppe se renderam na campina da Taborda, próximo ao forte de Cinco Pontas (Frederick Hendricks), em 27 de janeiro de 1654. Saíram os mil e duzentos soldados que ainda guarneciam as praças fortes do Recife com provisões para a viagem de volta, levando seus bens pessoais. Foi conferida anistia aos holandeses que quisessem ficar e para todos aqueles que desejassem partir.

Francisco Barreto de Menezes recebeu as chaves da cidade do Recife, que já não era mais "o povo do recife". Ficou uma cidade organizada, um legado de Nassau. Fernandes Vieira ocupava a cidade de fato enquanto Vidal de Negreiros partia para dar a notícia oficial à corte em Lisboa.

Meu avô só faltava saltar de felicidade enquanto meu pai lamentava a chance perdida de declarar a independência desse território que ia do rio São Francisco até o Ceará e, talvez, com a Bahia aderindo após alguma negociação. Já estava claro que não se tratava mais de uma colônia portuguesa, eram terras do Brasil e não mais do "pau-brasil" a ser extraído para alegria de europeus. Fernandes Vieira não ficou, como esperava meu avô; foi agraciado com o governo-geral de Angola e mudou-se.

Assumiu a administração o general Barreto de Menezes, que instalou um governo austero e autoritário, bem ao gosto da corte portuguesa e para desapontamento dos pernambucanos. Construiu em 1656 uma capelinha no alto dos Montes Guararapes em homenagem a Nossa Senhora dos Prazeres e em ação de graças pela vitória final contra os holandeses. Assim foi declarado. Foi dito também que alguns tiveram a visão de uma santa que indicara o caminho da vitória nos Guararapes. Há algo mais na história, pois essa é a versão literal. Tem-me parecido que essa alegoria deve-se aos ajustes de poder que foram feitos na Europa e efetivados na Bahia e em Pernambuco, tendo Barreto de Menezes como representante e ponta-de-lança. "Nossa Senhora dos Prazeres" bem que pode ser um sinal de reconhecimento àqueles encarregados de defender e zelar por interesses antigos e secretos. Mas, a isso voltaremos mais adiante.

Depois de três anos, em 1657, o general assumiu o governo-geral na Bahia, indicação maior de sua incumbência inicial, ou seja, assumir o controle da situação na colônia portuguesa. Foi sucedido por Vidal de Negreiros, um dos idealistas e com quem se desentendeu mandando prender. O veterano Vidal voltou, a pedidos, para controlar a balbúrdia em 1666. Mas, cansado e doente, pediu para ser substituído e morrer em paz um pouco depois.

Os anos que se seguiram foram de grandes ajustes sociais e familiares. Como já consta dos Cadernos do meu pai, faleceram meu avô Romero, o mestre Pistorius, papai e mamãe. Ficaram as perguntas e umas poucas décadas para respondê-las. Por isso, decidi-me pela partida em direção a Portugal, primeiro, e para a Holanda, depois. Julguei importante buscar essas lembranças antes de apresentar a segunda parte dos cadernos de meu pai. Assim, acredito ter oferecido um contraponto local para a visão holandesa do médico que chegava.

Cadernos de Peter Deneboom escritos após a chegada a Pernambuco

1630

Horrível e impressionante é como me ocorre definir a experiência desses dois últimos dias. Avistar a terra que iríamos invadir e por ela sentir atração e curiosidade foi estranho. Depois veio a agitação própria que antecede uma ação militar, que venho acompanhando há meses. Só então percebi a angústia que estava sendo armazenada em mim.

Ontem, depois de avaliados os riscos do desembarque em Olinda, decidiu-se pelo desembarque mais ao norte, em Pau-Amarelo. Havia muitas possibilidades de escolha e as praias de Olinda mostravam algum movimento sugestivo de resistência.

Vimos a chegada de homens e cavalos à praia de Pau-Amarelo. Tudo parecia improvisado, sem muita ordem. Embora não fossem um grande número, não podíamos correr risco. Assim que a primeira leva de soldados chegou à praia, houve alguma escaramuça e logo uma debandada geral dos locais.

O medo era comum aos dois lados. Nossos comandantes determinaram que, tão logo os baixéis deixassem os homens na praia, deveriam retirar-se o mais rápido possível. Além de proteger os barcos, a medida tinha por razão principal impedir que o pânico de alguns os fizesse tentar voltar para os navios, tumultuando a operação.

Acredito que o mais amedrontador para os locais foi nossa ordem e disciplina militar, associadas ao número elevado de tudo: homens, barcos e artilharia. A calma aparente da movimentação também contribuiu para assustar. Percebia-se a balbúrdia e agitação na organização da defesa.

Quando cheguei a terra, já ao final da tarde, a situação estava sob controle dos nossos. O grupo avançado, onde estava Kemp, já se encontrava às margens do rio Doce, esperando baixar a maré para cruzá-lo. O general Waerdenbuch pretendia atravessar o rio rapidamente, mas atendeu a ponderações de seus capitães, Caspar entre eles. Seria difícil defender um contra-ataque com água pela altura do peito, e foram percebidos movimentos de cavalaria no outro lado. A travessia foi feita hoje pela manhã bem cedo sem nenhuma resistência.

Ao chegarmos ao rio Tapado, enfrentamos a primeira tentativa de embate sério. Ainda assim foi uma vitória fácil. A desorganização deles foi a tônica, mais uma vez. Um português de nacionalidade hebraica está fazendo as vezes de guia por conhecer bem o terreno. Quando o encontrei em São Vicente, perguntei sobre seus motivos de estar conosco e não com os portugueses. Disse-me que, como judeu, preferia ver mil holandeses aum português da Inquisição. Havia morado em Pernambuco por um tempo e sofrido bastante com a intolerância religiosa. Tanto assim que se chamava Antonio Dias, embora seu nome real fosse outro.

Recebemos ordens de ficar fora da vila enquanto as tropas não controlassem totalmente a região. O grande perigo vinha das matas por onde circulavam com mais facilidade os locais, principalmente pelos alagados cobertos de uma vegetação espessa e solo movediço. O restante das tropas que nos seguiam continuou pela nesga de praia que leva à vila, com batedores vasculhando a franja das matas e com várias lanchas de pouco calado dando cobertura pelo mar, a curta distância.

Paramos num sítio protegido, acudindo os feridos e aguardando ordens para seguir adiante.

Hoje vimos Olinda em chamas. Lembrei-me de Pistorius falando sobre alquimia e acho que me dei conta de alguma coisa que não sei explicar. O grande laboratório de alquimia é a vida como a experimentamos. Pode ser mais ou menos poética, ter mais arte ou mais concretude. A imagem das chamas me lembrou o Calcinatio, porque eu queimava de uma certa maneira. Era difícil para mim ver aquele cenário tão pacífico, para mim tão atraente e não sentir angústia. Parecia que as chamas devoravam gulosamente aquilo que deveria ser o alimento de muitos, nosso inclusive.

Avançamos até a entrada da vila para constatar que ainda se lutava aqui e ali. Encontrei feridos de ambos os lados que atendíamos como possível. Por eles, tinha notícia de que a resistência estava limitada a escaramuças isoladas. Obviamente não havia um comando central. Aparentemente, o porto contava com as únicas posições fortificadas, guarnecidas por profissionais.

Muita coisa já se passou, mas o fato mais importante foi o aviso que recebi da atividade de um médico português que se desdobrava para atender feridos, inclusive os nossos. Fui mandado com escolta para "ver o que estava fazendo", segundo minhas instruções.

Grande surpresa! Encontrei Kemp numa enfermaria improvisada com dezenas de outros feridos. Parece que é meu destino estar cuidando desse homem durante esta viagem. Estava abatido e assustado. Parecia reconfortado pela atitude do Doutor Gonsalves e seus cuidados. Pediu-me que não o tirasse de lá. Sentia que estava protegido assim. Contou-me que ficara nauseado com o comportamento de muitos dos nossos que profanavam templos e debochavam de imagens e paramentos. É verdade que algumas construções religiosas estavam sendo usadas como casas-forte para a resistência, mas isso não justificava a selvageria. Numa dessas igrejas, dois portugueses, já dominados não se contiveram diante do grotesco de soldados vestidos com paramentos e bebendo vinho em cálices rituais. Foram massacrados e, quando Kemp tentava puxar um deles gravemente ferido para fora do alcance dos seus companheiros, saiu um vulto da escuridão e o atingiu nas costelas com uma espécie de lança.

O ferimento estranho chamou-me a atenção. Doutor Gonsalves me explicou que, na falta de armamentos melhores, combatia-se com um cabo de madeira com a extremidade queimada que era então afilada mais rapidamente. Fosse uma ponta de metal e Kemp estaria morto.

Parece que fora um negro. Estava escuro e Kemp ocupava-se em resgatar um inimigo pelo qual quase morreu. Sua expressão quando disse que "parecia um negro" foi eloqüente. Era como se dissesse "não estão se sentindo liberados por nossa intervenção. Também somos o inimigo para eles".

Voltei para ver Kemp discretamente, havia outros que mereciam meus cuidados também. Mas era Kemp meu foco de interesse até que vislumbrei um anjo, ou melhor, uma imagem angelical na forma de uma moça tão bonita que me tirou um pouco desse mundo tão real. Entrei um pouco noutro mundo, um mundo mais mágico e mais bonito, guiado por essa jovem que descia a escada dos fundos da casa com uma lanterna na mão, trazendo com ela uma escrava toda de branco, com lenço na cabeça e uma bandeja com ataduras e ungüentos.

Ao final da visita já sabia que a menina era Maria Ana, filha dos donos da casa. Eu sei que será minha mulher, a mãe do meu filho. Estou chocado até ao escrever isso com tanta certeza. Como posso saber?

Ainda tenho muito que aprender neste mundo! E que essas anotações não caiam em mãos erradas. Eu que pensava que o nosso desembarque em Pau-Amarelo era uma manobra hábil para evitar o confronto direto e desnecessário, para poupar vidas, para nos proteger! Parece que eu estava equivocado na minha ingenuidade. No fundo, eu pensava que Olinda se entregaria graciosamente!

—

Ontem conversei novamente por horas com Caspar, meu amigo-irmão. Confidenciou-me que assim já estava programado desde a partida na Holanda. Nas conhecidas instruções, que só deveriam ser lidas depois da partida de São Vicente e passada a linha do Equador, constava a localização do desembarque, a largura da praia, as marés, a possibilidade de marcharem as tropas sobre Olinda e o povo do Recife e muito mais.

O consolo para minha ingenuidade é que o mundo está cheio de ingênuos e nos conflitos eles estão em ambos os lados. Estou certo de que os valorosos defensores não se bateriam com tanto empenho se soubessem que os senhores da capitania de Pernambuco ofereceram aos nossos comandantes milhares de caixas de açúcar, navios e até propriedades rurais para que deixássemos o lugar. Foi respondido que viéramos para ficar. Voltaram a insistir nas ofertas até que o comando optou pela ironia: quanto custava a capitania? Por quanto a entregariam sem lutar? A ser verdade, entristece-me essa dimensão dos negócios que precisa de uma fachada de guerra, de glórias e mentiras.

Já escrevo do convento dos jesuítas em Olinda. Uma vez tomado, foi transformado em quartel-general. Minhas atribuições de médico militar me obrigam a algumas horas de burocracia, a fazer coisas que o chefe não queira fazer. É uma bela localização. Da janela vejo o mar, verde-claro, em contraste com o azul brilhante, que é o céu daqui. É um lugar divino e sensual. É pena que estejamos, em linguagem clara, pilhando a vila. Muita coisa de valor está sendo enviada para a Holanda. Sinos maravilhosos, esculturas, açúcar, madeira e o que se possa imaginar.

—

Impossível escrever nesses últimos dias. A confusão impera por todas as partes. Olinda está destruída, o povoado do porto do Recife foi queimado e a resistência se organiza a partir do interior e se manifesta por ataques de surpresa em qualquer lugar. Falta comida e a água é de má qualidade já causando muitas baixas entre os nossos. Tenho contado com a valiosa colaboração do Dr. Gonsalves com respeito a métodos locais de tratamentos que jamais me ocorreriam, pelo primitivo que revelam ser, e a lógica terapêutica que se aproxima mais da magia para os olhos de um cirurgião holandês.

Chegaram reforços da Holanda e foi tentada uma investida contra as fortificações do porto, sem sucesso de início. Não se sabe com quantas forças contam os locais, mas se constata que combatem ferozmente e no escuro. O General Waerdenburch fortificou Olinda como pôde e parece enfurecido com a incapacidade de dominar rapidamente todo o cenário, como imaginava. Estava acostumado a combater com outras regras e acredito que esta tenha sido a primeira vez que se vê obrigado a lutar contra locais e não contra outras forças de ocupação. O território é deles; nós somos os forasteiros.

Foi tomada a posição do Recife nesses últimos dias. É preciso dar grande destaque à capacidade de combate de tão pouca gente sem preparo militar. Já controlamos o porto e começamos a fortificar a barra e a ilha na bacia do rio Capibaribe.

O general Albuquerque retirou-se para uma área fortificada que chamam de Arraial. Conta com a ajuda de muitos nativos e de padres da Igreja Católica que se transformaram em combatentes e a quem os índios obedecem. A resistência controla o acesso à água e às madeiras - para não falar das vias que levam a muitos engenhos e conduzem a Olinda. Tem sido difícil conseguir boas informações dos moradores do interior e de quanta força dispõe o general Albuquerque, visto que o comércio com os locais não é possível e não se vê o trânsito de negros, como seria de se esperar.

—

Continuo visitando a casa do Doutor Gonsalves, que se mostra um cavalheiro de primeira grandeza, ao que procuro retribuir. Eu sei, e ele sabe que eu sei, que de alguma forma se comunica com o general Albuquerque ou seus capitães. Não falo sobre isso com meus superiores já que minha tarefa é humanitária e se acha agora contaminada por fortes emoções humanas. A moça Maria Ana não me sai da cabeça e é pena que não tenha com quem falar a respeito. Kemp, na sua introspecção não me inspira e Pistorius, ultimamente quase não o vejo. Melhor assim; quero guardá-lo para outras ocasiões.

O ano já está prestes a terminar e pouco ou nada escrevi nesse período. Isso não corresponde a que nada tenha feito. A guerra de ocupação continua com mais dificuldade do que havia sido previsto. Caspar, que encontro mais do que Pistorius atualmente, tem dito que as perdas em homens e material são consideráveis. Felizmente podemos contar com reposição constante pelas freqüentes chegadas de navios com equipamentos e gente. Agora, com o controle do porto, isso ficou bem mais fácil. Ainda precisamos controlar o acesso para os engenhos no interior.

Meu trabalho tem sido extenuante pelas enfermidades de que são acometidas as tropas, mais as constantes mutilações causadas pelas escaramuças que os pernambucanos aprimoram a cada dia, seja na eficiência seja na inventividade das surpresas. No entanto, estão confinados ao interior e seus suprimentos só podem chegar pela Paraíba, ao norte, ou vindos do Cabo de Santo Agostinho, ao sul. Se a vida não está fácil para eles também não está para nós. Dependemos ainda do abastecimento que chega pelo mar. O acesso às hortas e fazendas tem custado muitas vidas. Parece que as emboscadas ocorrem em qualquer lugar. Recentemente até um forte nosso foi tomado de assalto, mataram uns duzentos soldados, destruíram o que puderam e se foram.

Quanto a isso, tenho uma posição privilegiada. Não preciso me arriscar muito e circulo com liberdade pela vila de Olinda. Especialmente nas minhas visitas menos necessárias à parte baixa onde se encontra aquela casa acolhedora de portas vermelhas.

Na última vez em que lá estive, conversava com o Doutor Gonsalves na sala de visitas com vista para a parte alta quando ele, falando do seu amor pelo lugar, interrompeu a frase olhando para a porta e o semblante mudou. Senti que algo havia mudado nele naquele momento. Quando me voltei para olhar a porta foi minha vez de sentir o pasmo: Maria Ana estava ali parada e com uma postura altiva e tímida ao mesmo tempo. Ali não estava mais uma menina, era uma mulher sensual e bela.

Enfim, continuo aprendendo com o Doutor Gonsalves; hoje ele visitava nosso hospital de campanha e viu um paciente com disenteria sanguinolenta, que nós chamamos de "*roode loop*". Sugeriu que mudássemos a dieta do soldado e começou a administrar uma raiz brasileira chamada de ipecacuanha. O resultado foi estupendo, parou a diarréia e a recuperação deu-se rapidamente, ajudada pela ingestão de água fervida.

Nesta época, final de ano, apareceu uma febre fortíssima e perniciosa que parece vir do ar contaminado por alguma qualidade oculta. Essa febre atinge tanto os nossos quanto os locais de forma epidêmica. Temo que seja pelos péssimos costumes da região. Doutor Gonsalves não acreditava muito em nossos "verversinge". Dizia ele que eram realmente refrescos e, sendo assim, preferia-os feitos com limões de Olinda. De fato, percebia-se uma diferença na cura.

—

Está uma noite estranha. Em alguns lugares se percebem tentativas tímidas de celebração do Natal. Sopra uma brisa fresca e me agrada ficar aqui no alto da vila, olhando algumas luzes que ainda brilham no porto do Recife e em algumas casas em Olinda, a meus pés.

- Fui convidado pelo Doutor Gonsalves a cear com eles e sei que foi uma grande cortesia. Eles não querem um "herege", como já ouvi nos chamarem, para celebrar uma noite tão íntima – comentei em voz alta para Pistorius que estava ao meu lado, em silêncio.

- Você gostaria de ir hoje ou qualquer outro dia, meu caro, a menina Maria Ana lhe inspira sobremaneira.

- Então você percebeu! Espero que os pais não se ofendam, ela é apenas uma menina.

- Ela é uma jovem mulher, desabrochando para a vida e conseqüentemente, para o amor. Essas coisas não acontecem de um lado só. Além do mais, os pais dela o vêem com bons olhos. Você é um bom homem, Peter!

- Por falar em homens bons, conversei com Kemp outra vez sobre aquela história de um documento guardado pela sua família. Ele anda um pouco mais confiante que há tempos atrás. Ainda estou tentando entender como um documento português vai parar na Holanda via Inglaterra, quando dizia respeito, suponho, a Pernambuco.

- Talvez não dissesse respeito apenas a Pernambuco, doutor.

- Bravo! Devo estar chegando a algum lugar. Você me chamou de doutor, portanto está pensando alguma coisa que eu não sei.

- Estou ficando demasiado transparente, então. Já que é assim, lembra-se de ter ele mencionado de alguma maneira o interesse dos ingleses por um grupo isolado no sul da França nos séculos XII e XIII?

- Você se refere aos cátaros? Não me subestime Pistorius, já ouvi falar dos cátaros e da segunda cruzada quando os cavaleiros do norte desceram pelo Languedoc para exterminar as heresias cátaras e albigenses.

- Folgo em saber que não precisa de ilustração, meu caro. Mas eu iria um pouco mais devagar com os adjetivos. Os cátaros simplesmente não queriam que se metessem com a vida deles; eram gente simples e que não desprezava a boa lógica prática. Não queriam que viessem cobrar dízimos deles para se perderem nos cofres de Roma. Não aceitavam cegamente as histórias que lhes contavam com a esperança de que as aceitassem sem reflexão.

- Como a Ressurreição, por exemplo?

- Vejo que está me acompanhando. Não aceitavam a visão literal, dogmática de uma ressurreição concreta. Assim como não gostavam de, por serem ricos, doar dinheiro a parasitas.

- Mas, religiosamente, não tinham idéias heréticas?

- Depende do ponto de vista. O próprio São Bernardo foi enviado para pregar aos cátaros e... lembra-se do que disse? Que eram gente boa, pacífica e que seria difícil encontrar gente mais cristã que aquela. Comparo o Languedoc com a Alexandria sofisticada da qual já falamos. Eram de uma nobreza educada que dava valor ao ensino e à filosofia. Valorizavam o conhecimento enquanto os nobres do norte eram uns ignorantes. Eles não desprezavam o conhecimento judaico, islâmico e grego. Há quem diga que tinham conhecimentos secretos e mágicos. Ou seja, a mesma cantilena dos ignorantes. Todo verdadeiro conhecimento é mágico e é secreto, porque é individual, é interior a quem o tem. Os cátaros privilegiavam o conhecimento direto e pessoal de Deus e não viam nenhuma necessidade de aceitar sem contestação um dogma.

- Você está ficando animado para uma noite de Natal...

- É verdade. Os cátaros rejeitavam as hierarquias clericais da Igreja de Roma e negavam a necessidade de intermediários entre eles e a divindade.

- É verdade que estimulavam a sexualidade desenfreada e ensinavam o aborto?

- Peter, parece que você teve preceptores do século XII! Onde estavam seus pais?

- Bem, era uma seita gnóstica, não era?

- Acho que vamos ter de começar tudo de novo.

Pistorius estava começando a se irritar comigo e resolvi ser um ouvinte menos impertinente. O fato é que eu estava pensando em Maria Ana, a bela menina que um dia será minha esposa, se eu tiver sorte.

- Desculpe Pistorius, não estou fazendo pouco de sua explanação. Sei que o conceito de gnose é bem mais sofisticado do que pretende a Igreja de Roma.

- Os cátaros não consideravam a sexualidade como suja e procuravam manter a população dentro daquilo que eles podiam administrar. A grande preocupação da Igreja de Roma é que havia uma perspectiva real de o catolicismo ser substituído no Languedoc pelo que ela achava ser uma heresia. Daí seria fácil a expansão para a Alemanha, a Champagne, Flandres, etc.

- Parece que seria normal que assim fosse, Pistorius. Tinham um alto nível de cultura, recursos financeiros e, socialmente, não apresentavam a corrupção que grassava no clero. Foi preciso um Lutero, três séculos depois, para de fato instalar uma reforma - disse eu, arriscando uma opinião.

- Ainda assim foi ineficiente. Faltou a Lutero a liturgia, as grandes celebrações de tom dramático! Também se descuidou da importância que se deveria dar ao feminino, ao princípio feminino na religião.

Não entendi. Entretanto, achei mais interessante porque meus sentimentos estavam totalmente entregues a imagens femininas. Fomos então interrompidos por um garoto, filho de uma escrava de Dona Beatriz. Pedia ela e o Doutor Gonsalves que fôssemos ter com eles. Fingi consultar Pistorius, que concordou em ir comigo. Estávamos felizes com o convite e, de certa forma, esperando ser convidados.

A ceia dos Gonsalves foi maravilhosa. Lá estava um médico, que eu não conhecia e nem lembro o nome, que viera de um engenho no interior. Tinha um nome francês, Carpentier, se não me engano. Só então me dei conta de um outro universo que existe por trás dessas matas, rios e caminhos sinuosos. Evitou-se falar da ocupação e percebi cuidados para não ofender ouvidos calvinistas e holandeses. Falei o inglês possível com o qual eu me entendia com o Doutor Gonsalves. Pistorius se saía melhor com o italiano e seu conhecimento do latim, melhor que o meu.

Falamos de tudo e o binômio religião-política não estava excluído dos temas. Queriam saber tudo sobre a CIO e a participação da Igreja Reformada, se Pistorius era a autoridade máxima, etc. Meu amigo, que de bonzinho não tem nada, não mentiu, mas também não respondeu com clareza. Em nenhum momento pronunciou o nome do Capelão.

O Capelão Geral da Armada, cujo nome Pistorius não menciona, é Jan Baers. Faz pregações absolutamente óbvias e não conta com o respeito intelectual de Pistorius. Recentemente, esse capelão mencionou as "freiras" de Olinda em documento oficial sem um mínimo de conhecimento dos procedimentos católicos. Queria referir-se às moças da sociedade que, para se prepararem melhor para a vida social, se recolhem a um retiro religioso. Minha opinião cínica sobre essa prática é que se trata de uma maneira de fugirem às tentações dessa cultura que é mais permissiva do que querem fazer crer. Pelo menos o reverendo de Baers não se equivocou quanto à existência dos mosteiros jesuíta, franciscano, beneditino e do convento das carmelitas.

Eu estava dividido. Queria conversar, mas prestava atenção na menina Maria Ana, que quase não me dirigiu o olhar. Eu tentei fazer o mesmo, sem sucesso. É linda, meiga e doce. Quase não fala e obviamente não entendo uma só de suas poucas palavras. Trata os pais com enorme delicadeza e ternura. Começo a me apaixonar.

Ficamos o tempo protocolar e nos despedimos em boa hora. Quase não dormi, pensando em como seria meu casamento e minha vida a partir daí. Estranho, mas não tenho dúvida de que será assim.

1631

O donatário português da capitania, Duarte de Albuquerque Coelho, desembarcou em algum lugar de Pernambuco no dia 29 de setembro. O que espanta é que tenha sido pela primeira vez!

Alguma coisa está acontecendo nos altos escalões. Essa notícia me chegou ao mesmo tempo de outra, que diz respeito a disputas internas na Holanda. Amsterdam, em oposição à CIO, abriu o comércio de Pernambuco a todos, contra o pagamento de impostos à companhia.

Continuando a conversa sobre os cátaros, Pistorius me ensinou mais. Madalena, longe de ser uma prostituta, era a esposa de Jesus. Após a crucifixão de Jesus, segundo ele acredita, Madalena foi com os filhos para Marselha levando, assim, para a França os filhos do casal. O homem é mais louco do que eu pensava. Às vezes acho que delira, mas é fascinante escutá-lo.

Fiquei estarrecido. Queria saber mais sobre isso, mas nossa conversa foi muitas vezes interrompida e o que ficou foi o que tentarei recompor a seguir.

Para meu amigo, são muitos os cristianismos. O de Jesus é um deles. Os pais da igreja se esforçaram para convencer os fiéis da validade dos seus pontos de vista e da existência de uma única e verdadeira igreja. Só Ireneu escreveu contra a heresia cinco livros. O tema era o mesmo: fora da igreja verdadeira não há salvação. Quem desafiar essa afirmação será considerado um herege, expulso da igreja e, se possível, destruído. Simples assim.

- E por que Ireneu tinha tamanha aversão pelo gnosticismo? Perguntei a Pistorius.

- Gnosticismo, como todos os "ismos", é prejudicial. É mais correto dizer que Ireneu falava de gnosticismo de uma forma pejorativa, dando, deliberadamente, um caráter menor ao termo. Em minha opinião, ele temia a gnose porque a gnose repousa na experiência pessoal do divino, sem intermediários. Ora, isso minava a autoridade dos bispos que ensinavam a fé em dogma fixo, sem questionamentos. Era como se dissesse: "Gnose, não; Igreja Católica, sim". A bem da verdade, "heresia" significa "escolha". A escolha de uma outra versão; só isso.

- Então os cátaros eram gnósticos!

- Eram contra a fé como pregada pela Igreja de Roma. Parece que não queriam que se dissesse a eles como deveriam pensar; preferiam a experiência direta do conhecimento. Nesse sentido, eram adeptos da gnose.

1632

Surpresa! Depois de muito esforço inútil para Kemp se abrir um pouco mais, eis que numa tarde fresca, quando bebíamos água de coco à sombra de uma árvore linda, que dá frutos que chamam "cajá", Thomas Kemp começou a falar sem preâmbulos.

- Sabe, Doutor Deneboom, minha família era originalmente católica na Inglaterra. Foi minha família que se incumbiu de guardar o testamento político de Duarte Coelho, que era conhecido como o "Documento do Brasil". Havia uma grande incerteza naquela ocasião e o senhor conhece a história. Ninguém confiava em ninguém e fazíamos, digo, meus antepassados faziam planos para uma Inglaterra católica. Quando o movimento anglicano tomou o poder religioso, minha família, boa parte dela, fugiu para os Países Baixos com o "Documento do Brasil". Esse documento não era apenas uma lamentação de Duarte Coelho. Não é segredo que ele fazia parte dos quadros da Ordem de Cristo e se beneficiava dos enormes recursos financeiros da Ordem. Não era ingênuo e também não era corrupto. Parece ter acontecido algo de muito especial que causou uma decepção raivosa. Não tenho certeza, mas ouvi dizer que nesse documento havia descrição detalhada dos quadros da Ordem, seus métodos e os planos de longo prazo para o Nordeste do Brasil. Sem dúvida, uma retaliação por se ver frustrado. Haveria também informações sobre a origem e a gerência dos recursos. Certamente haverá mais coisas.

- Obrigado por me confidenciar isso, Kemp. Nossa relação fica mais leve. Devo lhe dizer, no entanto, que não creio que isso seja tudo o que você sabe. Tudo que me disse confirma uma suposição minha anterior. Desculpe a franqueza, mas ainda espero saber mais. Não por curiosidade juvenil ou para algum uso político, pessoal ou qualquer interesse menos digno. Tenho uma forte intuição de que essa história é maior do que parece e nos foge ao controle; ao seu inclusive. Antevejo perigos, sobretudo para você. Quando grandes interesses estão em jogo, certas vidas humanas ficam muito baratas. Saiba que quero ajudá-lo, nada mais. De minha parte, estou envolvido e quanto menos eu souber menos sinto que posso ajudar.

- É verdade Doutor, há mais, como por exemplo, o fato desse documento ter ido para a Holanda onde os encarregados de guardá-lo fizeram aliança com grupos alemães. A partir daí, perdeu-se, ou melhor, minha família perdeu a pista do documento.

- Por que você está incumbido de procurá-lo?

- Não estou incumbido, estou interessado em resgatar informações que foram confiadas à minha família há oitenta anos. Meus pais se converteram à Igreja Reformada, é verdade, mas havia um compromisso da família de levar a cabo algumas tarefas e isso é importante para mim.

- Quais tarefas?

- Para saber, preciso achar o documento. Sei que está em algum lugar, está conservado, mas ainda não sei onde. Talvez e provavelmente esteja nos arquivos de alguém que nem saiba a importância do documento. Talvez esteja por aqui.

- É importante para você ou tem um alcance maior, essa importância a que se refere? (Fiquei arrependido assim que disse a frase. Kemp mudou a fisionomia e logo se recompôs).

- Não doutor, – disse na defensiva – tem uma importância particular, é um assunto de família que eu gostaria de completar, se possível. De qualquer maneira, estou feliz com a possibilidade de um trabalho missionário aqui mesmo.

- Por que esse documento, tão importante para sua família saiu da Inglaterra e foi parar na Holanda?

- Precipitação de alguém; decisão insensata; má fé, não sei. Isso deve ter acontecido por volta de 1570 quando a situação política e territorial na Europa estava muito confusa. Pelo menos mais confusa do que atualmente. Houve a revolta no norte da Inglaterra. As perseguições religiosas estavam no auge e alguém da família achou melhor levar alguns bens para a Holanda. O fato é que logo depois irrompeu a guerra holandesa pela independência. Em 1573 os espanhóis capturaram Haarlem depois de vários meses de cerco. Parece que a aliança militar entre Inglaterra e Holanda em 1579 foi outro fator de perigo para essas pessoas na posse e guarda do documento. Há uma estranha tentativa de assassinato de Wilhelm de Orange que finalmente aceita a soberania limitada à parte norte dos Países Baixos.

- E o que foi feito da parte sul?

- Não tenho certeza, mas acho que havia uma pendência por questões de território com a França. A Espanha também tinha grandes interesses nessa área, o que desagradava à França. É possível que a guerra atual entre protestantes e católicos tenha a ver com isso.

- Mas é uma aliança de protestantes alemães e suecos contra católicos da Espanha e da Áustria!

- Com a França no meio, incomodada e muito interessada em tirar partido da situação.

- Muito complicado para mim, Thomas. De qualquer maneira, foi uma conversa surpreendentemente instrutiva.

- Instrutiva quanto à minha pessoa ou quanto ao assunto?

Fiquei desarmado; parece que demorei uma eternidade para responder:

- As duas coisas. Você se revelou um homem menos misterioso e agora o vejo com mais naturalidade. Quanto ao assunto, parece demasiado complicado para mim. Faço votos que possa me dar notícias sobre isso, quando as tiver. Boa tarde, Thomas.

Não me convenceu em quase nada. Houve uma mudança súbita de comportamento quanto ao assunto e, mais importante, a atitude mudou demais. Antes, tão reservado; agora informando voluntariamente coisas que eu já supunha. Não sei se converso com Pistorius ou não. Minha primeira inclinação é afirmativa.

1633

Recebi da Holanda o livro *Novus Orbis, descripciones Indiae Occidentalis* de Jan de Laet, editado em Leyden. Foi presente do meu pai, que, começa a admitir, sente muito minha falta e procura se inteirar do que se passa por essa parte do mundo. Ele havia lido uma edição anterior em holandês e adquiriu esta versão para mim.

As pessoas não se dão conta de que há bibliotecas em Olinda, bem equipadas e atuais. Tão boas que um certo capitão, aproveitando a desordem da ocupação, recolheu livros suficientes para encher duas caixas enormes que mandou para sua mulher em Middelburgh, na Zelândia. Ficaria a atenuante cultural se junto não tivesse ido uma mesa maravilhosa de jacarandá *(palissanderhout)* e trinta e nove colunas esculpidas da mesma madeira. Foi tudo confiscado pela CIO e entregue à biblioteca da cidade. Foi bastante alardeado para coibir esse tipo de comportamento. Ou seja, as pessoas não podem saquear nem matar, só com o consentimento das instituições no poder.

Ao recolher o papel no qual o livro fora embrulhado, eu vi uma carta grudada ao lacre. Era destinada a Thomas Sinclair Kemp. Deve ter grudado durante a viagem quando o lacre pode ter amolecido com o calor daqui. Imediatamente corri para colocar essa carta no lugar onde seria procurada por Kemp. Por alguma razão preferi não comentar esse acontecimento com ele. A novidade foi o nome Sinclair, que nunca me havia mencionado.

Agora sim, eu queria conversar sobre isso com Pistorius! Logo que foi possível nos encontramos. Relatei a conversa sob o pé de cajá no ano passado. Ao final, contei do acontecido com a carta. Os olhos de Pistorius brilharam de uma maneira diferente.

- Alguma coisa você está pensando, Pistorius!

- De fato estou associando dois nomes parecidos. Deve ser coincidência assim como foi coincidência a carta de Kemp grudar no SEU livro. Havia um quartel de templários em Rosslyn, na Escócia, com uma capela conhecida (vou verificar em que época foi construída) e, sal'/o engano, era uma região dominada pela família Stewart...

- Entendo. E Sinclair poderia ser da mesma família.

- Mas a questão, Peter, é que algo não faz sentido e agora eu não poderia dizer com segurança o que estou pensando. Concordo que não é interessante comentar nada disso com o Kemp. Ele é estranho, convenhamos. Você vai ficar curioso, eu sei, mas deixe-me colocar em ordem meus pensamentos e o procurarei logo que conseguir essa proeza. Vamos deixar isso entre nós.

E assim partiu meu amigo, deixando-me o silêncio por dias a fio. Finalmente, aparece cheio daquela alegria, como uma criança que houvesse feito alguma travessura das boas.

- Peter, meu caro, achei coisas interessantes, mas ainda não levam muito longe. Essa família Stewart tinha muita influência na Escócia. Era ligada a outra dinastia importante, a dos Gisors. A capela a que me referi, sem muita certeza, existe e foi construída entre 1445 e 1485. Revendo alguns apontamentos, achei um escocês como Grão Mestre de uma ordem católica, de 1437 a 1460. Coincide com a época da construção dessa capela. É interessante, mas não sei por que é interessante. Procure saber, com a discrição que lhe é peculiar, se Kemp tem ligações com a Escócia.

- Agora estou lembrando que você disse, muito de passagem, que Mary Stuart, da Escócia, tinha simpatia por Duarte Coelho! Como sabe? A propósito, posso saber que "apontamentos" são esses? Serão os Stewart e Stuart a mesma família? São esses os nomes parecidos?

- Não, não pode saber ainda - disse marotamente - mas confie em mim. Eu sei que você confia em mim, Peter. Pedir é só uma força de expressão. Quando fiz aquela brincadeira sobre Mary Stuart foi para ver sua reação. Fui também desleal com você na ocasião, queria me certificar do quanto sabia realmente. Lembre-se de que quando Duarte Coelho morreu, em 1554, Mary Stuart não podia ter mais de 14 anos de idade! Ela foi rainha da Escócia em 1561, aos 20 anos, acredito. Figurativamente eu me referia a forças católicas dentro da Escócia, articulando a tomada do poder. A frívola Mary Stuart seria uma marionete mais fácil de manipular.

Obviamente, passei a ter insônia. Cenários diferentes passavam pela minha imaginação com uma espontaneidade que me faziam sentir possuído por algum espírito inquieto. Eu melhorava quando decidia assumir o controle intelectual da situação. Eu pensava "agora vamos parar com isso e só eu vou determinar como se arrumam as cenas!" Como se não fosse "eu" antes.

O cenário que mais me convenceu foi o seguinte: Duarte Coelho foi a Lisboa frustrado com a forma com que estava sendo tratado pela corte e pelo rei. Sentia-se explorado, imagino. Talvez sentisse uma sabotagem, por ciúmes, nos seus esforços para fazer de Pernambuco uma comunidade bem sucedida. Essa era a versão mais romântica.

Uma vez ciente do que não deveria saber, fica furioso e pensa em contar o que não poderia ser contado. Essa continuação é menos nobre. Só ficou sabendo dessas coisas, seja lá o que fossem, porque o irmão de Dona Brites, seu cunhado Albuquerque, que estava por dentro das intrigas, insistiu que ele deveria verificar em pessoa.

Encontros e audiências aconteceram. Desconfiados, esses adversários hipotéticos decidiram pela eliminação física de Duarte Coelho. Precavido, o donatário escreve seu importante "Documento do Brasil" e manda para Madri em mãos do cunhado. Não! Manda *via* Madri para a Escócia, para alguém que supunha aliado. Para a Escócia que viria a ser de Mary Stuart, pretendente ao trono da Inglaterra que, naquela ocasião, estava em mãos de uma irmã, casada com um rei espanhol e católico. Católico como Portugal sobre o qual reinava.

Começou a complicar, pois a hipótese é que Duarte Coelho desejava uma comunidade católica em Pernambuco. Talvez não confiasse nas intenções espanholas e buscasse uma aliança de Portugal com a Inglaterra. A Escócia tinha mais vínculos com os católicos da França. Aí melhora o cenário. Aliados, Portugal e Escócia (eventualmente a Inglaterra) se afastariam da hegemonia espanhola. Com Mary Stuart no trono, as coisas seriam facilitadas pelo seu interesse em reformar o catolicismo na Ilha. O plano deu errado, como sabemos. E daí? Daí que escutei de Kemp sobre uma aliança da Inglaterra com a Holanda em 1579.

O sono me venceu e caí num grande buraco negro do qual fui retirado por uma nesga de sol que, passando por entre as tábuas da janela, me acertou o rosto. Acordei, escrevi o texto supra e não tenho disposição para nada além de comer e olhar o mar.

Enquanto fazia o desjejum, Pistorius veio ao meu encontro:

- Bom dia, Peter! Podemos caminhar pela praia depois de comer? Gostaria de contar algumas coisas. Afinal, parece que de uns tempos para cá as pessoas vêm lhe fazer confidências espontâneas.

- Sei a que se refere e também gostaria de compartilhar umas idéias que me ocorreram ontem à noite.

Depois que contei minha grande teoria sobre o documento, testamento ou não sei mais como chamar a coisa, Pistorius pareceu concordar. Fiquei surpreso. Geralmente ele está tão à frente em conhecimentos e idéias que me surpreendeu. Entretanto, não demorou a vir a aula habitual.

- Concordo Peter. Agora, como você sabe, passei muito tempo na minha mocidade andando por vários países, estudando religião mais que medicina. Nos meus estudos sobre a evolução do cristianismo fui impelido a estudar os bastidores políticos, o que leva, necessariamente, às cruzadas. Você conhece a imagem do aprendiz de feiticeiro que cria um monstro e não sabe o que fazer com ele depois. A organização da Ordem do Templo tinha no seu braço militar apenas um ramo de suas atividades.

- Continue.

- Como você acabou de fazer, construí um cenário que me pareceu lógico, ainda que não seja verdadeiro. Vejamos: O papa Inocêncio III encarregou os nobres do norte da França de reduzir a pó a mais sofisticada cultura européia do século XIII. Como sabemos, isso significou a destruição dos cátaros pela cruzada albigense. Entre esses nobres havia um fanático espanhol de nome Guzmán, Dominic Guzmán. Em 1216, por inspiração dele, criou-se a ordem que hoje se chama "Dominicanos", inventores da Inquisição.

- Com a Inquisição instalou-se o império da intolerância religiosa, correto?

- Mais que isso, meu caro, mais que isso. A questão não era religiosa no sentido que nós entendemos. A questão principal era poder político e acesso a recursos financeiros que poderiam permitir conquistas territoriais, por exemplo.

- Acho que estou acompanhando.

- Que ameaça poderiam os cátaros representar para a igreja de Roma? O que saberiam que, de alguma forma, questionaria a autoridade do papa? Por que esse sentimento de ódio e vingança por parte dos católicos? Por que a Ordem do Templo, tão zelosa da segurança papal, ficou neutra, obrigando o papa a recorrer a tropas irregulares?

- Chega de perguntas, Pistorius, comece a dar suas respostas.

- Os cátaros administravam uma imensa fortuna e tudo indica que faziam grandes contribuições aos templários. Ficaram estes, assim, de mãos atadas: não podiam atacar os cátaros em nome do papa nem podiam defendê-los. Mas sabe-se que muitos refugiados cátaros foram acolhidos pelos templários.

- Acho que me perdi, Pistorius. Estamos falando de que época?

- Bem, o ataque encomendado por Inocêncio III foi em 1208. Em 1244, a última fortaleza dos cátaros, sitiada por dez meses, caiu. Ora, os templários tinham uma organização financeira invejável, possivelmente eram os banqueiros dos cátaros. Tinham portos, frotas de navios, hospitais e estoques imensos de mantimentos. Não poderiam eles planejar instalar-se em território próprio, no sul da França?

- No território dos cátaros. E para quê?

- Para restabelecer o reino de Davi, Peter. Lembra-se da história de Madalena fugindo para Marselha com os filhos de Jesus? Os cátaros continham a dinastia merovíngia, a mesma do Santo Sangue que significa em francês o "sang réal" que se corrompeu para "sangraal" e daí para "Saint Graal" foi um pulinho. O emblema do cálice, do Graal, é mero artifício para indicar o sangue da dinastia pela imagem de seu continente.

- Pistorius, mestre e amigo; vou dizer uma coisa que já pensei muitas vezes e não vi razão para expressar sem ofendê-lo: você é um alucinado! O diploma de médico me permite o julgamento.

- Não me ofende em nada, Peter. Só procuro ser quem eu sou. Quem procura ser o que pensa, sente e gosta de ser, não se preocupa consigo. Eu me ocupo de como eu sou no plano geral das coisas.

- E como entra Duarte Coelho, Thomas Kemp, Companhia das Índias Ocidentais, Pistorius e Peter Deneboom nesse delírio?

- Primeiro: nada acontece por acaso, a não ser que a gente não saiba fazer a conexão. Segundo: temos "acasos" suficientes, coincidências de dados e eventos que nos permitem "delirar" como você quer. Terceiro: deve haver alguma instância ordenadora superior aos nossos frágeis poderes de manipulação. Finalmente, o fato é que somos nós que estamos nesse caldeirão. Não viemos para cá com isso em mente, verdade? Essas coisas se apresentaram a nós e nos cabe aceitar o chamado ou não. Não são outras pessoas que estão aqui; somos nós!

- E se nos recusarmos a aceitar esse "chamado"?

- Corremos o risco de queimar no inferno do tédio o resto das nossas vidas.

- E, no momento, como você vê o papel de Kemp na história?

- Não tenho isso claro. O fato é que ele descende da família que guardou a denúncia de Duarte Coelho (estou supondo que seja uma grave denúncia). Diante dos novos indícios, ele seria membro de uma dinastia que deteve (ou detém) poder sobre parte das finanças dos templários. Por isso e só isso já justificaria que ele e vários outros estejam à cata desse tesouro, que é o documento de Duarte Coelho, que mais me parece um idealista, um herói diante de um grupo de financistas frios e calculistas. Peter, eu vejo isso na minha congregação e você começa a ver com clareza na companhia da qual é funcionário.

- Cada vez que essas coisas acontecem, digo, cada vez que sobra menos uma ponta solta do novelo, eu me sinto como na espera, na espera de que tudo se resolva.

- Talvez essa espera da qual tanto me fala seja apenas a consciência de ser você mesmo. É como uma meditação em tempo integral, não é? Uma contemplação permanente do próprio ser. Quanto mais a gente se observa, menos há o que observar. Tenha calma. Para manter a consciência ativa é preciso não se observar demais. É preciso que não se observe o suficiente.

Fiquei pensando nisso porque não alcancei direito o que Pistorius quis dizer. Procurei daí em diante ficar mais alerta em relação a Kemp e tentar colher um pouco mais de informação. E a vida continuou na minha rotina de médico e de enamorado.

De fato, eu sou aquilo no qual me torno. A cada instante pode haver uma transformação e são essas transformações que moldam a partir das experiências que acumulo. Certamente já não sou o mesmo que saiu da Holanda para Olinda. A vida que meus pais pensaram para mim há muito já se evaporou; agora, a vida que planejei abre caminhos para a vida que se apresenta.

Pensei tanto nessa questão da espera que estou quase me convencendo de que esperar é sinônimo de viver. Não é uma espera no sentido comum; aquela à qual me refiro não é um esperar por coisas que desejo. É uma espera em aberto. Não é uma espera calculada; é uma espera para além da condição humana, uma meditação, como sugeriu Pistorius. É como se eu fosse parte da espera e não agente dela.

—

É novembro e a ocupação continua com dificuldades, mas segue na conquista eficiente de novas praças que reforçam nossa posição de controle. Chegaram notícias do norte dando conta de que a guarnição do Forte dos Reis, na embocadura do rio Potengi, encontra-se em condições favoráveis a uma investida de nossa parte.

Ao que parece, vem sofrendo muita pressão dos índios potiguaras e dos franceses que, cada vez mais, se interessam pela região. Como minha ingenuidade vem recebendo lições constantemente, o cinismo vai ocupando alguns espaços. Quero dizer que não acredito que os franceses estejam apenas em busca de terras e riquezas.

Há muitos anos que comerciantes e navegadores da França freqüentam aquelas praias. Segundo me contaram, a região é belíssima e é fácil o acesso ao pau-brasil dada a navegabilidade do Rio Grande, que chamam também de Potengi. Os franceses costumam subir o rio, por onde recebem o apoio dos potiguares. Rio acima, abarrotam as naus com a preciosa madeira sem grandes inconvenientes.

Já fazem isso há tempos sem se importarem muito com os portugueses. O problema que enfrentam ocasionalmente é ganhar o mar passando pela artilharia do Forte dos Reis que cobre quase toda a extensão da embocadura do Potengi.

Esteve entre nós um índio de nome Jaguaribe, que tinha autorização dos portugueses para freqüentar o forte. Veio a Pernambuco para buscar a família e ficou cerca de dez dias por aqui. Na sua inocência deu muitas e valiosas informações. Jaguaribe gosta muito dos portugueses e se considera um protegido. Vai levar seus parentes e pretende, ao sair daqui, morar perto de uma fazenda de gado.

Os rebanhos por lá parecem suficientes para suprir as necessidades de nossas tropas. Em virtude do cerco a que estamos submetidos, sem poder sair a campo para cuidar de suprimentos, a possibilidade de ter acesso a essa riqueza estratégica estimula nossos comandantes militares. Com as informações colhidas, temos detalhes da arquitetura do forte e da sua guarnição, que apesar de pequena é eficiente, como já nos acostumamos a constatar. São oitenta soldados e alguns oficiais. Somando-se os serviçais não passam de cento e dez homens.

Pobre Jaguaribe! Soubemos que ao voltar descobriu que saíra deixando os portugueses desconfiados. Estes, logo confirmaram as suspeitas que Jaguaribe houvesse falado demais. Encontra-se preso no forte. A notícia não chegou a merecer maiores comentários daqueles oficiais que o haviam seduzido e interrogado. São assim os bastidores das guerras de espertezas.

Aí entra o lado empresarial ao qual servem os exércitos de ocupação. O delegado da CIO, o nobre Von Keulen, está entusiasmado com a expedição que já se prepara. Do ponto de vista militar é uma conquista importante, pois é o posto mais avançado a leste e um ponto de referência para a navegação. Qualquer ajuda de Portugal com reforços para Pernambuco passa necessariamente por lá.

É importante também definir o controle da região, pois, ao que parece, portugueses e franceses começam a se tolerar, de certa forma. Essa definição de quem está no controle, por certo, consolidará a posição holandesa. Sabe-se que vários franceses estão vivendo na área acasalados com índias.

A má notícia é que fui designado para seguir na expedição como capitão-médico sob o comando de Lichthardt e do próprio Von Keulen. Pois é, fui promovido! Tenho cá meus motivos para supor que minha relação com a família Gonsalves não agrada ao comando e uma promoção que me obrigue a riscos de combate não deixa de ser interessante. Realmente estou me tornando um cínico.

As ações militares não me envaidecem nem glorificam. Entretanto, sou surpreendido algumas vezes por um entusiasmo provocado pelo clima coletivo de triunfalismo que me assusta. Quero acreditar que seja a atração do desafio diante do novo e desconhecido. O perigo traz, no fundo, uma valorização da vida a cada instante. Naturalmente, nas condições em que me encontro agora, perigo não é uma mercadoria em falta.

Partimos há pouco. O céu está claro, de um azul bem definido com aquelas nuvens espessas, bem brancas, que são uma constante por aqui. Bem diferentes das nuvens carregadas de cinza comuns na Holanda. Uma das minhas distrações favoritas é sentar, quando encontro uma sombra e tempo livre, para aproveitar a brisa e olhar as nuvens. Elas se transformam num movimento contínuo e suave nos mais variados motivos. Pouco a pouco a alma se acumplicia com a brincadeira e já não sei se as nuvens me provocam imagens ou se a alma as esculpe no céu.

O mar, no seu verde habitual, bate de leve no casco da nau. Navegamos agora ao largo de Itamaracá, depois de passarmos pela ponta do Pau-Amarelo, onde desembarcamos há mais de três anos. Vejo a fortificação do ponto onde estamos. Em pouco tempo estarei vendo o forte de Orange em Itamaracá.

Sinto um orgulho batavo ao ver esses pontos que representam uma conquista nossa. Ao mesmo tempo, a familiaridade do lugar me dissolve no clima e no ambiente. Estou aqui e estive lá. Lá e aqui são partes de mim. É como se não importasse se sou holandês ou nativo.

Itamaracá é um lugar mágico. No alto do morro está a vila da Conceição. A vista que se tem de lá é uma que não se esquece.

Estive lá uma vez, acompanhado do Doutor Gonsalves para atender dois casos graves. Meu salvo-conduto foi ele, pois oficialmente eu não poderia ir e voltar vivo; seria um milagre. Os portugueses têm total controle da região. O extremo norte da ilha foi o mais longe de Olinda que pude visitar. A cor do mar é diferente da que temos próximo ao Recife e Olinda. Aqui parece menos verde. Talvez pelas algas abundantes seja mais escuro, quase cinza.

Itamaracá vai ficando para trás. Em breve passaremos pela Ponta de Pedras. São muitos os rios que deságuam na região. Isso faz com que a costa seja pespontada por acidentes pitorescos num cenário paradisíaco.

Estamos nos afastando da costa, mar adentro, para evitar confronto com os piratas franceses que infestam a região. Com sorte, faremos com que olhos inconvenientes não nos vejam. Nosso objetivo é navegar pela noite e amanhecer pelas alturas do cabo Delo ou em Ponta de Lucena. Passaremos o rio Mongaguaba para atracarmos na Baía da Traição.

A região é segura e a finalidade dessa parada é colher mais informações sobre nossos objetivos, além de verificarmos a situação de controle da Paraíba. Anoitece e tenho providências a tomar. Há uma confiança excessiva no ar, parece-me. Todos tranqüilos, sem dúvidas, como se fossem cumprir apenas mais uma missão. Isso me preocupa, principalmente porque não tenho a menor dúvida quanto ao medo que sinto. É um medo que não me inibe e não tenho medo de ter medo, que é a raiz do pânico que paralisa.

Navegamos para o norte e deveremos deitar âncora na Baía da Traição. O mesmo lugar onde ancorou o tio de Caspar, Almirante Boldwyn Hendricks, em 1625, dando início aos preparativos para a invasão de Pernambuco. O lugar foi palco de sangrentos combates entre índios e portugueses. O nome "Traição" foi dado porque uma esquadra portuguesa foi atraída para lá e, uma vez desembarcada, a tripulação foi dizimada por índios cansados de serem massacrados. Quem são os traidores? Os índios ao revidarem ou os portugueses ao escravizá-los?

Aurora e "Traição" - que amanhecer lindo! Vemos umas barreiras à direita e recifes à esquerda, na entrada da baía. É um lugar tranqüilo, parece. Começam a aparecer as figuras de alguns nativos armados na praia. São poucos, mas a mensagem é clara: se forem inimigos terão uma recepção à altura. Fazem sinais enquanto fundeamos. Observam. À medida que parecem nos identificar, vão aparecendo muitos outros que estavam ocultos. Realmente, a recepção hostil estava bem preparada e, se me permitem, acho que seria mais eficiente que aquela que enfrentamos em Pau-Amarelo. Pelo menos me deu mais medo! Será pela diferença cultural, por serem vistos por mim como "selvagens"?

Não deixa de ser curioso que os nativos respondam bem, de uma maneira geral, ao contato com os franceses e conosco. Parece que, quando seus costumes são respeitados, tornam-se cooperativos e afáveis. Já as tribos que combatem ao lado dos portugueses estão bastante doutrinadas pelos jesuítas e são muito arredias. As rivalidades com os grupos não catequizados são bastante reforçadas pelos padres como uma forma de demonizar o inimigo.

Fizemos aguada, conversamos com os nativos e fiquei feliz por voltar ao barco. Estava inseguro e olhando para os lados. Afinal, a baía era de traição...

Vejamos o que nos espera. Que a Baía da Traição nos dê boa sorte agora que navegamos para a praia de Ponta Negra onde vamos desembarcar! Enquanto isso, Lichthardt fará o bloqueio pelo mar. Chegaremos antes que a guarnição seja substituída e atacaremos um forte defendido por soldados desmotivados e cansados. Pelo menos é o que esperamos. Além do mais, pretendemos impressionar com uma tropa numerosa e navios bem equipados.

—

Passaram-se dez dias desde que escrevi o último parágrafo. Foram dias longos, intensos e, acredito, tenham-me deixado marcado para sempre.

A viagem até o desembarque em Ponta Negra foi calma e uma boa oportunidade de reflexão. Agora posso dizer com muita segurança que amo esta terra de uma forma especial. Sou tomado por uma emoção nova que me assegura a permanência aqui. É como se minha alma tivesse encontrado seu lugar. Uma velha angústia que sempre me acompanhou esvaneceu-se. Foi substituída por uma terna tristeza.

Por que será que escrevo isso agora, com um ferimento na coxa que pode me levar a perder a perna? Foram cinco dias de combate intenso. O forte é pequeno e muito bem construído. O acesso é dificílimo, quase impossível com a maré alta e muito complicado na maré baixa. O terreno, de manguesais enlameados e vegetação fechada, dificulta as manobras de deslocamento.

A vegetação, que parecia uma boa defesa, induziu-me a um erro de julgamento. Vendo um soldado caído um pouco mais à minha frente, fui resgatá-lo, já que se mexia e sangrava no peito. Subitamente me vi a descoberto; aquele ponto onde o soldado caiu era perfeitamente visível do passadiço do forte. Um ângulo de tiro perfeito. Recebi um balaço na coxa quando puxava o soldado pelos braços. Foram vários os tiros de mosquete dados na minha direção, a julgar pela quantidade de lama que espirrava em volta.

Tive de abandonar o jovem e me arrastar com muita dor para onde estava antes. Consegui fazer um torniquete e estancar a hemorragia. Sabia muito bem que uma tentativa de amputação na altura daquele ferimento seria morte certa. Tudo queimava na minha perna. Parecia haver uma brasa no ferimento. Eu sentia a circulação do sangue como uma forte pulsação. Vi o rapaz morrer a poucos metros de onde eu estava e percebi como a vitimização é a outra face do heroísmo. Comecei a me sentir um miserável, abandonado e desvalido. Pouco antes eu me sentia disposto a um ato heróico que resultou num morto e no médico ferido.

Felizmente (para mim), o comandante das forças que defendiam o forte, capitão Pero Mendes de Gouveia, foi ferido no mesmo dia e as tropas que defendiam tão bem a posição capitularam. Teria demorado muito mais, com muitas baixas de ambos os lados se assim não tivesse sido. Sem a motivação do começo, a baixa do capitão fez com que a rendição fosse imediata. Só então é que me encontraram e foi no próprio forte que recebi os primeiros atendimentos.

Notei uma curiosa peculiaridade na entrada do forte: a porta pequena fica de lado, como num beco. Assim, não há espaço para aríetes nem muita gente e a defesa da muralha pode atingir quem se encontre ali em baixo. Uma vez dentro, fui atendido por um médico português que se surpreendeu do meu domínio da língua. Contei-lhe rapidamente minha história e, assim como Doutor Gonsalves, foi extremamente prestativo e cuidadoso comigo. A bala estava palpável no outro lado da coxa e não foi difícil extraí-la. Por outro lado, perdi um pedaço de tecido mole do tamanho de um limão. O osso não foi atingido. Estou rezando, sim, para que o ferimento sare com os cuidados do Doutor Romero e a perna continue a me servir por mais tempo.

Agora vejo outra pequena luz; por que só a perna deveria servir-me e não "eu" a ela também? Fiquei com a impressão de que a perna "está lá em baixo", longe de mim, portanto. Como se eu fosse essa bola de ossos com sete buracos! Como já ouvi do meu pai, "a dor ensina a chorar". Hipócrates já dizia que o médico tratará melhor a ferida que já sofreu. Pensarei muitas vezes antes de decidir amputar a perna de um paciente.

Estamos voltando para o porto do Recife e volta um médico ferido, diferente daquele que saiu. Vi bem mais de perto a crueldade da guerra. Tanto nos bastidores estratégicos como no campo de batalha. Também vi que sempre existe lugar para a solidariedade, mas não é incondicional. O médico que me atendeu recebeu minha gratidão quando intercedi pelo seu bem-estar na ocupação do forte, quando foi libertado. Não podia imaginá-lo naquelas masmorras abaixo do nível do mar onde, nas marés altas, podia-se morrer afogado como aconteceu com o índio Jaguaribe.

1634

Eu já estava completamente recuperado do trauma. Porém, impossibilitado de esquecê-lo para o resto da vida, graças à enorme cicatriz na coxa direita. Outros acontecimentos também foram marcantes durante este ano. Meu casamento com Maria Ana e o falecimento de Dona Beatriz.

Infelizmente foram acontecimentos muito próximos um do outro. Estávamos todos muito felizes com a promessa de uma vida em comum para mim e Maria Ana. O Doutor Gonsalves já se havia acostumado com a idéia e me pedia que o tratasse por Romero. Para minha formação européia, era muito estranho. Eu *tinha* de chamá-lo de Doutor Gonsalves. Ele tentava me convencer que isso fazia com que se criasse uma barreira desnecessária na nossa convivência. Éramos médicos, nos cuidávamos mutuamente e agora éramos parentes. Ele seria avô dos meus filhos! E encerrou a discussão.

O casamento:

Havia uma fortíssima resistência a que nos casássemos na igreja protestante. Eu não tinha intenção de abrir mão disso, mas não me opunha a uma cerimônia católica. Era tudo muito complicado. Ressentimentos provocavam até ameaças de excomunhão da família inteira.

Prático como sempre, Doutor Gonsalves tratou de fazer o casamento protestante logo, o que foi providenciado pelo mestre e amigo Pistorius, que oficiou de forma apropriada e poética.

Na sua preleção, Pistorius comentou que naquele momento acontecia algo maior que o encontro de um homem com uma mulher. Era uma repetição da Criação à qual nós servíamos como figurantes responsáveis. O princípio masculino, o Verbo, se encontrava com a Criação do princípio feminino. Que a santidade do casamento morava na capacidade de reverenciar a uma mesma divindade, no mesmo altar, no mesmo ritual. "Ainda que tivéssemos que olhar para lados opostos dessa mesma divindade".

"Que cada um dos dois mantivesse acesa a frágil chama do desejo já que o dever, o compromisso e a lealdade eram bem conhecidos dos noivos. Era bom lembrar que essas qualidades sem o desejo sublime, de inspiração divina, – fez ele a concessão - poderiam se transformar em grilhões".

Continuou dizendo que "o casamento baseado num conjunto de regras e opiniões perde a vitalidade e torna-se uma luta da alma por espaço contra o desejo material pelo poder." Senti certo desconforto entre os presentes.

O discurso seguiu nessa linha: "A qualidade indispensável para entender o matrimônio era indefinível, era uma Graça que só poderia ser alcançada em conversas com o Absoluto. Além do encontro entre o homem e a mulher, há um vínculo que se chama amor. É esse amor o carreador da Criação sustentada pelo Verbo. Casamento não é apenas *gamos*, o *cosumatio matrimonie*, mas o *hierosgamos, a unio mystica.*"

Quando procurava usar a linguagem protestante, olhava-me de vez em quando e eu percebia que estávamos era passando por um casamento pagão! Todas as imagens usadas por Pistorius eram pagãs vestidas de uma linguagem protestante. Para os presentes ficou como uma delicada cerimônia em que os valores católicos não foram ofendidos pela delicadeza do oficiante. Adorável Pistorius!

Terminando, disse que "o grande objetivo é a integração do masculino com o feminino. Para isso, a integridade é a regra. Para que não haja dissolução, o casamento encontra seu caminho por meio da fidelidade. Fidelidade vem de *fides*, fé, acreditar no se pode fazer. A fidelidade não pode ser imposta por uma autoridade porque não é maior que o amor. Obediência, sim, pode ser imposta. Obediência se subordina à autoridade; fidelidade está além. Ser fiel é ser sincero; *sine caries*, ou seja, sem degeneração. É agir de acordo com as próprias intenções e pretextos íntimos. É fazer coincidir as atitudes com as opiniões. Se um é sincero, o outro é fiel e haverá fé nessa união cheia de possibilidades criativas, de esperança em uma nova vida chegando a um contexto de amor humano; único amor que podemos de fato expressar".

Dois dias depois, tivemos um casamento católico realizado por frei Rocha, um monge beneditino que já havia visto na casa dos Gonsalves. Havia mais gente e, na preleção rápida, percebi vários recados antiocupação que fingi não perceber. E assim, no curto prazo de dois dias, estávamos casados em duas igrejas e perante a administração civil de Olinda.

—

A morte:

Dona Beatriz já se mostrava muito frágil por ocasião do nosso casamento. Perdia peso continuamente e queixava-se de dores abdominais que apareciam episodicamente. Algumas vezes, chegou a desmaiar, apesar dos cuidados médicos e das ervas que o Doutor Gonsalves não hesitava em usar e que freqüentemente aliviavam o sofrimento. Tomava chá de *ipadú* como sedativo e *melão de São Caetano*, tido como eficiente para estancar hemorragias.

Uma velha senhora negra, conhecida na família por "Tia Sinhá" e muito respeitada pelos seus conhecimentos de rituais africanos não saía do seu lado. Entretanto, já não "benzia" com um galhinho de planta de folhas miúdas. Dizia que era a hora dos *egungum*, que "Dona Sinhá", como chamavam Dona Beatriz, já estava sob os cuidados de Iansã que mantinha seus *eguns* "na linha, para não dançarem demais e deixar que venha a chuva". Era novembro, tempo de estiagem. "Tia Sinhá" parecia rezar e a seqüência monótona e suave da sua voz fazia Dona Beatriz fechar os olhos e repousar. De fato, começou a chover, o que chamam "chuva de verão". Uma chuva suave e contínua acompanhou o desenlace sereno dessa nobre mulher.

Todos choravam, menos "Tia Sinhá" e Dona Beatriz, que mostrava um sorriso tranqüilo. Só então chegou o capelão para os ritos católicos. Teria sido chamado propositadamente mais tarde? Nunca soube.

Haviam-se passado apenas seis meses do nosso casamento e Maria Ana me perguntava se algum dia o sofrimento da perda iria embora. Pude garantir que não. Poderia se transformar no que descobri ser saudade. Será sempre uma presença ausente com a qual a gente pode e deve se conectar. Não podemos, contudo, esquecer que é neste mundo que precisamos viver e é à realidade como a conhecemos que devemos render tributos. O outro foi embora desta realidade e nós permanecemos. A maneira de honrá-los na memória é viver de uma forma que faça sentido aqui.

Há pouco tempo fui informado que havia urgência dos serviços do Doutor Romero. Quando isso acontecia daquela maneira, com aquele tipo de enviados, a coisa era séria e se tratava de algum homem importante. Romero não me chamou e me dissuadiu de tentar ajudá-lo, fazendo ainda uma de suas brincadeiras. Disse que eu só poderia ir se eu tivesse comigo *Cinchona officinalis* e se eu dissesse para que servia, pois ele precisaria de uma boa provisão.

Ele partiu com um sorriso, mas uma expressão muito preocupada. Dias depois soube por um serviçal que Matias de Albuquerque estava enfermo com uma febre quartã de gravidade. Para isso então servia a cinchona! Eu não conhecia essa casca de árvore, mas foi muito usada pelos jesuítas no tratamento da febre quartã. Devem ter aprendido com os nativos e eu aprendi mais uma... ou duas. Seria um sério risco para minha segurança pessoal estar com o general Matias de Albuquerque enfermo. As conseqüências desse testemunho não poderiam ser controladas pelo Doutor Romero, por mais prestígio que tivesse. Além do que, eu não conhecia o tratamento...

Enquanto isso, no plano político, finalmente a Paraíba foi conquistada neste final de ano. Foi preciso que os nossos entendessem que a política da força bruta precisava mudar para com essa gente orgulhosa. Na medida em que os habitantes viram que teriam liberdade de religião e poderiam gozar de suas propriedades, a submissão a novas regras foi mais fácil. Para eles, mudaram os cobradores de impostos, pouco mais que isso. Para nós mudou muito. Temos acesso a mantimentos e bens de consumo com menos riscos do que se tentássemos buscá-los aqui em Pernambuco, onde a resistência é mais feroz.

Itamaracá também começa a fraquejar imprensada entre duas praças sob nosso controle. Logo não vai agüentar a pressão, especialmente depois que Matias de Albuquerque foi preso pelo Almirante Don Luis de Rojas y Borja, que ancorou ao sul de Serinhaém. A informação chegou por meio de Thomas Kemp, que não pára de surpreender. Disse que um seu compatriota estava servindo na embarcação capitânea e presenciou a prisão do general. Falou-se inclusive que seria executado na Espanha. Foi uma surpresa para nós. Pelo trabalho que nos dava, achávamos que haveriam de estar satisfeitos em Madri.

1635

A melancolia:

O ano começou com um episódio mais do que humano. Romero, como estou me forçando a chamá-lo, caiu doente de uma forma preocupante. Distúrbios de toda natureza debilitavam o homem forte, o herói de Maria Ana e o salvador angelical de metade da população de Olinda.

Pude ver com espanto como a medicina não é uma contemplação idealista. É um processo coletivo; exige e provoca uma resposta comunitária como estou de testemunha. A comunidade espera de mim uma atitude. Sou eu agora a autoridade médica em exercício. A comunidade religiosa também se manifesta e o fato de ter-me casado na Igreja Católica não tem importância pequena.

De minha própria natureza, preciso cuidar dele curá-lo. Respeitei o envolvimento comunitário reunindo suas autoridades sociais, que incluem os serviçais, e demonstrei meu compromisso com a saúde de Romero. Isso aliviou a pressão que começava a sentir.

Meu sogro parecia querer morrer com uma deformação da sua natureza, com profundas alterações de seu corpo que não correspondiam a enfermidades conhecidas nem à sua conhecida firmeza de caráter. Ele se encontrava num incrível tormento moral e o corpo exagerava essa impossibilidade de continuar vivendo. Sua voz falhava, o rosto se transfigurava e tinha episódios de suor frio.

Percebi que olhava furtivamente para objetos que lembravam Beatriz e se ruborizava. O pulso acelerava até o quanto a alma agüentava a vitória patética da vontade de morrer exibida pelo corpo, sobre o instinto de viver. Então, caía abatido a ponto de perder a consciência.

Era a mesma vivência de perda que sentia Maria Ana, que se permitia aninhar-se no meu peito e chorar, lamentar-se e ao mesmo tempo me escutar. Ela me escutava, essa era a diferença. Ela queria escutar alguém em que confiasse e não somente falar. Era a metáfora do amor em transposição para mim. O corpo pode exibir o sentimento de impossibilidade de vida na ausência do ser amado. Maria Ana tem como transpor esse amor e seu pai não parecia ver essa possibilidade.

Não vou entrar nos detalhes do lento processo de cura em que me vi envolvido como médico de Romero, O mesmo Romero que tanto me ensinava. Eu o visitava todos os dias por horas a fio. Tudo que eu fazia era falar e induzi-lo a falar sobre seus sentimentos.

Mudei objetos de lugar propositadamente para ver sua reação e tudo que fiz foi confirmar a desolação em que se encontrava esse homem que não queria viver sem a sua Beatriz. Usei a imagem de Dona Beatriz através de seus objetos e adornos, da maneira mais delicada que pude até perceber que ele se sensibilizava com a idéia de um renascimento, até mesmo de uma aparição literal do espírito da falecida esposa. Todos morriam de medo de "almas do outro mundo", mas Romero se alegrava com a idéia.

Um dia, pensei em filho como renascimento do espírito. Como um veículo para que Dona Beatriz pudesse voltar. Maria Ana começou a falar com o pai sobre o assunto e as melhoras começaram a aparecer. Pouco a pouco o velho médico renascia das cinzas de uma enfermidade que não conhecíamos, mas que estou certo que poderia matá-lo.

Decidimos sair do aspecto reservado das conversas e trazê-las para a sala de visitas no pavimento superior. Pistorius, de boa vontade, veio muitas vezes, como sempre, trazer sua erudição, sua maluquice divertida e seu enorme coração.

Uma noite, Maria Ana, de comum acordo comigo, trouxe o assunto da possibilidade de engravidar. Romero encheu os olhos de alegria e logo se sentou mais empertigado. Começou a preleção que costumava fazer para algumas gestantes mais esclarecidas de sua clientela. A cantiga de que "gravidez não é doença; que é necessário continuar a vida normal; que o útero é um músculo que precisa de exercício e, enquanto se exercita faz carinho no filho que abriga".

Pistorius fez uma correlação entre a gestação e uma obra de arte. Foi o que bastava para devolver a energia vital em baixa do sogro. "Arte coisa alguma", dizia ele, "o bom artista precisa de muito talento, de habilidades bem treinadas, e vai suar muito para mostrar alguma coisa que valha a pena ser chamada de arte. Já o filho é procriação", e separava a palavra, "pró-criação", no sentido de uma forma primordial de criação. Os pais não precisam de nenhum talento especial e o processo que desencadeiam é de uma perfeição admirável. Culmina com uma obra da Criação que é capaz de se reproduzir; re-produzir, produzir de novo! Qual obra de arte tem esta capacidade?"

E o tema seguiu por muitas noites sem que Maria Ana engravidasse. Eu e ela começamos a ficar preocupados e melancólicos, como se tivéssemos nos contaminado com as emoções doe Romero. Pistorius chegou a me repreender dizendo que não era hora nem lugar de se fazer de curandeiro, alimentando a idéia de ter propiciado uma cura por contrair a doença do paciente. Precisei de muita força para reagir, sobretudo em nome de Maria Ana que em nada se beneficiava da minha angústia.

Os meses se passaram. A guerra não arrefecia e as tropas de ocupação começavam a dar sinais de insatisfação. O que parecia ser um trabalho doloroso, mas eficaz, tem-se mostrado mais parecido com uma dor crônica que se agudiza ocasionalmente. Apesar dos avanços da ocupação militar e administrativa, a resistência é incessante no esforço de infligir baixas e causar prejuízos.

Apesar da minha angústia com tudo que estava em andamento, as conversas com Pistorius continuavam interessantíssimas. O episódio da cura de Romero foi um tema recorrente de nossos encontros posteriores. Apesar do meu encantamento com a visão mística de Pistorius, minha formação era, por natureza, racional. Apesar do apaixonamento por Maria Ana, eu ainda acreditava que a razão deveria prevalecer sobre os apetites e os impulsos. Afinal, a filosofia privilegia a razão. Pistorius não negava o racional, obviamente. Mas dava um destaque especial ao transcendente, aos movimentos de gênio na arte, o jogo misterioso das forças do destino e o poder da paixão.

Quanto à situação por que passou Romero, Pistorius pedia que eu me dispusesse a observar com humildade sem querer reduzir o fato a uma explicação. Lembrou Platão dizendo que o irracional é inimigo da dignidade e da liberdade, mas a supremacia da razão sobre o irracional pode ser paralisante das atitudes médicas. Eu entendi seu cuidado para que eu não me sentisse o responsável, o criador do processo de cura pelo qual passara meu sogro. Apenas facilitei.

Uma lei de Hipócrates diz, se não me trai a memória, que, quando a Natureza se opõe, todo esforço é em vão. Entretanto, quando é a Natureza a liderar o caminho da cura, vale muito a boa formação na arte da Medicina. A prática deve vir com perseverança, reflexão e amor. O que só é possível com inclinação natural e educação desde a infância. A educação nunca me faltou; a inclinação, de início, não me parecia natural e sim, formada. Hoje percebo uma naturalidade que não via antes no meu trabalho. O corpo e a alma em tensão permanente decerto possibilitam o desatino e o tormento.

Ninguém me garante que a loucura não poderia advir da alma atormentada. Um tormento que só a arte pode captar, ainda que seja a arte da medicina. Lembrei-me do episódio de loucura a bordo, por ocasião de nossa viagem a Pernambuco. Sem dúvida era uma alma atormentada, mas era muito diferente do que vi em Romero. Nele, vi o desespero e a autodestruição piedosa aparecendo como melancolia.

As teologias da Reforma e da Contra-Reforma acreditam que essas manifestações precisam ser escutadas por serem de origem divina. Até certo ponto, pois dessa escuta para denúncias de heresia ou bruxaria é uma distância perigosamente curta. A luta apocalíptica entre a Reforma e a Contra-Reforma, entre Deus e o Diabo, pelo menos nesse campo, traz apenas o caos. Ao mesmo tempo, observamos uma revolução científica questionando a medicina dos humores e trazendo reflexões interessantes. Talvez a religião possa ser racionalizada só um pouquinho também. Que me perdoe Pistorius, apesar de saber que ele concorda.

Cada vez mais eu me interessava pela história do movimento cristão. Como sempre, eu queria entender e ele tinha uma visão muito diferente daquela dos meus professores em Leyden. Eu começava a perceber a diferença entre acúmulo de conhecimento e gnose.

Aprendi que o afluxo de adeptos ao cristianismo durante o século IV levou os ascetas a se isolarem em comunidades afastadas. A massa precisava, e continua precisando, de regras. O pensamento criativo é misterioso, ele se dá na solidão e é destinado a poucos.

Politicamente isso resultou num movimento ocidentalizante da igreja em relação a Constantinopla. Enquanto isso, a igreja grega tinha que se haver com as conquistas islâmicas. A era dos Pais da Igreja ia terminando com Gregório, no Ocidente, e com João de Damasco, no Oriente. Daí em diante é difícil escrever a história dessas vertentes como parte de uma mesma cristandade. A cristandade já não é expressão de uma história comum.

Pistorius prevê uma evolução do pensamento cristão com um retorno forte à gnose pagã, no sentido de se conferir mais importância ao conhecimento direto do sagrado. Não se trata de paganismo no sentido de profano e desconsiderado da experiência do divino. Ao contrário, como uma via mais sensível à experiência do sagrado. Com isso, teríamos a volta da "deusa", da Grande Mãe condutora do feminino universal sem uma participação dominadora, mas equivalente ao Pai.

As duas irmãs inseparáveis, Marta e Maria voltariam a representar a dualidade do feminino. Quando Jesus foi recebido na casa de Marta, esta continuou atarefada e providenciando a acolhida, enquanto Maria sentava-se aos pés do mestre. A primeira como *practiké*, ligada ao tempo e às coisas. A segunda, como gnose, ligada à eternidade (Pistorius sempre lembrava que "eternidade" é uma forma de dizer "agora"). O feminino em Marta é o tempo purificando a parte apaixonada da alma para que se instale a *soteria*, a possibilidade de salvação. Maria representa o conhecimento direto da experiência, a gnose. Naquele momento, pela acolhida espiritual, ela experimentava no corpo a maternidade divina. Talvez por isso Jesus tenha dito a Marta que era melhor não se inquietar por tantas coisas. Às vezes uma coisa só é a melhor parte.

É preciso não ter uma visão literal dessas coisas. Eu mesmo fui várias vezes lembrado pelo zelo intelectual de Pistorius que não era para começar a idolatrar figuras femininas, a não ser que sejam mulheres admiráveis de carne e osso. O que importa é a imagem e a idéia do feminino; o feminino como natureza, geração e aconchego. Só assim pode acontecer o "casamento" do feminino simbólico com as idéias do masculino, resgatando o espírito criador.

1636

Chegou um médico da CIO. Veio com muitas recomendações da colônia judaica em Portugal. chama-se Willem Piso. Fala o português e me procurou cheio de salamaleques para me agradar. Desagradou, mas não é má pessoa, pelo menos me parece. Trouxe novos instrumentos; inclusive um chamado "fórceps", para partos difíceis, inventado pelo professor Peter Chamberlen, na Inglaterra. O novo médico contou, com uma certa gabolice, que o instrumento ainda é usado em segredo na Europa. Será? Ele mesmo disse que foi mostrado em 1630. Acho muito tempo para se guardar tamanho segredo.

—

No plano administrativo da ocupação, as coisas vão bem. Militarmente; temos a celebrar a construção de três fortes importantes: o forte do Brum, perto e ao norte do porto do Recife. (Perguntei a várias pessoas o porquê desse nome, mas só consegui saber que alguém na administração tinha muito interesse em certa madame de Brum.); outro é o Frederick Hendricks (que demonstra a importância da família do meu amigo), que os portugueses chamam de "Cinco Pontas"; e o forte de Orange, responsável pela segurança de Itamaracá e controle daquelas águas que levam a Igarassu.

1637

No meio do ano, a grande notícia: a gravidez de Maria Ana! Tudo correu bem, com saúde e contando com o entusiasmo de Romero. A alma dele estava em festa. Chegava até a esquecer a chegada do Conde Maurício de Nassau, que muito o irritou. Tudo que pudesse significar a perenidade da administração holandesa o irritava. Ótimo, o homem estava voltando ao normal!

A chegada de Maurício de Nassau não foi um evento tranqüilo. Caspar vinha, há meses, preparando a logística para a chegada do Conde com suas tropas de escolta. No comando das tropas de terra, viria um coronel polonês tido como excelente militar. O Coronel desembarcaria com seus soldados para garantir a chegada do novo administrador depois que tivesse sido feito um trabalho de limpeza do território por sapadores das tropas de ocupação. A escolha do local de desembarque levou em conta aspectos estratégicos e o conseqüente controle de grupos da resistência que estivessem na região sul das Alagoas.

O trabalho de desinformação foi tão bem feito que os guerrilheiros locais abandonaram a fortificação do Bom Sucesso, que era um objetivo militar de Nassau. Isso porque três dos nossos homens se permitiram prender pelas tropas de Bagnuolo com a finalidade de desinformar. Foram muito eficientes. Essas informações fizeram com que se retirasse a guarda do rio Una e deixassem o forte de Bom Sucesso desguarnecido.

Nem desembarcou o coronel Artiszewsky, que ficou com a armada ao largo da Barra Grande do Una. Logo depois, veio o Conde Maurício de Nassau e cruzou o Una com a maior facilidade, marchando para Bom Sucesso. Juntou-se a ele o coronel e suas tropas sem correr nenhum perigo. Só no dia seguinte é que começaram a chegar reforços de Pernambuco a Bom Sucesso, mas foram arrasados.

Eu não sabia que entre eles estavam não só Felipe Camarão como também Henrique Dias, ambos já figuras lendárias para mim. Soube disso quando Romero me procurou com imensa apreensão, pedindo que o acompanhasse à noite, pelos manguezais, guiados pelo fiel Crispim para atender um importante capitão que estava ferido.

Além de poder ser capturado pelos insurretos, eu corria o risco de ser submetido a uma corte marcial. Afinal eu não era apenas um médico contratado, era capitão. Meus compromissos de lealdade já estavam completamente embaralhados. Decidi que o médico era a prioridade e que o amor à família de minha mulher era mais importante que a opinião sobre mim como traidor. Afinal, quantos holandeses Romero já não havia tratado e salvo?

Eu falava o mínimo. Levei em lombo de burro todo o equipamento que pude. Fiquei muito emocionado ao ver o empenho daquela gente lutando pela terra deles. A idéia de que eram ibéricos lutando contra holandeses por terras que pertenceriam ao mais capaz se desfez por completo. Por certo havia interesses de Estado, mas aquela gente, os combatentes, os feridos e mutilados não eram mercenários. Na sua maioria, eram pernambucanos que já haviam perdido o pai, os irmãos mais velhos, os tios. Fiquei muito comovido.

Além de comovido, dei-me conta de que o capitão ferido era Henrique Dias! Um tiro de mosquete o atingira no antebraço e a ferida era feia. Talvez não tivesse sido tão grave se os cuidados de primeira hora tivessem sido melhores. Perdia muito sangue e não houve escolha: tivemos que lhe amputar o braço abaixo do cotovelo. Eu conheci, naquele momento, um homem valente. Negro como Crispim, altivo como qualquer almirante batavo.

Depois de passado o tormento da cirurgia, conseguimos voltar para Olinda sob os olhares desconfiados de inúmeros sentinelas pelo caminho. Pareciam fingir que não sabiam quem eu era. Talvez eu mesmo já não soubesse.

—

A administração de Nassau parece começar bem. Porto Calvo foi reconquistado antes que chegassem os reforços de Bagnuolo, que sabíamos estar por perto com suas tropas napolitanas. Na batalha pelo forte comandado por Miguel Giberton, morreu o sobrinho de Maurício de Nassau que viera como capitão.

Uma vez conseguida a rendição, bem ao estilo do conde, os combatentes foram autorizados a embarcar para o Recife nas caravelas que se encontravam ao largo. Os comandantes foram convidados a jantar com os vencedores. Enquanto isso, tropas seguiam em busca de Bagnuolo que se deslocava para o rio São Francisco. Pensava-se que tomaria posição para defender a passagem para Sergipe. Ao contrário, passou-se com toda a gente para a outra margem, território sob o controle de Portugal.

Assim, consolidava-se a ocupação das Alagoas. A margem esquerda do rio São Francisco era estrategicamente importante para nós. Suas pastagens extensas e o bom gado da região eram uma benesse a mais ao controle que passávamos a ter dessa fronteira com as terras de El-rei de Portugal.

Boa parte das forças de resistência foram empurradas para a outra margem do rio São Francisco. Se isso dava mais tranqüilidade ao domínio holandês, reforçava a animosidade do governo na Bahia. Não é segredo que o Conde Maurício de Nassau deseja acabar com o poderio militar que possa existir na Bahia. É bom lembrar de 1625, quando não deu certo.

Acho que a consolidação da fronteira Norte com a anexação do Ceará já é suficiente. Só aí já temos uma extensão territorial difícil de administrar e que nos garante segurança e mão de obra para os empreendimentos na sede em Olinda e Recife, que cresce em importância a cada dia.

1638

Finalmente deu-se a aventura baiana. Nassau desceu no comando de uma expedição naval e, com o entusiasmo do noviço, arremeteu contra a cidade de Salvador. A resistência, no entanto, foi eficiente e ele teve de bater em retirada, arcando com o prejuízo - o que não agradou nada aos investidores da CIO. É bom lembrar que insucessos desse tipo se refletem na bolsa de ações da Companhia. Dessa vez caíram, mas quando quase perdi a vida às margens do Potengi, elas subiram bem.

Espero que a reflexão provocada pelo episódio do meu ferimento ocorra também ao Conde João Maurício. Deve haver uma forma de transformar os combates reais, sangrentos e mutiladores em rituais nos quais se possa negociar. Fazer da negociação um combate ritualizado e obrigatório sem a opção de sair da mesa antes de estabelecida a solução do conflito. Uma espécie de jogo entre as partes interessadas. O problema é que nesses casos de imensos interesses a causa se despersonaliza e ninguém, na cúpula, quer perder. É um jogo em que as peças que se perdem são os seres humanos, a natureza, os bens de produção e, sobretudo, a serenidade. Tomara que o conde não perca de saída a serenidade.

Mais uma etapa nos mistérios de Thomas Kemp: ficamos sabendo por meu amigo Caspar que houve uma forte tentativa de nos destruir e despachar os destroços de volta para a Holanda. Duas poderosas esquadras espanholas com mais de uma centena de embarcações e milhares de homens viajavam para as colônias do Atlântico quando foram derrotadas. Uma das esquadras era comandada por Oquendo e a outra pelo Conde da Torre.

Que tem o Kemp que ver com isso? Caspar confidenciou-me que um náufrago aprisionado foi trazido para o porto do Recife e "felizmente" o Thomas Kemp estava disponível para interrogá-lo. Perguntei o que haviam conseguido com a ajuda de Kemp e soube que era mais um investimento dos Habsburgos de Madri.

Corri a contar ao Pistorius, que achou muito interessante as coisas ficarem mais complicadas! Lembrou a importância dos

Habsburgos na gerência de grandes fortunas. A aproximação conveniente de Thomas Kemp desse tema é mais uma interrogação no nosso livrinho de dúvidas e suspeitas.

Kemp deveria estar como consolador religioso de soldados e deveria ocupar-se do processo de acompanhamento de assuntos indígenas. Achava eu, maldosamente, que ele se interessava em ir para o Forte dos Reis.

Joguei uma pedrinha de suspeita nas águas calmas do amigo Caspar. Sugeri que Thomas Kemp se interessava pelas causas francesas no norte. Caspar não retrucou, mas me olhou de sobrolhos como quem diz "prestarei mais atenção".

Pistorius, percebendo meu gesto, disse:

- Diabólico, meu caro.

- Por quê? - retruquei um tanto amargurado - desconfio mesmo das boas intenções de Kemp!

- Porque você colocou um obstáculo no caminho de Caspar e não no de Kemp. Sabe, Peter, quando o caminho é ruim, o obstáculo é bom. *Diabolos* em grego quer dizer "aquele que interpõe um obstáculo no caminho de alguém". Esse obstáculo da sua desconfiança vai fazer com que Caspar fique mais cuidadoso com as coisas da administração quando Kemp estiver por perto. Ou você ainda pensa que eu acredito em um comandante maligno das forças satânicas? Mais uma para você guardar: satã não é mais que uma inteligência itinerante que se opõe a alguns movimentos. É um conceito de oposição, de adversário indispensável. A cristandade é que tomou esse conceito hebraico e transformou-o numa entidade responsável pela execução do mal.

- Não existe maldade então?

- Lá vamos nós outra vez! Maldade é uma questão humana, Peter; o mal é uma questão transcendente, absoluta. Mas nós gostamos de achar que podemos fazer o bem ou exercitar o mal! Não creio nisso. Podemos ser bons ou maus, dependendo das circunstâncias. Ainda assim é um julgamento coletivo.

- Pistorius, há muito quero fazer-lhe estas perguntas: onde você armazena essas explicações sempre tão eruditas, e mais, onde foi buscá-las?

- Duas perguntas fáceis de responder, meu amigo. Não fui buscá-las; elas me acharam porque eu as esperava e soube reconhecê-las quando passaram na minha frente. Em seguida, guardei-as no espaço vazio do desconhecimento, que me incomodava. Não gosto de não entender certas coisas e sei que preciso não entender, às vezes. Isso me coloca num estado constante de alerta para a visitação de certos anjos. Lembra-se de quando nos conhecemos no convés, na viagem para cá?

- Claro que me lembro. Você me perguntou se eu esperava um anjo e não entendi muito bem... Agora acho que se referia a *angelos*, no sentido grego de mensageiro, não é?

- É isso, são os mensageiros do espírito, que se rejubila com o aprender, com o caminho para a sabedoria. É alimentando o espírito que a alma se expande. Naquela noite eu vi que você estava lendo as nuvens, a lua, a noite. Não é só lendo os livros que se aprende. Aliás, ler demasiado amortece o pensar. É preciso ler e reler o registro, re-ligar, refletir. No fundo, religião é isto; uma releitura do que se leu e uma religação com todo o resto que se tem para ler. O sentido dos *angeloi* é bem mais que umas figurinhas de querubins rechonchudos retratados nas igrejas. Certos grupos antigos de estudos judaicos tinham na angelologia um dos seus grandes segredos. Prometia-se não revelar o nome dos anjos, como rito de iniciação. Ora, o "nome do anjo" é o canal para o divino, é a via pela qual o místico se revela para o absoluto a partir do profano. Lembra-se? *Pro fannum* é "antes do templo", vestíbulo antes da entrada no recinto sagrado.

- Pistorius, você não escapa da Inquisição!!!! Disse eu com um misto de brincadeira e apreensão. A resposta foi ainda mais inesperada:

- O Santo Ofício não tem jurisdição no meu espaço. Estou convertido ao paganismo.

- Explique-se, pela infinita misericórdia divina!

- Lutero avisou que seriam considerados agentes de satã todos em lealdade à igreja católica, todos os protestantes não-luteranos, todos os hereges, todos os camponeses em desobediência à ordem natural das coisas ditadas pelos senhores feudais. Enfim, qualquer um que fosse diferente. Assim, achei melhor ser pagão. De outra forma, teria de ser calvinista, o que é bem mais complicado. Você lembra que Calvino perguntou quem ousaria colocar a autoridade de Copérnico acima daquela do Espírito Santo, que assegurava que a Terra não se movia?...

- Mas você é um ministro calvinista!

- Eu trabalho como um ministro calvinista, assim como você trabalha como um capitão-médico. Você sabe muito bem que não é um militar e, como médico, não é exatamente um cirurgião feliz.

- O que você acha que eu sou então?

- Pensei que estávamos falando de mim... Mas, já que perguntou, você é um romântico, um homem do mundo, ocupado com o ordenamento social. Veja seu interesse pela política dos bastidores, pelas possíveis tramóias de Thomas Kemp e sua curiosidade pelas informações que a amizade com Caspar lhe permite ter.

- Você tem razão em vários pontos. Quanto ao cirurgião, é bem verdade que não sinto prazer algum de participar daquelas cenas cruentas. Mas, sinto o médico vivo e realizado quando atendo o sofrimento em geral.

- Você é um apóstolo da *sophrosyne*. Isto é, do equilíbrio. É claro seu interesse pelo equilíbrio físico e espiritual do homem. A política não está excluída dessa equação. Como já comentamos, a política é a atividade da *polis*, da morada da alma, não é? Gosto de Platão. Para ele, a cidade parece muito com a casa da alma. É na cidade que temos a multiplicidade, a somatória das funções que nos permite viver a comunidade. Veja só, as ordens que vêm de Amsterdam ou de Lisboa não levam em consideração a alma que vive aqui. Lá, eles não vivem esta comunidade. Imagine se nós proibíssemos o uso de bebidas alcoólicas na Holanda! Seria uma enorme burrice, além de um convite a sermos desobedecidos.

- Eu sei que os holandeses adoram beber, mas o abuso do álcool é visto como um pecado.

- A bebida não causa a bebedeira. Nisso, Calvino e Lutero concordaram. Esse é um problema do bebedor. Não há nas religiões que seguem a Bíblia nenhum estímulo ao alcoolismo. Também não há proibição. O álcool é reconhecido como perigoso e deve ser respeitado, usado com moderação. Acho que deveríamos tentar proibir o uso das armas. O que você acha?

- Agora você já começou com aquela iconoclastia velha conhecida minha. Voltemos ao assunto dessa "sofro" qualquer coisa.

- *Sophrosyne*, meu caro. É a capacidade de ser sábio; de equilibrar a vida de uma forma produtiva pela moderação; e de ser discreto. Preste atenção nessa postura e as coisas ficarão mais fáceis para você. Há certos confrontos que não são necessários. Começamos esta conversa falando de erudição por causa de uma questão política e seus vínculos religiosos. As três instâncias estão quase sempre vinculadas. Entretanto o vínculo se dá na superfície. Falamos de Calvino e sua obediência à palavra. A literalidade de Lutero contra a leitura mais poética de Zwinglio também foi motivo de confrontos violentos.

- Acho que perdi o fio da meada.

- Desculpe. Vejamos como trataram o conceito da transubstanciação. Lutero determinou que fosse entendido o corpo real de Cristo na comunhão. Zwinglio, suíço e moderador, argumentou que a consagração do pão fazia uma comunhão espiritual com o corpo crístico, uma visão mais poética, menos literal. Lutero argumentou de volta que o princípio evangélico era da supremacia da palavra sobre a cerimônia. E a briga não teve mais fim. Foi isto que eu quis dizer. A briga segue até hoje e deve continuar. Vale a pena?

- Você quer dizer que eu entro em confrontos desnecessários?

- Quero dizer que você tem poucos segredos e se expõe mais que o necessário. Você confia demais na natureza humana. Você é uma boa pessoa e tem bons e nobres propósitos. Acredite em mim: isso não é o suficiente para evitar a crucifixão.

- E preciso de segredos para isso?

- Segredo é uma forma de fortalecer o seu interior. Há informações e conhecimentos que fazem mais mal do que bem quando trazidos à luz. Pergunte-se sempre a quem vai beneficiar uma informação gratuita. A você, ao interlocutor, a terceiros? Depois pergunte sobre o dano que essas informações podem causar e tome a sua decisão. A informação pela informação é apenas uma forma de inundar o mundo com tagarelice.

Em março, nasceu Antonius Gonsalves Deneboom. Apesar de todo o entusiasmo de Romero com a chegada iminente do neto, o pânico tomou conta do velho médico. Era o medo de ter medo; a consciência da fragilidade e a possibilidade de se entregar à incompetência, de se declarar impossibilitado de cuidar da filha naquele momento. Evidentemente, eu garantia esse direito a ele por estar presente, atuando e atento.

Quando começou o trabalho de parto, as parteiras habituais, que há dias estavam de plantão, ficaram alvoroçadas. Mas eu senti um forte incômodo. Não queria que elas fizessem o parto. Eu as via muito mecânicas, por razões óbvias, incapazes de reagir a situações ainda não experimentadas. Uma coisa é verdade quanto às parteiras, elas fazem tudo que a gente não quer fazer.

Quebrando uma tradição, preparei-me para uma situação de parto assistido por homens apenas. Pistorius, como sempre, estava lá. Para mim, era fonte de segurança e equilíbrio, mas não esqueci que tinha formação médica. Eu faria o acompanhamento do parto e convidei Piso para me dar assistência. Foi minha salvação. As coisas se complicaram e foi Piso com seu instrumento "secreto", o fórceps inglês, que, manejado com maestria, salvou a vida do bebê e da Maria Ana.

Minhas pernas se foram depois de cortado o cordão umbilical e de o menino azulado ter chorado. Eu já não tinha energia para mais nada e pedi que as parteiras cuidassem da mãe e do filho. Era um menino como Romero dizia, com certeza, que seria. Ele e a mãe queriam que se chamasse Antonio, em homenagem ao irmão e tio que ficara em Portugal. De minha parte, homenageei meu amigo latinizando para Antonius. Todos ficaram felizes.

Outra contribuição de Piso no pós-parto foi determinar, com autoridade, que as mulheres deixassem livres as pernas e os braços do bebê. Elas ficaram horrorizadas com a proibição do uso dos cueiros bem apertados. De fato, em geral os recém-nascidos mais pareciam crisálidas. Ouvi Piso mandar que deixassem a Natureza fazer sua parte pois o "pobre" já havia sofrido sua quota de aperto na passagem para este mundo.

Minha primeira impressão de Piso não mudou. Acho que é um homem antipático. Isso não me impede de admirar seu comportamento como médico e sua competência em muito ajudada pelo entusiasmo e vontade de aprender. Ele é ousado com prudência. É uma atitude que dá confiança a quem está perto. Não hesitou em momento algum e seus movimentos foram oportunos e coordenados, graciosos até. Obrigado, Willem Piso!

1639

Conversei com Pistorius sobre a noção de pecado original já que o nascimento de um filho inspira esse tipo de assunto. Pistorius disse que a existência, por si só já é pecado. O pecado se origina da imersão da alma na carne, nessa mistura de matéria e vida. O pecado da alma é momentâneo – aflora num momento efêmero de atração da alma pela matéria. Não deixa traços ou vestígios, exceto na memória. No futuro, a memória de um homem maduro vai saber que aquilo que poderia ter sido e aquilo que foi é função exclusivamente da idade. Inexoravelmente, a sabedoria é função da idade. Não pode haver um jovem sábio; apenas um jovem inteligente. Também fica difícil haver um velho sábio que não tenha sido um jovem inteligente e audacioso.

Uma das características da audácia é a transgressão. Quando alguém descobre que é diferente, sai do lugar comum. Sofre uma queda da posição confortável da mediocridade e da dissolução no coletivo. Acredito que todos concordem com essa queda. O pecado original talvez seja a queda do lugar comum. Primeiro se é diferente, depois doido, depois sábio. *Pecatus*, para Pistorius é transgressão de uma norma, religiosa ou não. Se a norma for o lugar comum, é pecado sair daí ao mesmo tempo em que é desejável sair para o incomum.

Para ele, a vida consciente, em si, traz culpa. É preciso livrar-se da culpa, pois que é inútil. Ritualizamos esse processo com a explicação de que a culpa na verdade não é nossa; é de todos nós e os responsáveis são remotos. Por isso é possível restabelecer a relação com a normalidade e a obediência. Resta saber: a que vamos obedecer? O ritual de libertação dessa culpa primordial é muito eloqüentemente feito em água corrente, para lavar e levar para o mar, para essa grande mãe, os resíduos de uma vida menos responsável.

Por isso é melhor que se batizem os adultos que assim o desejam. O batismo das crianças liberta a culpa e a angústia dos pais. É mais fácil desejar a luz que as sombras. Pistorius insistia na polaridade; sem dualidade não temos chance de sofrer a tensão criativa e agir alquímicamente. O pecado original seria o convite para o confronto da luz e da sombra com a mediação da pessoa.

Alquimicamente isso se faz por um processo de separação. Ou seja, procura-se a visão em perspectiva, aquela que polariza a relação luz-sombra. A luz é o repouso eterno. Sombra é inquietação, um processo ativo. A ameaça de ataque da sombra faz com que a luz saia da inação e "crie" alguma coisa. De outra forma, a vida consciente não cria nada. A vida vira insistência em vez de existência; entrave em vez de expressão.

Por que essa ênfase na luz e só na vitória da luz? A derrota da luz também traz criação! Derrota e fracasso são fundamentais para o surgimento do indivíduo. Só a derrota do homem primitivo pode trazer o Anthropos, o homem completo. Alquimicamente, a separação permite a circulação - tudo precisa circular, repetir-se para evoluir. A peregrinação, por exemplo, esse circular por diversos cantos do mundo é uma representação simbólica do circular nas trevas e, ao mesmo tempo, estar iluminando e iluminando-se à medida que a luz alcança o peregrino desprevenido. A gente pode peregrinar pelo mundo anímico também, acho eu.

Era maravilhoso ter o Pistorius por perto, mas era cansativo também. Às vezes eu só queria sentar na praia com o pimpolho e desfrutar daquela calma luminosidade da manhã, à sombra de uma castanheira. Mas o mundo continuava girando.

1640

Pensávamos que a tal esquadra espanhola que se dirigira para cá há dois anos havia sido destruída. Qual nada! A armada do Conde da Torre parece ter ficado ancorada em algum lugar da costa do Brasil recompondo-se, ou mais provavelmente, esperando reforços. Então, apareceu por aqui ao longo da costa, procurando lugar para desembarcar tropas - aparentemente, sem muita preparação. Foi enxotada de Itamaracá até o cabo de São Roque onde conseguiu desembarcar uns mil soldados. A armada se desintegrou ao longo do caminho e os soldados tiveram de se haver com as nossas tropas, que já controlam toda a região. Dessa vez, Kemp não estava por perto.

Recebi do meu pai belos escritos de um professor que emigrou para a Holanda em 1628. Chama-se René Descartes e mostra um grande interesse por assuntos da alma e da ética. Devo estar enganado, mas o estudo da ética me parece inútil. É um tema que não se precisa estudar, mas praticar. Não seria basicamente não fazer aos outros aquilo que não desejamos que nos façam? O resto é comentário. Entretanto, diz Maria Ana, sem comentar não se revolve a alma e de que serve a alma se não mexemos nela? Comentemos então!

Fico tentado a dizer que o que se chama de ética é o estudo das bases da moralidade. Todo mundo sabe que moralidade é comportar-se da forma como se foi educado e saber que será punido se não for assim. Portanto, ser uma pessoa de moral ilibada é ser uma pessoa que obedece aos ditames de sua comunidade sem hesitação ou discussão. Digo de sua comunidade porque o que é moralidade para uns não é necessariamente para outros grupos. Haja vista a diferença entre Lisboa e Olinda, para não se falar de Olinda e Holanda!

Não é à toa que *"ethos"* significa comportamento habitual e *"mores"* quer dizer costumes. Códigos de ética são, obviamente, regras de bom comportamento social. Desde que estudei Aristóteles sempre vi o estudo da ética como explicações da moralidade. Assim, como tenho aprendido com Pistorius, a explicação é feita da mesma matéria que seu oposto, ou seja, da imoralidade. Elementos mutuamente excludentes pertencem à mesma ordem de existência. Quando a interdependência dos opostos não é percebida e respeitada, torna-se possível imaginar um estado de coisas onde exista noite sem dia, vida sem morte e o bem sem o mal.

Tenho visto que a contestação da moralidade, a não-moralidade, por seu lado, é valiosa para o processo civilizatório e para a normalidade. As grandes idéias criativas trazem perturbação para a normalidade, mas trazem encantamento com o novo, resultado da criação. Essa tensão entre os opostos é a fonte da vida criativa. Mas existe uma tensão que provoca medo, seja o medo mundano da punição, seja um medo original, interior. A tensão gerada por esse medo é destrutiva. O medo original é um parâmetro que precisa ser observado. Quando negligenciado, traz os opostos para muito perto um do outro e assim temos uma neutralidade que está longe de ser equilibrada.

Há que diferenciar a desobediência equilibrada, que é um impulso da alma, do crime, que é uma invenção social. O indivíduo decide o que fazer e, como não pode fazer tudo, inventa normas de conduta. E aí voltamos ao conceito de "ethos", que é um conceito de legalidade, por total impossibilidade de ditar normas morais objetivas, fundamentadas em conceitos absolutos.

Acredito que a decisão de não destruir Olinda, destruição sugerida por estrategistas imbecis, tenha sido uma decisão ética do conde Maurício. Contrariou argumentos militares e financeiros e preservou a moradia da alma de um povo combalido e cansado que, por isso mesmo, demolia e vendia o material de construções de Olinda para reaproveitamento no Recife.

1641

No final do ano passado houve um golpe de Estado que devolveu a soberania de Portugal. Libertaram-se do jugo espanhol e acho que isso será bom para nós por aqui. Agora o trono é do Duque de Bragança, chamado D. João IV. Portugal está obviamente na penúria, o que fará, espero, com que se arrefeça o entusiasmo da resistência local. Além do mais, estamos tratando de um armistício entre a administração holandesa no Nordeste e as colônias portuguesas na Bahia e ao Sul.

Matias de Albuquerque colaborou na restauração da independência de Portugal enquanto seu irmão, o donatário Duarte de Albuquerque Coelho, continuava suas ligações com a corte espanhola. Corre a notícia de que os irmãos estão numa posição difícil, com a perda do prestígio e a fama de serem incompetentes. O sogro espanhol de Duarte de Albuquerque Coelho tem feito grandes esforços para mantê-lo em evidência, mas consta que está falido.

Ficamos sabendo, por intermédio dos inúmeros cristão-novos que nos são próximos, que Matias de Albuquerque fez denunciação ao Tribunal do Santo Ofício contra pessoas em Pernambuco. Pessoas que o ajudaram na sua luta para conservar a capitania. Foram esses mesmos cristão-novos, em grande parte, que contribuíram na medida de suas posses para a defesa de Pernambuco e que hoje se vêem inclinados a nos apoiar. Essa perseguição não é novidade e esse grupo constitui uma ótima oportunidade para culpar alguém. O próprio Dom João III montou uma rede de espionagem para descobrir vestígios de judaísmo em todos os cristão-novos.

1642

Obviamente, os esforços para nos mandar embora estão agitados e o beneditino, frei Estevão de Jesus, foi o enviado de

Pernambuco a Portugal para tratar de "assuntos políticos", acompanhado de Thomas Kemp e Fernandes Vieira. Suas despesas correm por conta do lisboeta Gaspar Dias Ferreira que, como sabemos, é um oportunista que pretende estar do lado vencedor qualquer que seja este. Está ajudando essas forças locais com a perspectiva de lucrar com a vitória luso-brasileira. Em outros momentos, circula alegremente ao lado do Conde Maurício de Nassau de forma calhorda.

A inclusão de Kemp nessa comitiva surpreendeu muita gente. Sabíamos que iria um "holandês" como conselheiro e intérprete. A notícia que esse holandês era Thomas Kemp pegou de surpresa a mim e a Pistorius. Ele estava ativo e discreto nos bastidores. Nós éramos menos espertos do que supúnhamos.

A "rede de Informações" nos fez chegar, por intermédio de Caspar, à notícia de que Fernandes Vieira havia colaborado conosco no início. É o rumo dos acontecimentos que dita o comportamento das pessoas. Quando se trata de interesses políticos e econômicos fica difícil definir quem é colaborador e quem é investidor. Possivelmente, o fato de a mulher de Vieira ser cristão-nova deve ter influenciado sua simpatia inicial pelos holandeses.

1643

É sempre bom ver um gesto bonito e digno. Um dos nossos cobradores de impostos, Pieter van der Hagen, pediu demissão e voltou para Amsterdam. Disse que se recusava a "comer a carne e beber o sangue de viúvas e órfãos". Compadecia-se dessa gente que lutava e morria por ideais, deixando dívidas como herança.

Eu via esses gestos como demonstração de um sentimento compartilhado de comunidade. Um sentimento que transcendia as nacionalidades e as crenças. Ao mesmo tempo, os políticos e os militares pareciam incomodar-se com a integração. Cessando as hostilidades, sua razão de ser perdia em importância. Uma primeira medida para acirrar os ânimos foi proibir os portugueses de possuir ou portar armas. A Assembléia Legislativa autorizava-os a isso desde 1640. A desconfiança volta a reinar.

Enquanto isso, novas obras vão trazendo prosperidade a Pernambuco. O conde Maurício de Nassau conseguiu vencer a resistência dos guardiões do cofre e fez construir a primeira ponte ligando o Recife à Ilha de Antonio Vaz. Agora se pode fazer a travessia de gente e mercadorias com facilidade e segurança. Outra ponte está em construção, ligando a Cidade Maurícia ao continente, sobre o rio Capibaribe. Também a residência oficial do conde ficou maravilhosa, cercada de um bosque rico em fruteiras e fazendo, para o observador de longe, uma cortina - ao mesmo tempo bela e protetora para os de dentro da cidade.

—

Uma visita desagradável: Simão Álvares. Ele não é uma figura bem vista pelo conde Maurício de Nassau. É um testa-de-ferro de grandes interesses lusitanos. Veio a Pernambuco espionar o estado de coisas, sob o manto de uma missão oficial. É uma prática antiga, mas as pessoas ainda se valem desse expediente como se ninguém percebesse; é o velho jogo das sombras. Ele fez vários contatos com Fernandes Vieira, que não esconde de ninguém as grandes propriedades que tem em Olinda.

—

Em outubro, depois de algumas tentativas, foi atacado o grupo abrigado nos Palmares grandes. Morreram mais de cem negros nessa campanha. Queixavam-se todos, nas proximidades e vizinhanças de que os negros roubavam e matavam para se refugiarem nos

Palmares pequenos e grandes. Fica difícil julgar na posição de humanista. Não foram eles roubados de suas terras e privados de sua liberdade? Ou se será livre apenas para servir ao Estado? É essa uma questão que deve merecer muita reflexão.

1644

Reflexão é o que não faltou ao conde João Maurício nesses últimos meses. Deixou um documento lúcido sobre a constituição dos deveres e direitos a que deveriam estar sujeitos os cidadãos do Brasil sob sua tutela. Sobretudo com relação à liberdade de expressão religiosa, Nassau foi generoso e inteligente. Mereceu carta de Luiz XIII, da França, agradecendo o bom tratamento dos religiosos "racolets"; D. João IV escreveu sobre o bom termo com que eram tratados os católicos na província; e, aqui entre nós, frei Colombo de Nantes, dos capuchinhos, escreveu em agosto do ano passado uma carta a Roma afirmando que Nassau era "um homem perfeito, só lhe falta a fé verdadeira". Falo da organização das práticas religiosas, e não de todas as outras, porque esta contém explícita ou implicitamente os demais interesses civis. O documento nassoviano, mais do que conselhos práticos a seus sucessores, é um estatuto-modelo.

Em maio despediu-se o conde, de partida para a Holanda, para onde foi com treze naus, acompanhado de mil e quinhentas pessoas, entre marinheiros, soldados, comitiva e passageiros. Até mesmo dois tapuias conseguiram que os levassem. Com ele, foi muito do Brasil que aprendeu a gostar e respeitar. Levou arte, amostras dos costumes, objetos de uso local e mercadorias. Eu mesmo mandei para o museu anatômico da Universidade de Leyden pequenas contribuições sobre a prática médica e a grande assistência que foi para nós, médicos holandeses, a colaboração dos colegas portugueses com sua enorme capacidade de adaptação a situações desconhecidas e estranhas.

A partida de Nassau foi um testemunho claro do quanto se fez respeitar. No percurso entre a Cidade Maurícia e as praias da Paraíba, muita gente se apresentava para saudá-lo. Em Igarassu, por onde passou, foi saudado com homenagens e engrossou a comitiva com mais cavalheiros que o escoltaram até a costa da Paraíba.

O Doutor Willem Piso também resolveu voltar para a Europa. O tempo começou a esquentar militarmente por aqui e ele tem projetos de publicar um livro que é resultado do registro de suas experiências comigo e com Doutor Gonsalves. Piso é muito prático; não via ou ouvia nada sem fazer anotações. Tinha a mesma admiração que eu pelos métodos portugueses e nativos de tratamento. Acho que tenho um pouco de ciúmes de sua *De Medicina Brasiliensis*. É um livro que eu bem poderia ter escrito, mas decidi de modo diferente. "*De cidere*" afinal não é "cortar"? Na ocasião cortei essa idéia dos meus planos; minha busca era outra.

Percebe-se que os esforços militares para nos expulsar se intensificam. André Vidal de Negreiros chegou a Pernambuco em agosto, acompanhando o beneditino padre Ignácio e o capitão Nicolau de Araújo. Pediram salvo-conduto "para se despedirem de parentes" já que viajavam a Portugal em visita oficial ao rei. Para nós não era segredo que estavam conspirando contra a administração holandesa. Estavam sendo vigiados de perto.

Aliás, temos agentes infiltrados em vários pontos. Um bandido holandês de nome Abraham Platman está nas matas de Camaragibe passando-se por colaborador de João Fernandes Vieira. Assim ajuda mais e atrapalha menos a administração. São os códigos de conduta dos sistemas de informação reservada. Nem tudo é o que parece ser. Não se pode então considerar as informações de Platman como totalmente dignas de crédito. É preciso cruzá-las com informações de outras fontes, tão questionáveis quanto ele.

1645

Alguma coisa na insurreição que se arma desagrada muito aos portugueses judeus. As melhores informações de que dispõe a administração vêm espontaneamente desse grupo. Além do medo do tribunal do Santo Ofício da Inquisição, não sei que mais os poderia estar ameaçando? Afinal, são portugueses. Não deveriam ter medo, mas preferem apostar numa boa relação conosco. Parecem mais confortáveis numa associação com os calvinistas holandeses da administração que com os católicos da resistência.

Fico imaginando se não é por uma identificação com a imagem "hebraica", esse modelo de comunidade que permeia a atual mentalidade calvinista da Holanda que em muito se parece com a mentalidade judia. Isso ajudou os holandeses a consolidar a integração do conceito de "Terra-mãe" com "Pátria" (ou "Terra-pai"). É uma passagem importante do apego territorial para a noção de responsabilidade para com o estado. Estou convencido de que existe essa associação de pensamento entre os judeus portugueses. Não é por acaso que muitos patrícios consideram Amsterdam a "nossa Jerusalém".

—

Pessoas que deveriam estar num lugar de repente aparecem listadas noutro. São indícios de mudanças no poder. Diogo Lopes Santiago é um desses nomes que nos aparece como indenizado pela rainha da Grã Bretanha "como estabelecido pelo tratado de paz com os Países Baixos na qualidade de mestre de latim". Curioso que essa pessoa apareça nos relatórios de informantes infiltrados na resistência. Estava como escriba, residente perto do novo Arraial, onde se concentram hoje os esforços de insurreição. Para nós, era um mestre em gramática; escrevia crônicas da guerra como a viam os portugueses e nós líamos quase tudo. E o jogo de espias continua...

1646

Tem havido pouca imigração holandesa para a zona rural. Têm medo dessa insurreição, que já é fato consumado. Os insurretos estão tão próximos que não é difícil vê-los a olho nu. Para minha preocupação, Fernandes Vieira foi aclamado "governador da liberdade divina". Disse ele que Deus abençoava as armas dos insurretos que deveriam matar ou morrer "em nome da sagrada religião"! Mais uma vez o horror da guerra "em nome de Deus" volta a assombrar. É muito fácil mobilizar a plebe sob a bandeira da proteção divina; da defesa da "única e verdadeira" fé. Como já disse antes (ou terá sido Pistorius?) a fé é a falta absoluta de certeza.

Previ esse movimento quando escrevi sobre a partida de Nassau. Inteligentemente ele se esforçou para manter equilibradas as forças eclesiásticas. Organizou a ofensiva religiosa, manteve as várias formas de catequese dentro dos limites institucionais e, como bom estrategista, deu segurança à posição defensiva das igrejas.

Numa oportunidade social, Nassau deixou escapar que Simão Álvares era um desqualificado e muito responsável pelos tumultos do ano passado. Ficou irado quando soube que este senhor havia sido nomeado ouvidor em Pernambuco. Para deixar a administração local mais apreensiva, chegam notícias de que Simão Álvares está partindo de Lisboa numa esquadra pequena comandada por Francisco Barreto de Menezes, designado General do Exército em Pernambuco.

1647

Primeira grande epidemia de febre amarela. Começou em Barbados e foi trazida para as Américas pelos holandeses. Lembro que há alguns anos atribuí a doença aos maus costumes da gente daqui. Doutor Gonsalves não deixou que esse meu reconhecimento passasse sem uma observação contundente. Preciso admitir que não estávamos preparados para as condições de saúde e morbidade daqui. Não fossem os médicos portugueses, que puseram a medicina acima dos antagonismos políticos, teríamos metade das tropas inutilizadas para suas funções. Chegamos a ter quase um terço delas imobilizadas por doenças tropicais desconhecidas e conhecidas.

—

Foi confirmada a designação de Francisco Barreto de Menezes como general em Pernambuco. Muita gente por aqui ficou surpresa, pois tínhamos informações da Holanda que o Conselho de Estado em Portugal fazia sérias restrições à sua indicação. Houve quem dissesse em Lisboa que melhor seria indicar alguém na terra com experiência e uma boa folha de serviços prestados ao Reino.

1648

Francisco Barreto de Menezes, General de Campo, veio, como previsto, de Portugal, com duas naus e três caravelas mais trezentos homens, com armas e munições. Como já fossem de muito esperados, foram presos na costa da Bahia e trazidos a Pernambuco. Simão Álvares estava com ele, é claro. Enquanto forças superiores negociavam a troca por prisioneiros holandeses, fugiram com a ajuda de um agente deles infiltrado no meio dos nossos, em janeiro. Nós temos espiões, eles têm espiões. É a segunda profissão mais antiga do mundo! Com toda certeza foram para o Arraial. Temos informações de que Barreto de Menezes é ligado a grupos muito influentes em Lisboa. Algo, porém, não faz sentido: Portugal deveria estar desgastado pela luta de emancipação da Espanha. Como pode ter "grupos muito influentes"? Mas, temos lógica diferente.

Enquanto isso, deflagra-se uma guerra civil na Inglaterra sob o protetorado de Oliver Cromwell. Este declara nulos os deveres de lealdade para com o rei Carlos I, que é preso. A Europa está sofrendo mais uma reviravolta. Após trinta anos (começou em 1618), termina a guerra entre os protestantes de principados da Alemanha e Suécia contra os católicos da Espanha e Áustria. A Igreja Católica terminou fragmentada. A Inglaterra está mais protestante que nunca. Richelieu, que levou a França à guerra em 1633, combateu ao lado dos protestantes com seus exércitos católicos. Não esquecer que era cardeal! Tentava derrubar o que restava da hegemonia merovíngia espanhola nas antigas propriedades dos cátaros nos Países Baixos. Pelo menos era essa a leitura de Pistorius.

Nas minhas conversas com Pistorius, recheadas de hipóteses mirabolantes, achamos que Kemp estaria do lado de Richelieu. Somos os dois intuitivos e muitas coisas que pensamos não faz sentido. Eu acho que Kemp é católico, mas vem se passando por protestante. Meu amigo faz cara de incrédulo e desconsidera essa hipótese.

1649

Carlos I é decapitado e o príncipe de Gales, que vivia exilado na Holanda, é coroado como Carlos II, rei da Escócia. Nesse mesmo ano Cromwell invade a Irlanda. Não entendemos para quê. Fica a impressão de que seria uma forma de pagar os soldados que lutaram por ele como está sendo feito nas Américas, premiar os capitalistas por terem arriscado suas fortunas. Será sempre assim?

Por aqui, uma poderosa nau de guerra, o Broderode, comandada por Corneliizoon de Writ, que tem cinqüenta ou mais peças de artilharia, deixou o porto do Recife. É capitânea de uma esquadra que patrulhou o Nordeste pelos últimos dois anos. Mais um sinal de que se dissolve e se esvai o interesse holandês de controlar militarmente o Nordeste.

1650

Romero, há muitos anos, já me havia dito para lavar cuidadosamente as mãos antes e depois de tratar os doentes. Ensinava que a sobrevida era maior, que apareciam menos vezes as febres graves. Só agora me convenci. São vinte anos de cirurgias em Pernambuco e a melhoria dos serviços de limpeza se reflete na recuperação dos pacientes.

1651

Antonius está com 13 anos. As horas que mais parecem entretê-lo são as reuniões com Pistorius e as brincadeiras com a meninada local. Tal pai, tal filho; sinto nostalgia das reuniões organizadas pelo meu pai. Antonius adora as histórias sobre as cruzadas e aquelas devidamente adaptadas sobre arte, religião e mitologia. Ainda hoje, Pistorius é meu melhor interlocutor e será difícil destituí-lo da posição de mestre. Fico tomado de alegria ao ver meu filho tão próximo dele.

Ele me convence, faz-me interessado nas suas idéias, escuta com respeito e responde com sabedoria. Está claro que a "maestria" tem que ver com a capacidade de impressionar e persuadir pelo discurso. Ele fala bem. Interage suavemente e com autoridade sobre a platéia. Cria uma relação de respeito e amor. Digo com naturalidade que amo esse homem de uma forma sensual. Amo pelos ouvidos, pelos olhos, pela percepção de sua presença, pelo seu toque e proximidade física. Mas tudo isso veio depois de ser penetrado pela sua erudição inteligente.

Haverá alguma forma de avaliar, de conferir valor a uma relação como essa? Quantas vezes isso acontece na vida de uma pessoa? Creio que uma vez é o quanto basta. O valor é uma questão da alma e não do intelecto. É a alma que nos diz se valeu e o quanto vale na sua própria escala, na sua moeda: o *sentido*.

Sua maior contribuição, no entanto, a que mais me emociona é sua dedicação a Antonius. Quando o apresentou ao poeta Franz Plante, capelão de Maurício de Nassau, provocou um enorme interesse do menino pelo latim e pelo holandês, que me empenho em ensinar. Antonius lê todos os dias a obra de Gaspar van Baerle, conhecido como Barleus, que, apesar de nunca ter estado por aqui, escreve com uma prosa suave e interessante, sempre defendendo o conde Maurício; certamente representa seus interesses na Holanda.

1652

Antonius me trouxe uma notícia perturbadora. Pedi-lhe que levasse uma mensagem a Thomas Kemp no centro administrativo. Não o encontrando, Antonius, na sua ânsia juvenil de dar conta do recado, tomou a iniciativa de procurá-lo no seu alojamento, entrando sem se anunciar. Parece que causou um constrangimento, pois Kemp estava limpando ou embalando uma imagem de santa católica! Apressou-se em dar explicações, já que não podia - acho eu - ralhar com o filho do médico que mais de uma vez o salvou.

Meu filho contou que era uma santa diferente daquelas que via nas igrejas e na casa do avô; era uma santa negra! Fez essa observação e Kemp disse que não era bem assim. A santa estivera exposta à fuligem e precisava ser lavada e pintada outra vez, o que faria por entretenimento. Antonius me disse que a santa não parecia suja e estava inclusive coberta por um manto vermelho, bordado com fios dourados, amarradinho como uma capa e ostentava uma pequena coroa de prata. Muito, muito estranho. Mais uma estranheza do nosso amigo para o livrinho dos registros.

Naturalmente, relatei a Pistorius o ocorrido, não sem antes ter uma conversa honesta com meu filho. Pedi que não comentasse com seus amigos e evitasse comentar com qualquer pessoa. Certamente

Kemp se sentira invadido na sua privacidade e comentários inconseqüentes poderiam vir a prejudicá-lo. Ele pareceu entender.

Pistorius não conseguiu disfarçar seu desconforto, o que muito me perturbou. Não vi então o Pistorius de sempre, curioso, amigo e professor entusiasta. Pareceu até um pouco triste. Perguntei:

- O que se passa? Você parece ter-se incomodado com essa notícia.

- É verdade, Peter, acho que as coisas são mais complicadas, bem mais complicadas do que nós supúnhamos de início. Se me permite, eu gostaria de refletir mais sobre esse incidente para não correr o risco de fazer julgamentos apressados ou perigosos. Não se preocupe comigo. No fundo acho que é apenas uma questão de indisciplina religiosa, o que me entristece, mas não seria este irreverente Pistorius que iria condenar um pecado do misterioso Thomas Kemp. Entretanto, minha relação com ele é diferente da que tenho com você. Temos aspectos institucionais a zelar, como você sabe.

E assim Pistorius se despediu sem me convencer de que estava realmente com sono, mas convencendo-me que havia algo mais que ele não queria dizer. Ou não podia dizer. Esta foi a impressão mais forte. Nunca mais quis voltar a esse assunto, dizia que isso já estava superado e que Kemp realmente estava fazendo uma espécie de travessura reprovável quando foi surpreendido pelo garoto. Continuei sem acreditar.

1653

O ano passado trouxe o início de uma guerra com a Inglaterra. Da Holanda com a Inglaterra. Às vezes preciso me lembrar de que não estou na Holanda; outras vezes me vejo falando como se fosse pernambucano. Obviamente a guerra cria grandes dificuldades para as províncias ultramarinas como o Brasil. Não podemos contar com todas as forças navais necessárias e a possibilidade de pressionar Portugal, bloqueando o Tejo, fica impossível.

Soubemos que foram enviados emissários a Lisboa para uma tentativa de saída negociada. A Holanda abriria mão de alguns territórios, e Portugal, em troca de não-agressão, tomaria posse de outros. Não funcionou, porque os portugueses já deviam estar informados da precariedade em que se encontram nossas forças por aqui.

De qualquer maneira, sabemos que as negociações continuam e a questão, como sempre, resume-se a quem vai pagar a conta. Os grandes investidores estão retirando-se da contenda e deixando o rescaldo para os bravos patriotas pernambucanos e os valentes soldados da ocupação. Um dia, espero que o mundo aprenda a dizer não a essas aventuras em que a vida de milhares e milhares de pessoas é considerada moeda de troca.

Os soldados estão desmotivados, famintos e maltratados. O comando não ajuda, com atitudes arrogantes e cruéis para com homens desvalidos. Tanto assim que, em dezembro, chegaram à costa do Recife mais de setenta naus ibéricas com a finalidade de tomar de uma vez por todas, o território. Ficou tão fácil, que os comandantes da esquadra vieram a terra na praia do Rio Comprido, região que já esteve totalmente sob nosso controle, sem o menor problema!

Pouco depois começaram os ataques. As defesas estão cansadas. Nossos maiores navios já se foram. As tripulações estão indisciplinadas e a CIO não quer mais investir e ver suas ações despencarem na Europa. O governo holandês está resumido ao General Von Schkoppe e ao conselheiro van Schoenburgh, já que outros se foram e o conselheiro Haecx encontra-se aos meus cuidados, incapacitado de tomar decisões.

1654

Foi tomado o forte das Salinas, em Santo Amaro. Depois caiu o forte do Buraco, como passou a ser chamado pelos locais. A queda do forte do Brum e das Cinco Pontas foi questão de tempo. Praticamente não vamos mais ao Recife e à Cidade Maurícia. As trincheiras estão abrigando o que resta do exército de Von Schkoppe e as doenças se espalham. As próprias trincheiras estão fétidas.

Na Inglaterra, Cromwell parece descobrir grandes afinidades entre a Inglaterra e a Holanda, sugerindo uma associação das duas repúblicas "em nome de Deus"! A guerra deve ter sido um descuido então, perdoada a ironia. Ele vislumbra uma sólida aliança entre forças calvinistas e a sugestão foi acolhida com entusiasmo em Haia. Desde a Guerra dos Trinta Anos há muitas formas de protestantismo. As várias dinastias, suas lutas territoriais e interesses econômicos dificultaram o estabelecimento de um eixo calvinista sólido. O tom patriótico do puritanismo inglês combina bem com o discurso holandês. Quem sabe, se, em vez de atacar uma colonização com vínculos tão firmes com outras culturas, a Companhia das Índias Ocidentais não teria feito melhor negócio implantando suas raízes como uma cunha entre os domínios portugueses e espanhóis? "Se tivesse sido" não pode ser considerado.

Enquanto isso, Francisco Barreto de Menezes recebia de van Schkoppe, no dia 27 de janeiro, a espada da rendição na campina da Taborda. Sabemos todos que foi uma saída negociada, como sói acontecer com todas as decisões políticas. Isso não desmerece a obstinação de homens como Henrique Dias e o falecido Felipe Camarão, entre outros que já citei e sua enorme capacidade de liderança. Foram valorosos e eficientes com os poucos recursos que tiveram para lograr o resultado. Mostraram o valor do patrimônio maior, que é acreditar quando não se sabe nada. A confiança deles e a competência nas atitudes foram dignas dos heróis da mitologia. Ou melhor, a mitologia é feita de heróis do calibre deles.

Infelizmente, a tolerância religiosa que Nassau mostrou com sabedoria não veio com o fidalgo Barreto de Menezes. Cultos não católicos foram proibidos, igrejas foram modificadas, cristãos reformados foram exumados de suas sepulturas em templos católicos e a intolerância se instalou. Muitos holandeses foram para o interior, para além dos engenhos, para regiões do alto sertão. Imagino que no futuro haverá gente clara de olhos negros misturada aos mulatos e mamelucos de olhos azuis e verdes nas fazendas da região. É uma boa imagem.

Termina o ano da Restauração do Nordeste ao domínio português. Para mim, é bom ou é ruim? Uma coisa me incomoda: por que não aproveitaram para fazer a completa independência do Brasil? Nem Holanda nem Portugal; essa seria a solução dos meus sonhos.

Caspar, que há muito não dedicava tempo à minha companhia, veio visitar-nos antes de partir. Foi uma despedida difícil. Contou-me muitas coisas que estavam por trás dos acontecimentos militares e políticos e me preveniu sutilmente sobre assuntos que parecia saber que me interessavam, apesar de não ter compartilhado isso com ele.

Disse que estava sabendo que uma sociedade religiosa, de hábitos secretos, chamada Companhia do Santo Sacramento, possivelmente fundada em 1627, bem poderia ter Kemp como um de seus membros! Certo Charles Fouquet, que era membro confirmado, havia conversado com agentes nossos em Roma. O espírito da companhia é o segredo. Usam trabalhos de caridade, como os de consoladores, que são bem aproveitados como fachada. Fazem, digamos assim, uma espionagem piedosa, mas parecem ser representantes de uma ortodoxia católica, fanática e rigidamente estruturada.

Fez claras alusões a Kemp e sua atuação estranha na Companhia das Índias Ocidentais. Contou-me que Thomas Kemp vinha sendo investigado há bastante tempo e, por isso, meu interesse por ele, assim como o de Pistorius, não passava despercebido. Pediu, com muito carinho, que tomasse cuidado e respeitasse os limites do que se pode e se deve saber. Ficaria a meu critério passar essas informações a Pistorius ou não. Optei por guardá-las comigo.

1655

Foi um ano diferente no que diz respeito a Pistorius. Pareceu-me muito mais introvertido aos 76 anos; mais reservado e silencioso. Nossas conversas tornaram-se mais calmas e espaçadas. Parecia mais ligado a Antonius do que a mim. Tentei falar sobre as dificuldades que teríamos se voltássemos para a Holanda e Pistorius nem sequer pestanejava. Considerava sua permanência em Pernambuco indispensável para a serenidade de sua morte. Passou a falar muito da morte. Certo dia abri o coração com ele e manifestei as minhas queixas.

- Fique tranqüilo, meu amigo. Não estou e estou morrendo. Tantas vezes já morri... Tantas vezes já voltei! Essas mortes são bem-aventuradas; quanto mais forte, mais bela nasce a vida dessa morte. Um amigo de juventude dizia que "é de amor que se morre; é preciso morrer muitas vezes e voltar outras tantas. Contanto que a vida me reserve o caminho que te serve, nele eu quero te esperar".

- Quem é esse amigo que você nunca mencionou e por que enfatizou o "te"?

- Ah, foi um amigo musical, chamava-se Palma e não soube mais dele. Tinha uma relação estreita com o "Tu" que, para ele, era muito feminino. Não acreditava na morte. Achava que cada morte traria um amor mais pujante.

- E para você, Pistorius, como foi essa questão do amor?

- Ora, "como foi"! Como "é", doutor! Meu amor é a Mãe, a Filha, a Amada. Sou um homem do espírito e de que serve um homem de espírito sem Amor? Eu amo a alma e a alma não pode me amar. No entanto, quanto mais eu dou mais ela me dá. Assim, de tanto dar, um dia ela me levará, porque o Amor vai forçá-la a isso.

- Um dia tentarei entender, meu caro.

Pistorius passou muitos meses afastado, quase em reclusão. Escrevia muito e lia mais. A separação dos laços locais com a Holanda parecia tê-lo abalado. Pelo menos era assim que eu via.

1656

Tomei sem titubear a decisão de ficar. Romero está frágil de saúde e esta é a terra que adotei como minha morada definitiva. Para minha surpresa, Kemp também decidiu que ficaria e viajaria ao sul da Bahia para continuar o trabalho ao qual se dedicara nos últimos tempos; atividade missionária junto aos nativos. Assistimos à sua partida e me chamou atenção que levava poucas coisas. Entre essas coisas carregava com cuidado especial um embrulho que bem poderia ser a imagem que Antonius havia visto. Carregava esse volume na vertical, quase desconfortavelmente, quando pareceria mais normal que o depositasse deitado junto à sua bagagem. Fica o registro.

Nós, holandeses da diáspora, ficamos apreensivos quando Cromwell dissolveu o parlamento e dividiu a Inglaterra em 11 distritos, cada um deles governado por um general! Proibiu os serviços anglicanos. Não nos soa bem essa intolerância religiosa. Tem algo errado. Tão diferente do legado político do conde João Maurício quando deixou bem claro que a liberdade de culto deve ser respeitada. Se não por respeito, por pragmatismo político. Nassau percebeu claramente que o mercantilismo da Holanda teria de aprender a conviver com o nacionalismo em Pernambuco. Nada mobilizava mais a ira da Igreja que a intromissão do Estado laico em assuntos eclesiásticos. Em outras palavras, os representantes da igreja católica não admitiam concorrência.

1657

Depois de um longo período, que mais me pareceu cansaço, morreu Romero Gonsalves, meu sogro, amigo e professor. Avô querido do meu filho. Antonius sentiu de uma forma muito especial essa perda, mas a tristeza foi e tem sido suave. Romero viveu com intensidade e força. Viveu o suficiente para ver seu Pernambuco restaurado ao domínio português. Viveu com ideais e princípios para morrer em paz. Pode-se pedir mais?

Seu sepultamento foi como eu nunca havia visto. Houve missa de corpo presente e todos os homens queriam carregar o caixão até o cemitério da igreja. Estavam desde Barreto de Menezes até os escravos leais, passando por vários heróis da luta pela restauração. Foi necessário que eu ficasse bem na frente, mas Crispim em nenhum momento saiu do meu campo de visão. Cabelos já totalmente brancos, rosto triste, a mesma postura altiva, elegante; um monumento à lealdade.

Foi a última aparição pública de Barreto de Menezes antes de ir para a Bahia assumir o Governo-Geral do Brasil. Partiu logo após entregar o cargo de governador a André Vidal de Negreiros.

—

Oliver Cromwell recusou o título de "rei". Dá a impressão de que adoraria ser rei, ou não precisaria da recusa, já que não é e não pode ser. Não sei exatamente o porquê, mas nos interessávamos muito pelos movimentos e mudanças na curiosa Inglaterra, agora aliada da Holanda. Talvez por faltar confiança.

1658

Chegaram notícias frescas da Europa. Cromwell dissolveu o parlamento outra vez! Morreu pouco depois e foi sucedido pelo filho Richard, um fraco que não conseguiu repetir os feitos do pai. Enquanto me contava as novas, Pistorius fez uma pausa e, falando para ele mesmo, murmurou:

- Marie de Guise! Ela era irmã de Charles de Guise, Regente do Mosteiro do Sinai de 1557 até 1574, portanto logo depois da morte (assassinato?) de Duarte Coelho. Era casada com James V da Escócia. Mary Stuart, rainha da Escócia, era sua avó ou bisavó, acho que sim... Thomas Kemp, Thomas Kemp...qual a relação entre eles?

- Que aconteceu, Pistorius? Que tem Kemp a ver com essa gente agora?

- Thomas Kemp morreu há alguns meses e eu não lhe contei. Na verdade, soube há pouco tempo por missionários que tiveram notícias do sul. Ele seguia de barco por um rio quando este foi atacado por tribos ferozes. Foram quase todos mortos e o barco afundou. Ele estava indo em direção ao sul, bem mais ao sul que a Bahia.

Mais uma questão misteriosa para mim e eu pensava naquela imagem da santa negra, agora no fundo de um rio, no meio do nada, nessa imensidão de terras ao sul da Bahia.

1659

Notícias da França dão conta de que há certa inquietação. Os camponeses começam a mostrar cansaço diante do feudalismo decadente enquanto na Inglaterra as cidades rurais se preparam para algum movimento mais assertivo, talvez violento.

A postura holandesa me parece mais civilizada, se não for mais prática. Não temos por que nos envergonhar do comércio e da vontade de auferir lucros. Com isso levamos a muitos cantos do mundo nossas coisas e hábitos, além de promovermos o intercâmbio das outras culturas.

1660

Passaram-se seis anos desde que o domínio holandês foi encerrado. Foi bom ou foi ruim? Não gosto de pensar no "como se", mas me vejo fazendo isso com freqüência. Talvez deva parar de me censurar e usar esse mecanismo do "como teria sido" como uma forma lícita de avaliar minhas decisões. E se eu quisesse voltar para a Holanda?

Acho interessante examinar-me, ou melhor, me observar-me quanto a isso. Não me vejo voltando para a Holanda. Aquelas sensações estranhas que tive ao ver esta terra pela primeira vez, antes de aqui pôr os pés, agora fazem sentido. É como se eu já soubesse.

Depois que meus pais morreram, quebrou-se o último vínculo que eu tinha com a Europa. Até minha relação com Caspar adquiriu outro significado. Somos amigos dedicados e leais, mas eu não tenho, se é que tive algum dia, sua atitude patriótica e de total comprometimento.

Maria Ana e Antonius são os meus compromissos, e minha terra é onde eu piso. Mais do que isso: sinto uma genuína atração por Pernambuco. Sinto uma atração estética, espiritual, que me traz bem-estar. Gosto do ar que respiro aqui, desse *pneuma*, desse espírito.

1661

Ainda que eu goste de Pernambuco, devo admitir que gostava mais quando Nassau administrava. São meus preconceitos holandeses atuando à "minha" revelia. Por que será que coloquei "minha" entre aspas? Foi espontâneo e me fez pensar que "eu" talvez não seja a única instancia que toma decisões, sente e percebe. Pensarei nisso mantendo o "eu" entre aspas!

Bem, Pernambuco já não é a próspera colônia de antigamente, seja portuguesa ou holandesa. Afunda-se em desmandos e lutas pelo poder local. Foram tantos os incidentes que o ano começa com a prisão de Vidal de Negreiros a mando de Barreto de Menezes. É minha impressão que Vidal de Negreiros se esforçava para devolver o prestígio que Pernambuco desfrutou antes. Para isso, era preciso o verdadeiro heroísmo do povo e seus líderes; o heroísmo em tempos de paz. A vontade de lucros rápidos e a sede de poder inebriaram os nobres da terra, que fizeram com que Vidal fosse afastado. Assumiu o governo o escritor Francisco de Brito Freire.

1662

Já se passaram oito anos desde que o controle administrativo e militar de Pernambuco passou às mãos portuguesas. Entretanto, o controle das propriedades rurais, dos engenhos, dos imóveis construídos pela administração holandesa e muitos assuntos mais continuam ainda sobre as mesas de negociação. A questão de posse dos imóveis está uma bagunça para não dizer uma vergonha.

Fernandes Vieira continua fazendo negociatas e seduções políticas para que se transfira a administração de volta para Olinda. Já fez várias permutas, aparentemente vantajosas, para as famílias nobres que passaram a ocupar imóveis que eram seus. Os holandeses que ficaram não parecem ter interesse em morar em Olinda. A vida comercial está em Recife e aí também estão grandes disputas imobiliárias. Os políticos fazem uma enorme pressão para que Vidal de Negreiros transfira logo o governo para Olinda. Barreto de

Menezes, da sua posição de Governador-Geral na Bahia, proíbe por "razões de segurança". Fernandes Vieira então se compromete a fortificar Olinda!

O Reino precisa recompensar os militares e todos que se empenharam na Restauração. As terras oferecidas são pouco atraentes, seja pela localização distante, seja por não oferecerem segurança aos moradores. A oficialidade tem os olhos voltados para o casario, de boa construção, localizado no Recife. Nada parece resolvido. Imagino que tudo continuará assim por séculos.

1663

Morte de Pistorius aos 84 anos. Antonius já está com 25 e eu com 63. Maria Ana com 48. De repente eu me preocupei com esses números.

Depois da morte de Pistorius fiquei encarregado de organizar as suas (poucas) coisas. Alguns objetos pessoais, muitos livros, caixas e mais caixas de cartas e papéis. Decidi que não me desfaria de nada. Pistorius era muito especial e muito dedicado à verdade, como a entendia. Se quisesse que eu queimasse ou destruísse algo, teria explicitado. Por outro lado, se fosse para eu saber de alguma coisa que não me pudesse contar, deixaria à mostra. Verdade ou não, isso foi o que minha curiosidade decidiu como correto.

Foram muitas as coisas que descobri. Continuou me ensinando mesmo depois de morto! Conservarei sua biblioteca e sua inestimável correspondência com personalidades que o tratavam simplesmente por Pistorius, com a intimidade própria dos iguais. No entanto, dei de encontro com uma carta para Thomas Kemp (!), escrita por certo senhor (ou senhora?) De Guise. Aparentemente, Pistorius abriu e reteve a carta por alguma razão importante, pois ele já sabia que Kemp havia morrido.

[Observação: meu pai manteve a carta original. Transcrevo a carta traduzida. Estava em francês, anexada aos "Diários". Ass. Antonius. G. Deneboom].

Paris, 24 de junho de 1657.

Prezado Senhor Thomas S. Kemp,

Conforme nosso acordo registrado em 24 de junho de 1627, já deveríamos ter sido informados da localização exata encontrada para aegípcia, que, como V.Sa. certamente lembra, deverá reunir as condições que apresenta Santa Catarina.

Fouquet esteve em Roma com Poussin, que, mediante os meios acordados, consentiu em especificar a qualidade e quantidade das reservas. A prudência que o Senhor Fouquet manifestou em outras ocasiões não se revelou desta vez. Escreveu ao irmão, que detém a posição de destaque que o Senhor conhece. Sendo assim, foi absolutamente necessário que terminasse suas atividades e, ao mesmo tempo, que fizéssemos chegar ao rei a informação de que seu auxiliar de confiança tinha interesses conflitantes. Até onde eu sei, esse auxiliar está preso e incomunicável. O fato de não ter sido executado é indício de que não contou o que sabe ou, melhor para nós, não sabe.

Insisto no pedido de nos informar-nos o paradeiro de Sarah e as condições para o acolhimento dos nossos interesses. Confiantes como sempre, aguardamos suas notícias.

Respeitosamente,

Henri de Guise.

Havia anotações de Pistorius em outros papéis, guardados em outros lugares e aparentemente sem ligações com a carta, como se estivesse conversando com ele mesmo. As correlações são óbvias. Principalmente por conter temas e referências que já haviam surgido em nossas conversas privadas.

Por exemplo, ele escreveu anotações como estas:

(Sem data)

a. Marie de Guise casou-se com James V da Escócia. Stuart ligada a Lorraine e ambas contra Valois. Valois no controle do trono francês. Reinvidicação de Stuart/Lorraine?

b.Saint Catherine: operações de financiamento? *Cathar* é ruína; ruína universal. A filha de Costo sabia muitas coisas sobre a encarnação do Filho. Sugestivo. Lembrar o que for possível daquele manuscrito copta que li no sul da Itália, o livro da Piste Sophia.

c. Qual Sarah? Mulher/ irmã de Moisés? Esta foi para o Egito, mas não era egípcia.

d. Fouquet era da Companhia do Santo Sacramento com certeza. (Depois estaria escrito: "confirmado")

e. 24 de junho duas vezes. São João.

f. Posição de destaque: consultor de finanças de Louis XIV (?)

g. Lembrar 1532, Concílio de Trento, restauração da velha autonomia eclesiástica.

h. Kemp, ligado a CSS ou seguiria fiel aos Sinclair?

Há muitas outras anotações. No momento vou deter-me nessas porque toca fundo no tema "Thomas Kemp", que me acompanha há nada menos que 33 anos!

Minha curiosidade se mistura ao espanto, à medida que avanço no acesso às fontes de referência de Pistorius. Em 1600,

Giordano Bruno esteve com ele em Roma. Foi queimado na fogueira logo depois. Tudo indica que Pistorius tenha sido um dos seus discípulos. Há cartas em que manifesta profunda tristeza para com certa pessoa que, enciumada de sua relação com o mestre, teria apresentado denúncia à Inquisição, levando Giordano Bruno à fogueira. Pistorius estaria com 23 anos então. Há outras cartas, mas vamos com calma.

A seguir, outras anotações de Pistorius sem data. As letras de seqüência não estavam anotadas. Acrescento, por ter visto relação entre os temas.

a. Havia relação entre os de Guise, os Habsburgos e os Lorraine. A cruz barrada, há muito, é referência aos Lorraine. Há cem anos Lorraine e Guise tentam derrubar a dinastia Valois e reivindicar o trono francês. Entre 1550 e 1560, época da morte de Duarte Coelho, o cardeal de Lorraine e François (duque De Guise) juntos com a família Gonzaga quase o conseguiram. François, irmão de Charles, era um oportunista (ou estrategista?) que cortejava católicos e protestantes. Henri de Guise deve ser Henri II, neto de Charles de Guise. Era casado com Ana de Gonzaga!

b. Saint Catherine: Começa a fazer sentido. Vários navios saíram da Escócia para o sul do Brasil e não se teve mais notícias deles. Capela. Thomas Sinclair.

c. "Sarah" em *lang d'Oc*.

d. C. do S.S. (certamente Companhia do Santo Sacramento. Nota de Antonius) registra Louis Fouquet e seu irmão Nicolas Fouquet como membros. Nicolas Poussin, pintor residente em Roma. Importante.

e. Claro; São João!

f. Conselheiro de Luís XIV. Desapareceu desde que seu irmão foi assassinado após visitar Poussin em Roma. Que carta terá sido essa?

g. Em 1532, o cardeal de Lorraine, no Concílio de Trento, tentou enfraquecer o papado tirando a autonomia dos bispos locais. Pretendia restaurar a autonomia eclesiástica. Qual? A dos tempos merovíngios? Não era uma *ecclesia*. Muitos dos Valois foram assassinados em circunstâncias misteriosas. Parece haver uma rede internacional de agentes. De quem e contra quem?

h. Será que a Escócia pretendia ajudar Portugal a ajudar Pernambuco? Os Sinclair eram aliados dos Stuart no poder. Por que Kemp teria relações com os franceses então? Conveniência? Curioso é que a carta sugere uma atitude hostil ao rei da França. Certa informação não deve chegar ao monarca, obviamente. Que será que Luís XIV quer saber?

Antonius e Maria Ana estão muito curiosos e preocupados com as horas que passo na casa de Pistorius. Quero reservar essas coisas na minha intimidade e completar minha relação com Pistorius que, ao que parece, não terminou.

1664

Uma grande interrogação sempre pairou na minha relação com Pistorius: como terá sido sua vida afetiva, romântica, sua experiência com as mulheres? Nunca houve espaço para que as perguntas fossem feitas e sempre respeitei a privacidade do meu amigo. As respostas vieram com sua morte, em seus guardados.

Sophie foi sem dúvida o grande amor de sua vida. Não há nenhuma carta dela e nada que sugira sua presença na casa de Pistorius. São seus poemas, seus cantos e orações que apontam na direção de Sophie. Há registros de encontros, alusão vaga a experiências sexuais e um enorme sentimento de saudade.

Parece que se conheceram na Itália, durante seus estudos de medicina. Estabeleceram uma amizade profunda que teria evoluído para uma paixão forte. A linguagem é sempre discreta e cheia de subterfúgios, mas fica claro para mim que foi sua iniciação sexual e certamente sua iniciação espiritual.

Há trechos poéticos que se referem a orgasmo e fica difícil discernir se é uma descrição do orgasmo masculino ou se ele se refere ao orgasmo da companheira. Quase sempre usa a primeira pessoa como se o casal fosse um - o que de fato é nessas circunstâncias. Ainda estou me debatendo se escrevo no meu diário ou se apenas deixo suas anotações anexadas.

Tudo indica que saíram juntos da Itália e foram para o sul da França. Ele fala da "morada em Carcassone", que poderia ser a cidade dela, onde juntos aprenderam a fazer novas leituras. Descreve muitas paisagens e passagens no Languedoc, o que me levou de volta ao comentário sobre Sarah em "lang d'Oc". Deve ser a filha de Costo a quem se referiu nas anotações e deve querer dizer algo na "língua do Oc", de onde certamente vem o nome da região.

Sophie morreu ou desapareceu em algum momento, pois o tom afetivo dos escritos muda para uma grande tristeza e passa a referir-se a ela como uma lembrança ou um espírito que passou a habitá-lo. Já não é uma presença viva e sensual. Conta Pistorius que ela se dissolveu nele, promovendo um "melhoramento" e permitindo que conhecesse os "perfeitos," aspirando a ser um deles.

Pistorius foi um místico com aspectos que ainda me escapam...

Mas não me escapa a incompetência anunciada do novo governador, que só pelo apelido "Xumbrega" já não promete muito. A propósito, seu nome é Jerônimo de Mendonça Furtado, mas é mesmo conhecido por "Xumbrega" ou, quando querem ser mais sofisticados, chamam-no de "Xumbergas". Parece soar mais elegante.

1665

Mais sobre os papéis de Pistorius: num dos envelopes, havia várias folhas soltas, mais antigas que a maioria, atadas com barbante em grupos coerentes. Um desses pacotinhos continha textos dele e referências a mulheres que viajavam. Referia-se a uma delas como "a viúva", outra como "a egípcia" e certamente haveria outras nessa viagem, porém sem menção direta. Às vezes referia-se às Marias.

Li e reli muitas vezes e não cheguei a nenhuma conclusão. Parecia especulação sobre uma viuvez, provocando uma viagem de fuga ou exílio de algumas mulheres, crianças e talvez homens que não são citados. Um desses homens hipotéticos seria um "primo", outro poderia ser um comerciante ou protetor, outro um interessado em sexualidade, etc. talvez até sejam todos esses imagem do mesmo homem. Nada fica claro. Num dos escritos consta que "Deus é a *Mãe* Universal". Estranho, muito estranho. Sobretudo porque o tom imposto ao texto é político e nada tem de divino.

É como se "Mãe Universal" tivesse um significado adventício que me escapa. Há uma insinuação de poder que permeia seus escritos. Não que Pistorius fosse ávido de poder, mas estava tomando ciência de movimentos políticos que ambicionavam poder e dominação. Assim como se a fé fosse um caminho para a dominação. Cheguei a perceber certo desdém para com o que chamamos de fé cristã. Na verdade, lembro de já termos discutido isso antes quando dizia que a fé é ausência de certezas.

Entre outras coisas, Pistorius deixa a impressão de estar trabalhando com hipóteses nada religiosas, apenas políticas. Faz comentários sobre a inutilidade de bispos e de representantes do papa; desdenha da Reforma protestante e ridiculariza a busca de domínio de territórios pelo casamento. Pensei ter encontrado aí uma incoerência; há um tom dinástico no seu discurso. Parece acreditar numa dinastia especial. Talvez esteja sendo poético e queira referir-se a certo grupo de pessoas. Não sei.

Digo isso porque a certa altura ele dizia que "o destino é o homem quem faz; e quem faz o homem é o casamento". Acho que não se refere ao casamento como eu entendo, entre um homem e uma mulher. Ele tinha aquela linguagem alquímica; falava das "bodas místicas" como fechamento de um ciclo. Continuo sem saber a que estava se referindo.

Ainda nesses pacotinhos de anotações refere-se à "cruz barrada" buscando, por casamento, a hegemonia na França. Estaria referindo-se à Casa de Lorraine? Fez muitas citações nominais aos Habsburgos e ao interesse destes numa ligação com a "cruz barrada".

Pistorius tem muitas anotações sobre os exércitos católicos da Espanha e do Sacro Império. As anotações são soltas e fragmentadas, mas pode-se perceber o interesse em correlacionar fatos distantes; uma busca de ligações entre movimentos políticos, como se estivesse estudando hipóteses.

Assinalou, com veemência, que a igreja católica terminou fragmentada depois da Guerra dos Trinta Anos, de 1618 a 1648. A Inglaterra entrou em guerra civil e tornou-se mais protestante do que nunca sob o protetorado de Cromwell. Nesse momento, a Holanda protestante era uma potência mundial. Perguntava-se por que essas duas potências precisariam entrar em conflito? A quem interessava isso?

Outro bloco de notas dizia respeito a "J.V.A." como iniciais de alguém. Entre outras observações, estas me chamaram atenção:

"Würtemberg (fronteira com a Lorraine); muitas viagens pela Europa, fazendo o que, exatamente? Perto de Stuttgart durante a Guerra dos Trinta Anos (às escondidas talvez, pois foi diácono do lugar em 1614!)".

Depois havia outra com relação a certo Ferrante de Gonzaga; "Também morreu em circunstâncias misteriosas perto de Bruxelas em 1575". Seu sobrinho era contra parente dos Habsburgos; teve contatos com Giordano Bruno e serviu a Henrique IV como "superintendente de finanças".

Que significa o "também morreu"? Estaria referindo-se ao Fouquet, presumidamente assassinado?

Certamente tenho cá meus preconceitos e talvez seja obcecado pelo tema, mas acredito que isso tem algo que ver com Pernambuco e com a morte de Duarte Coelho em Lisboa. Desde que começamos a discutir esse tema, por conta das inconfidências de Kemp, Pistorius sempre pareceu muito interessado em saber mais, como se tudo fizesse sentido para ele. Para mim, tudo parece como uma grande ópera com personagens demais, dificultando a busca do sentido. Talvez a vida seja isso mesmo; fatos e pessoas tão distantes umas das outras e tão interligadas na trama universal. Nesse caso, a ópera é apenas uma grande simplificação para não perdermos de vista a possibilidade do sentido.

Mais uma demonstração do grande teatro político foi o casamento de Francisco Barreto de Menezes em Lisboa. Bravo! Casou-se com uma filha de Penaguião, família poderosa e de grande influência na corte. Essa senhora foi casada anteriormente com Antonio de Castro, cunhado de Duarte de Albuquerque Coelho, neto do fundador da capitania.

Como se vê, vem de longe o controle e manipulação deste lugar. Agora entendo melhor a escolha de Barreto de Menezes para comandante das últimas refregas, quando a guerra já estava praticamente resolvida. Os negócios iam mal. Essa foi a principal razão do enfraquecimento da defesa holandesa. Os negócios poderiam melhorar. Esta foi a motivação da retomada portuguesa após os esforços da gente local. O General veio defender, com toda certeza, os interesses dos investidores portugueses.

Fico abismado quando ouço críticas ao interesse comercial explícito dos holandeses por Pernambuco! É sempre mais do mesmo.

1666

Encontrei outros escritos de Pistorius no fundo falso de uma gaveta do seu armário!! Senti que a gaveta era mais rasa que as outras e eis que deparo com novas e surpreendentes descobertas: Pistorius diz que o "Testamento" de Duarte Coelho saiu de Lisboa para Madri. Daí para a Inglaterra seguindo para a Escócia, com fortes indícios de ter ido parar na Holanda!

Como terá chegado a essas conclusões? Ainda tenho mais papéis para examinar, mas fico ansioso para escrever, como se estivesse dialogando com alguém. Oh! Pistorius... Por que foi embora sem compartilhar essas coisas comigo? A emoção triste que sinto agora poderia ter sido saboreada em conjunto; poderíamos ter pensado e agido juntos como em tantas outras ocasiões!

Talvez tenha tido suas razões para me proteger, ou proteger alguém. Uma fantasia me tomou de assalto: ele sabia que eu não voltaria à Europa e, adiando esse achado, poderia esperar Antonius ficar mais velho e eventualmente desejar rever nosso passado e o que aconteceu depois que viemos para Pernambuco. Ele sabia esperar. Se for assim, vou proteger meu filho dessa obrigação destinada a ele e só deverão chegar às suas mãos esses diários depois que ele mesmo, por suas próprias razões, desejar viajar.

Entre muitos outros papéis, achei uma carta escrita a Kemp e interceptada por Pistorius, esse adorável irresponsável. Esta chegou quando Kemp ainda estava vivo e entre nós. Foi uma violação de correspondência e um abuso moral de Pistorius. Mas eu achei bom que ele tivesse cometido essa transgressão que me seria impossível fazer.

Antes de mais nada, o remetente era nosso antigo contador, o sensível van der Hagen, que escreve de Amsterdam a Thomas Kemp. Precisei rever meus apontamentos para lembrar que em 1642

Kemp havia, estranhamente, feito uma viagem a Portugal com negociadores brasileiros. Aparentemente, combinou encontrar Pieter van der Hagen em Lisboa.

"Amsterdam, 2 de abril de 1645

Prezado Thomas,

Quero agradecer sua delicada e prestimosa atenção ao informar sobre sua viagem a Lisboa com a antecedência que me permitiu encontrá-lo, com os excelentes resultados que pudemos alcançar.

Como é do seu conhecimento, os trabalhos por Saint Catherine continuam progredindo e nesse sentido não houve mudança de planos. Seria muito importante que você não descuidasse de sua parte que, para nós, é de uma importância imensa. Mesmo com sua conhecida diligência e sagacidade você não pode avaliar o alcance desse projeto. Acredite em mim.

Estamos muito próximos de atingir o ponto em que nossa organização esteja pronta a atuar mundialmente. Cinco anos, no máximo. Ainda nos faltam alguns detalhes, uns mais, outros menos importantes, como é o caso do documento de Pernambuco. Podemos viver sem ele, mas ajudaria muito se voltasse às mãos dos responsáveis em Rosslyn. Já sei que o documento está na Holanda e temos muita gente à procura. Infelizmente, sendo um homem de paz, que procura ser justo, me entristece saber que algumas cabeças rolaram nessa busca. O mundo não é perfeito. Os mestres mentais que estiveram na organização da Reforma mantêm toda a estratégia do nosso movimento sob controle.

A ira do Sacro Império, provocada pelas estripulias de Frederick, nos levou ao caos da guerra por trinta anos. Tivesse ele e sua esposa Elizabeth Stuart permanecido nos postos conforme o acordo, a história seria diferente para melhor. A transferência do centro de decisões para Heidelberg provocou a tomada da cidade por tropas católicas obrigando o casal a se exilar na Holanda.

Não satisfeitos em perder o documento pernambucano, organizaram as tais "uniões cristãs", que só fizeram acirrar os ânimos contra nós. JVA passou um bom tempo entre eles, mas, ao que sabemos, sem muitos resultados.

Quanto a resultados, confiamos nos seus esforços e aguardamos as informações sobre o trabalho relativo a Saint Catherine.

Sem muito mais a acrescentar, despeço-me com alta estima e consideração, na confiança de sempre.

Atenciosamente,

Pieter van der Hagen"

Anotações de Pistorius que estavam anexadas:

1. Frederick casou com Elizabeth Stuart (filha de James I) em 1613.

2. Elizabeth era neta de Mary Stuart, que nutria simpatias pela causa de Duarte Coelho, e era bisneta de Marie de Guise.

3. Marie de Guise era casada com James V da Escócia, juntando as casas Stuart e Lorraine.

4. Frederick assumiu a coroa da Boêmia em 1618. Richelieu combateu a seu lado na Guerra dos Trinta Anos, mesmo sendo católico, por interesses pessoais, inclusive para defender propriedades no Brasil!

5. Aparece uma ligação dos de Guise, mais uma, nessa história. Suponho que a casa Lorraine, entrando em decadência, fizesse a C.S.S. interessar-se pela casa Stuart (?).

6. "Mestres mentais"; interessante alusão aos bastidores da Reforma luterana! Que bastidores seriam esses agora? Sem dúvida alguma, algo secreto, restrito a um pequeno círculo. Talvez um grande círculo, por que não?

7. Ouvi falar nessas "uniões cristãs"; eram células de resistência contra os católicos. Foram muito úteis na proteção a pessoas ameaçadas pela Inquisição.

8. JVA, novamente!

Que interessante! Nosso estimado guarda-livros fazia parte do grande círculo secreto que vai se revelando diante dos meus olhos. O homem preocupado com as viúvas e órfãos desamparados aceita como uma fatalidade que rolem cabeças em virtude de contas maiores. Bem, o próprio Maurício de Nassau dizia que no trato com os soldados, pessoas dispostas ao pior, é preciso estabelecer a disciplina, ainda que por meio da intimidação. As palavras não eram essas exatamente, mas a idéia é que na natureza humana não podemos negligenciar o sombrio.

Pistorius fazia um trabalho cuidadoso de investigação e análise. Deixou um quadro que eu resumiria assim:

O Testamento de Duarte Coelho foi escrito para registrar uma verdade sobre a colonização de Pernambuco. Deve ter havido uma mudança de planos no meio do caminho que desagradou o donatário. Prevendo que poderia ser assassinado, escreveu o Testamento para alertar, ou instruir, alguém.

Esse documento foi retirado de Portugal e parece que se destinava à Escócia, tendo chegado lá. Há interesses dinásticos nessa história em que aparecem os Stuart, os Lorraine, os De Guise e outros. Os Saint-Clair devem ter um papel importante na trama. Talvez como guardiões do documento.

A "Companhia do Santo Sacramento", anotada como "CSS", que me parece uma organização financeira com nome religioso, certamente tem interesse em recursos de monta que foram guardados e transferidos sem muito controle; caso contrário, não haveria tanto rebuliço curioso sobre o assunto.

Um indivíduo de iniciais J. V.A., que teria tomado parte em operações na Guerra dos Trinta Anos, tem sido resguardado quanto à identidade e deve ter sabido mais coisas do que devia saber. Foi diácono em Stuttgart e talvez tenha feito parte da *intelligentsia* da Reforma.

O tecido da história é mesmo costurado com o fio das relações pessoais. Tanto assim que volta o valoroso André Vidal de Negreiros ao governo de Pernambuco e sai o desastrado "Xumbrega", preso e deportado para Portugal.

1667

Aos 29 anos de idade, Antonius manifestou o desejo ir para a Europa! Até parece que o velho e maroto Pistorius programou isso em vida e administra a questão lá onde quer que ele esteja. É uma enorme coincidência que me remete a uma frase dele sobre o acaso, quando da preleção no nosso casamento: "Não existe acaso. O acaso é a assinatura de Deus quando não quer escrever o próprio nome".

Antonius me contou que Pistorius lhe dissera que 29 anos seria uma boa idade para viajar, já estaria mais maduro. Mas me perguntei se não seria uma alusão ao fato de eu ter começado a vir para Pernambuco aos 29 anos, como se fosse a continuação da mesma história fechando o ciclo! Sinceramente, eu preferia que ele esperasse, pois, como dizia Doutor Gonsalves, "já estou mais para lá do que para cá". Aparentemente gozo de boa saúde, mas sinto que não disponho de tanto tempo quanto Pistorius teve.

1668

Comecei a me preocupar especialmente com o tema "Santa Catarina". Achei cópia de vários escritos sobre a santa e sobre igrejas dedicadas a ela entre os estudos de Pistorius. Um desses estudos diz respeito a uma capela na Escócia, capela de "Saint Catherine".

Mais uma vez, encontrei referências à capela de Rosslyn, que Pistorius mencionara numa conversa há anos. Agora eu via que a região era de domínio dos Saint-Clair. Saint-Clair e Sinclair são demasiado parecidos para ser coincidência! Seria Kemp um Saint-Clair? Teria Duarte Coelho deliberadamente mandado o "Testamento" a eles via Madri? Minha intuição diz que sim.

Se isso aconteceu, se o documento dava informações sobre esses tesouros, deve ter sido disputado no fio de muitas espadas. Uma possibilidade é que o tenham levado para longe da Escócia, tendo assim chegado à Holanda. Imagino que os Kemp, ligados aos Saint-Clair, possam ter sido incumbidos dessa missão.

A misteriosa carta do Senhor De Guise a Thomas Kemp refere-se a personagens franceses e menciona "Santa Catarina", sem referência à capela ou o que quer que seja. Bem poderia ser uma forma cifrada de se referir ao tesouro. Kemp poderia ter ido ao sul do Brasil encontrar os enviados escoceses! Devo estar indo longe demais nas minhas fantasias! Talvez até mesmo ele não tenha morrido acidentalmente. Começo a desconfiar que Pistorius estivesse tão curioso quanto eu agora, mas estava consciente dos riscos que poderíamos correr se começássemos a falar dessas coisas.

Certamente esse documento de Duarte Coelho passou pela França em algum momento. Esse senhor Poussin, morador de Roma, deve ter conhecido o paradeiro do documento! Richelieu pode ter ficado sabendo do encontro pelo funcionário real, irmão do senhor Fouquet, que decerto foi assassinado.

O tempo passou e o testamento de Duarte Coelho ainda causa desassossego. Não tenho a menor chance de ir mais longe do que isso. Fico um pouco envergonhado em admitir o meu desejo de que esse documento seja encontrado e posto a repousar, como se faz com os mortos. Quem sabe, o próprio Duarte Coelho descansaria melhor.

1669

Curioso que termine minhas anotações do ano passado com referências à morte. Sinto que, cada vez mais, penso e me preparo para esse gesto de integridade absoluta, que é a morte. Estou certo de que é o único momento de integridade do ser; o único instante holístico que pode existir. A morte reclama o ser inteiro, integralmente e não por partes. Às vezes é prematura, é verdade. Não concordo com aqueles que dizem que não se morre de véspera, que Deus decide a hora certa e por aí vai. A morte é prematura quando não completa um ciclo. Como a vida é individual, só aquele que não teme a morte pode desfrutar intensamente da vida.

Desfrutar a vida não me parece fácil nem deve ser confundido com ócio prazeroso. Desfrutar a vida, viver com intensidade é evitar que se instale o vazio da alma. A maneira pela qual podemos tentar despistar o vazio é deixar algum legado e isso não será na forma de bens materiais, mas de contribuições ao espírito.

Talvez a gente não possa mesmo nascer com alma, como lembro Pistorius dizer. A gente pode criar um meio de entrar em contato com a alma e contribuir para fazê-la maior. Fazer a alma crescer é deixar na vida as pegadas bem marcadas do próprio trajeto. Isto consegue quem vive em busca do sentido; buscando que a própria vida faça sentido. Isso é espírito.

Procurei viver cuidando para não morrer prematuramente, para que no momento inevitável eu tivesse a convicção de que fizera o possível para viver intensamente cada momento. Combati o tédio com todas as minhas forças. Tédio é a vitória, ainda que temporária, do vazio sobre a vida criativa. Viver criativamente é viver fazendo escolhas, sacrificando o secundário, para não chegar ao final lamentando não ter feito isso ou aquilo. Importante: não ser piegas! Cada coisa e cada um no seu lugar. Pieguice é um sinal de incompetência; incompetência para discernir as diferenças.

Não me arrependo de nada. Entretanto, não pude fazer tudo o que gostaria de ter feito. Mas não sinto ressentimentos nem culpas porque tentei contido pelas minhas limitações. Por elas, mais não me foi possível. Sou limitado e hoje tenho certeza de que se faz mais quando se sabe respeitar as próprias limitações, que é mais difícil que respeitar as limitações alheias. Para essas existe a complacência. É como me sinto com relação às negociações sobre os bens de holandeses e pernambucanos depois de 1654; parece que houve um acerto diplomático em Haia. Alguém se importa?

Deixo mais perguntas que respostas. Gostaria imensamente de ter as respostas para as perguntas que recebi e as que eu mesmo criei. É parte do meu legado. Uma dessas perguntas que não cala no meu íntimo é "por que não se fez a independência completa do Brasil em 1654"?

1670

Como pressentido, o ano começou com mudanças no meu corpo. Perdi muito peso e tenho sentido cansaço constantemente.

Não consigo me locomover como antes, sinto falta de ar e ao final do dia tenho os pés bastante inchados. Tenho melhorado com algumas infusões sugeridas pela *pharmacopeia* local. Tomo um chá de uma plantinha chamada "dedaleira" que me faz sentir bem; e respiro muito melhor. Quando tomo demais tudo piora.

O ano termina, ao que parece, com mudanças positivas no governo. Pela primeira vez é um pernambucano que assume o governo de Pernambuco. Trata-se do general Fernando de Souza Coutinho, nascido em Olinda. Sua mãe, Dona Mariana Henriques, é filha de Diogo Sodré, que foi governador de Cabo Verde.

Alguns ciclos se fecham. Fico contente de ter acompanhado esse período de profundas transformações em Pernambuco. O pernambucano no governo é um filho da terra que aprendeu a disciplina militar. Tomara que tenha herdado a capacidade administrativa do avô e a nobreza da mãe. Estou otimista.

Sinto que meu tempo começa a se esgotar. Estou pronto para essa última transformação. Gostaria que Antonius lesse meus apontamentos só depois de minha morte. Parece bobagem, mas fico aliviado que ele já tenha passado dos 29 anos! Sinto como se tivesse impedido que ele repetisse a minha história. No mais fundo do peito eu sei que cada um vive a sua própria história. É bom também colocar um pouco de magia e a pretensão de achar que podemos interferir nos acontecimentos.

Maria Ana saberá o momento oportuno para passar os escritos a meu filho. Ela está com 54 anos. Parece tão pouco tempo desde que a vi com os tenros 15 anos. Uma menina!

A Espera

1683 - 1699
Antonius Deneboom

Cheguei a Portugal em meados de 1683, aos quarenta e cinco anos, portanto. Começou para mim uma outra etapa da espera: a final.

Depois da morte de minha mãe, a necessidade que sentia de vir à Europa tornou-se uma obsessão incontrolável. Havia um chamado que não poderia ser ignorado; não havia alternativa, eu precisava vir.

Eu não queria partir de forma imprudente ou intempestiva. Afinal, esperei quarenta e cinco anos para esse gesto. Estabeleci umas metas em Pernambuco e outras na Europa. Em Olinda e Recife decidi dar alforria a todos os escravos garantindo que teriam os direitos de homens e mulheres livres. Vendi todos os bens que recebi de herança dos meus pais e avós, o que não era pouco. Transferi os proventos desses negócios para Lisboa, Heidelberg e Amsterdam, onde terminaria minha peregrinação.

Quando cheguei a Lisboa, parecia que tudo me era familiar, à exceção dos cheiros. Faltavam alguns odores de sal e sargaço, de folhas e flores que não poderiam estar aqui. Em contrapartida, havia cheiro de história, de ancestralidade, de mãe e de avó.

Mamãe era parente de Dona Brites de Albuquerque. Vovó era Beatriz Albuquerque de Gonsalves. Estavam todos os parentes avisados da minha chegada. Pedi que não me respondessem às cartas, pois o desencontro seria inevitável. Prometi que entraria em contato depois que chegasse e estivesse instalado para evitar o constrangimento de se sentirem obrigados a me acolher. Eu queria estar sozinho nessa peregrinação, que era só minha.

Busquei um albergue perto do Mosteiro dos Jerônimos e mandei a primeira mensagem. Depois de instalado, saí a ver o Mosteiro e já me sentia em casa. Lembrei todas as histórias contadas pelo meu avô sobre o infante D. Henrique, o Navegador. Que conquistas maravilhosas conseguiu esse homem à frente de um pequeno país na pontinha ocidental da Europa! Mais do que conquista de territórios, orientou Portugal na direção das empreitadas lucrativas, entendendo que só assim as viagens poderiam continuar. Como atesta o presente, foi essa política de navegação que deu certo. Grandes companhias particulares investindo em viagens de descobertas de novos negócios.

O Mosteiro me fez mergulhar num estado de profunda reverência. Ao sair, fui caminhando até a Escola de Sagres onde silenciosamente prestei minhas homenagens a homens como Pedro Álvares Cabral, Duarte Coelho Pereira, Vasco da Gama e tantos outros que eu quase podia ver passeando por ali. Foi muito forte e exaustivo; recolhi-me para dormir.

Foi um despertar tranqüilo. Não demorou a que um mensageiro me encontrasse trazendo uma resposta cheia de salamaleques e cortesias. Uma prima convidava-me para festa em minha homenagem, à qual compareceriam vários parentes que desejavam conhecer-me, prestar homenagens e outras amabilidades.

Resumindo a festa, estavam lá dúzias de pessoas desinteressantes e duas ou três que me chamaram a atenção. Uma delas foi um primo mais novo que eu, cujo nome não vem ao caso. Pareceu-me uma personalidade muito dinâmica e fez questão de conversar muito comigo. Não satisfeito, convidou-me para uma visita à sua belíssima casa, outro dia, para saber mais sobre Pernambuco e possibilidades de investimento lá.

Jantamos lenta e lautamente, servidos por uma senhora de seus sessenta e poucos anos que parecia muito discreta e ao mesmo tempo mostrava a desenvoltura de alguém que sempre vivera naquele lugar. O primo queria saber de tudo e respondia o mínimo às minhas comedidas perguntas sobre a história da família Albuquerque que, eu esperava, poderia dar-me alguma luz sobre Duarte Coelho. Afinal de contas, foi um Albuquerque que levou o Testamento para Madri. Aproveitando que o anfitrião saíra da sala, a criada passou-me um bilhete, com a mesma expressão que e o mesmo silêncio com que servira o jantar. Guardei o papel e procurei encurtar a visita, que já se alongava demasiado.

Ansiosamente esperei chegar aos meus aposentos para abrir o papel dobrado e ler o bilhete. Havia apenas uma data, um lugar e "ao pôr do sol", sugerindo que esperasse escurecer. Isso seria daí a dois dias, tempo que demorou sobremaneira a passar.

Enfim, compareci ao misterioso encontro e lá estava a senhora, vestida de escuro como quase todas as mulheres de sua idade. Veio sem titubear a meu encontro e disse sem rodeios que eu deveria encontrar seu irmão mais velho. Ele certamente teria mais respostas às minhas perguntas que "aquele fedelho mimado". Achei bom.

Chegamos a uma casa simples e confortável onde se respirava um ar de honestidade em tudo: nas instalações despretensiosas, no asseio e no gosto recatado. Exatamente o contrário da casa do primo. Ele é um rapaz inteligente e ambicioso, de educação esmerada, mas muito pedante.

A senhora que me acompanhou não perdia para ele em inteligência, dada sua picardia e argúcia. Mais astuta, talvez. Apresentou-me o irmão, um homem de seus setenta anos bem vividos.

Depois das apresentações e do segundo cálice do bom tinto regional, fomos todos ficando mais à vontade. Perderam logo a cerimônia para a qual estavam preparados. Ouviram educadamente minhas conversas destinadas a aliviar expectativas de um comportamento aristocrático de minha parte e depois passei eu a ouvi-los.

Esse senhor nasceu na casa de meu bisavô Albuquerque. Era um ou dois anos mais velho que o irmão de Beatriz, minha avó. Ele e George de Albuquerque, meu tio-avô, cresceram juntos e foram amigos até a morte de George.

Como a irmã, esse senhor era um bom e discreto ouvinte. Como é comum acontecer com pessoas que estão numa posição de inferioridade hierárquica, ouve-se muito, lembra-se tudo e fala-se pouco, até que chegue a hora de se pronunciar. Havia chegado a hora. Ouvi muito e procurei lembrar tudo.

Escutei sobre a decadência da família no início dos 1500 e de como foi festejada a decisão do casamento de Duarte Coelho com Dona Brites. Um homem tido como herói português, reconhecido pelo monarca, entrava na família, dando alegria a uma das moças tristes e dando esperanças a outros que sentiam saudade do poder e da riqueza.

Duarte Coelho ajudou a todos o quanto pôde. O mais agradecido foi o cunhado, irmão de Dona Brites, aquele tipo de gente que nunca abusa e está sempre pronto para defender com lealdade qualquer tipo de ataque ao amigo. Foi o fiel aliado de Duarte

Coelho em Lisboa. Consta que era dos poucos que não se queixava do passado venturoso e vivia de forma reservada e independente.

Os ciúmes e a inveja surgiram naturalmente pela sua proximidade com o donatário de Pernambuco. Alguma intriga havia, pois os negócios com a capitania começaram a ir mal e, pela má-vontade real, deduzia-se o desagrado na corte.

Duarte Coelho foi convencido pelo cunhado a viajar com urgência a Lisboa, o que fez em 1554. Havia um clima de muita agitação e falou-se até em alta traição - em círculos restritos. O donatário deve ter se sentido acuado e organizou várias reuniões, que pretendia secretas. Sabia-se da visita de vários estrangeiros à casa dos Albuquerque.

Enquanto eu me concentrava na escuta, meu anfitrião desenrolava uma teia de acontecimentos nos seus relatos que me arrepiavam os pêlos da nuca. Aos poucos, de uma outra perspectiva, as histórias que Kemp contou a meu pai se encaixavam e se validavam.

Em certo momento, escutei que "quem conta um conto aumenta um ponto", portanto eu não devia levar demasiado a sério todos os aspectos do relato. Mas, disse o senhor, os meninos mais velhos da minha infância gostavam de impressionar os de "menor calibre", incluindo meu interlocutor, com a versão na qual Duarte Coelho era um cruzado que obedecia diretamente ao papa e assim, desobedecendo ao rei, foi assassinado.

Ao que parece, todas as famílias com alguma projeção eram parte de uma ou outra organização religiosa, com objetivos nem sempre ortodoxos. Aprendi cedo que não é prudente ficar indagando sobre as práticas religiosas dessas ordens porque, oficialmente, são todas católicas.

Era a mesma história de Kemp, agora com um matiz de lenda juvenil sobre cavaleiros que se batiam mundo afora a serviço da fé cristã. Os relatos de Kemp tinham eco no discreto mundo da criadagem portuguesa. Não podia ser coincidência. Havia muitas coisas a investigar, o que fiz por quatro anos, procurando bibliotecas de mosteiros e encontrando pessoas que me ajudaram muito.

Viajei cuidadosamente ao norte passando por castelos templários e ciente de que Duarte Coelho fez parte da Ordem de Cristo, que foi a forma pela qual os templários sobreviveram em Portugal. Muitas vezes entrei nessas edificações certo de encontrar alguma coisa e não fiz mais que passar horas sem pensar, sentindo o clima, preparando a alma para revelações que estariam por vir.

Quando senti que era chegada a hora, saí de Lisboa levando conhecimentos muito melhores sobre os Templários e a Ordem de Cristo. Até então, meus conhecimentos eram factuais. Eu sabia de feitos históricos e do heroísmo dos cruzados. Meus conhecimentos só não eram mais ingênuos graças ao mestre Pistorius que gostava de apontar o outro lado da questão.

Lembrei-me muito bem das histórias que contava das cruzadas no Oriente quando nos fazia perguntas sobre os árabes e todos sempre respondíamos que eram infiéis, cruéis, assassinos e muito mais. Isso motivava mais histórias. Histórias sobre a beleza das contribuições árabes, contos de fadas e vitórias merecidas sobre os cristãos. Tudo isso era muito secreto para nós, crianças. Sentíamos-nos importantes, carregando segredos que, acreditávamos, nem nossos pais deveriam saber.

Kemp já havia contado a meu pai que a Ordem do Templo era uma enorme operação financeira. A Ordem de Cristo, no entanto, tinha uma política diferente, o que fazia muito sentido agora que eu sabia mais sobre Don Henrique. O tesouro dos templários era realizado em terras e castelos. Sempre grandes propriedades. A Ordem de Cristo, ao contrário, possuía fundos de grande liquidez. Em pouco tempo, se necessário, apareciam recursos que poderiam ser arriscados na formação de esquadras e exércitos para empreitadas de grande lucratividade.

Essas expedições, para merecerem o financiamento da Ordem de Cristo, precisavam demonstrar altos propósitos religiosos, sem o que ficavam os expedicionários literalmente "a ver navios" zarparem em outras direções. Um dos grandes objetivos sempre foi a derrota do Islã como "império do Mal". Como não havia muçulmanos no Ocidente, a razão era a conversão de pagãos selvagens. Foi assim com o Brasil.

Esses fundos eram administrados em Portugal pelo Infante Don Henrique, que não era Grão Mestre da Ordem. "Para isso", disse o irmão da criada do meu primo, "ele teria de fazer votos de castidade e de pobreza. Quanto à castidade não teria problemas, mas de pobreza, jamais!". Cinismo à parte, contou que, na verdade, ele era "Governador da Ordem". Administrava os bens e a política estratégica. Tinha grande admiração pelos cavaleiros e se comportava como se fosse um deles.

Reza uma lenda nos bastidores de Lisboa que, quando os templários foram desmantelados numa sexta-feira, 13, de 1307, o último Grão Mestre, Jacques de Molay, preso sob acusação de blasfêmia e outras atrocidades, mandou parte de sua fortuna pessoal para o castelo de Tomar, a nordeste de Lisboa. Contavam-nos que as terríveis sessões de tortura a que Molay e outros cavaleiros foram submetidos tinham por finalidade fazê-los abjurar suas blasfêmias e, purificados, voltarem a ser bons cristãos. Parece mais razoável acreditar que foram torturados para que confessassem o destino dos tesouros.

Antes de chegar a Braga, ao norte, passei pelo mosteiro cisterciense de Alcobaça, que está protegido por uma série de castelos templários, de onde poderiam sair com rapidez tropas de cavaleiros para combater salteadores. Num desses castelos, o de Aumourol, ouvi outra história interessante.

Eu vinha pelas margens do Tejo quando avistei esse belo castelo construído sobre uma ilha no meio do rio. Obviamente fora construído sobre rochas, mas parecia estar emergindo das águas. Consegui que me hospedassem depois que um viajante consentiu em me levar de barco, não sem antes me desencorajar. Disse que muitos dos que lá entravam não saíam. Haveria uma maldição ligada a certas jóias e imagens retiradas indevidamente de igrejas que eram conservadas ali.

Uma vez no castelo, onde fui bem recebido, perguntei sobre essa "maldição" e que jóias seriam essas. Um guarda-livros, que há muito morava lá, riu e disse que eram lendas relativas a um grande tesouro que por ali havia passado. Fala-se em dúzias de cavalos carregados de pratarias e com mais de duzentos mil florins de ouro. Se isso de fato aconteceu - continuou ele - alguém deve ter tentado roubar e foi morto pelos cavaleiros. Esse tesouro estaria sendo levado em direção ao castelo de Tomar um pouco mais ao norte, na outra margem do Tejo. Imediatamente fingi surpresa e disse que era exatamente para lá que eu me dirigia.

No dia seguinte, pedi que me ajudasse a localizar esse castelo, indicando o caminho. Segui viagem, sempre conversando muito com outros viajantes, e tomando meus cuidados com o que dizia.

Cheguei sem muita dificuldade e fiquei impressionado por essa construção do século XII. Tem uma rotunda que, me contaram, imita aquela do Santo Sepulcro, em Jerusalém. Passei por uma capela com um ambulatório onde os cavaleiros assistiam à missa já em suas montarias. Perguntei a razão e me falaram de um tesouro que teria vindo da França em direção a este ou aquele lugar. Ouvi várias versões. Uma coisa é certa: o tesouro não havia ficado lá. Nessa, supostamente, curta estada, os cavaleiros não desmontavam para estarem prontos a combater a qualquer momento.

A julgar pela estimativa da fortuna feita pelo guarda-livros, muitas expedições poderiam ter sido equipadas com aqueles recursos. Minha intuição diz que Dom Henrique usou esses fundos para equipar navios e expedições, para aprimorar seus navegadores, escudeiros e cartógrafos. Se o tesouro não ficou lá é porque foi investido na exploração da África e das colônias do Atlântico. Tudo indica que Dom Henrique, apesar de rico, não tinha o temperamento de quem vive amealhando. Fazia o dinheiro circular na forma de investimentos lucrativos que, no caso, eram expedições de conquista.

Parece que tinha alguma coisa em comum com Duarte Coelho. Este tinha mais empenho em fazer progredir a capitania de Pernambuco do que em fazer riqueza pessoal. Entretanto sofria fortes pressões para obter resultados econômicos expressivos, como se tivesse que saldar uma dívida sem fim.

Duarte Coelho, no seu tempo, foi merecedor da atenção do rei pelos serviços que prestou à sua Majestade e com isso foi agraciado com uma donataria nas colônias. Eu imaginava que pudesse haver um outro compromisso de lealdade que não fosse ao rei, que o teria levado a desagradar à corte.

Chegaram a pensar que se articulava um plano para instalar uma monarquia independente em Pernambuco, regida por uma aristocracia católica. Tudo isso combinava com os métodos dos cavaleiros da Ordem do Templo.

Com essa idéia rondando meu espírito, decidi que era verdadeira por pura intuição pretensiosa e preguiça prática. Assim eu teria uma linha de pensamento, uma hipótese para confirmar, ou não. Por que teria sido assassinado? A quem teria desagradado tanto? Ou pior, a quem estava atrapalhando? Para essa pergunta, imaginei que o tal Testamento bem que poderia ser uma denúncia com provas claras e irrefutáveis de forças poderosas em operação. Talvez apontasse na direção daqueles que operavam essas forças e auferiam os benefícios da função.

No meu percurso desse primeiro ano, encontrei um senhor chamado Manoel de Alcântara. Comemos juntos na estalagem e perguntei-lhe se a família era da vila de Alcântara. Respondeu-me que não; a origem do nome remontava à Ordem de Alcântara, da qual eu nunca tinha ouvido falar. O senhor Manoel de Alcântara contou-me muito da história dessa ordem de cavaleiros que começou em 1156, com regras que foram inspiradas nas dos cistercienses.

Aos poucos, o que era fantasia da minha infância começava a ganhar corpo e vida. Aprendi que os cistercienses foram uma ordem fundada por um beneditino, o abade Molesme, que o fez, decepcionado com os caminhos seculares que sua ordem em Clairvaux havia tomado. Manoel de Alcântara assegurava que o dinheiro era abundante, sobretudo pelas contribuições que os peregrinos de Compostela deixavam pelo caminho. Era uma ordem monástica em que a pobreza, a castidade e a obediência eram observadas com rigidez. Dormiam vestidos e armados para o combate a qualquer momento.

Dom Manoel me ensinou várias coisas sobre os cavaleiros assim que percebeu que eu conhecia superficialmente essa questão, segundo ele. Dizia que o "soldado de Cristo" ideal havia sido aquele que, nas ordens militares, combatera os infiéis, tanto na Terra Santa quanto nos territórios da Europa, sobretudo na Espanha. Naturalmente ele deu ênfase quando mencionou Espanha. Gostava de sublinhar a importância da disciplina monástica para o bom desempenho da missão. Além das ordens espanholas, só os templários, os hospitalários e sua dissidência, os cavaleiros teutônicos obedeciam a essa exigência. As ordens espanholas a que se referia eram as de Calatrava, de Santiago e de Alcântara. Fez algumas restrições aos templários que se dedicaram mais ao setor bancário. Isso lhes trouxe riqueza e declínio até à extinção da ordem. "O cavaleiro precisa de dois corações; um duro como o diamante e outro suave e moldável como cera aquecida". Fiquei de pensar nisso.

Nossas conversas, além de aguçar minha curiosidade com relação aos templários, iniciaram um longo processo de associação com as histórias de Pistorius, o mestre da minha infância. Manoel, como pediu que o chamasse, convidou-me para visitar o castelo de Aumourol; passamos pela Batalha e me mostrou emocionado a igreja de Santa Maria de Alcobaça, construída pela ordem cisterciense. Levou-me a Óbidos, pois queria que eu conhecesse uma grande pintora de origem espanhola, que estava enferma, e de quem gostava muito.

Visitei Óbidos e uma lembrança me ocorreu: Pistorius, falando sobre o culto a Osíris no Egito antigo, contou sobre o templo de Abydos, onde se cultuava uma cabeça decepada. Será que Abydos e Óbidos têm alguma relação? A essa altura eu já ouvira muitas histórias grandiloqüentes do Manoel. A bem da verdade, já estava um pouco cansado de histórias mágicas com significados misteriosos. Nossas conversas iam desde as habilidades guerreiras dos templários até sua vida sexual, passando pelos cultos religiosos a que se dedicavam. Esses estavam longe do cristianismo que eu conhecia. Nisso meu amigo estava próximo a Pistorius, que nunca afirmou, mas, inteligentemente, sempre sugeriu que os cavaleiros buscavam outra forma de religiosidade, mais próxima da filosofia grega, uma forma de paganismo. Eu atribuía esse pensamento à iconoclastia de Pistorius, entretanto agora escuto um desconhecido fazer discurso semelhante!

Finalmente fomos recebidos pela senhora Josefa de Ayala y Cabrera, conhecida como Josefa d'Óbidos. Fiquei encantado! Fizera o noviciado em Coimbra, a Coimbra do meu avô! Perguntei muitas coisas, que ela respondia com graça e boa vontade, até que Manoel me deu sinais de que ela se cansava. Visitei-a depois a sós. Não me pareceu que cansasse assim tão facilmente. Levou-me até para ver uma de suas obras preferidas, pintada em 1661 na capela de São João: "As Bodas Místicas de Santa Catarina".

Eu quis saber o porquê de serem as bodas de Santa Catarina, e mais, por que eram místicas? E Josefa, cansada, mas muito bem humorada, disse-me que todos pensavam que era uma homenagem à rainha Catarina, que construiu o aqueduto local. Mas não era; era, sim, uma referência sutil aos cátaros do Languedoc! As bodas místicas são uma alegoria alquímica, dizia ela, repetindo Pistorius, uma atividade que só os tolos pensavam ser a busca do ouro vulgar. As bodas místicas são o encontro dos opostos, é o final da obra alquímica.

- É quando a chama do desejo se transforma em espírito, meu amigo. Fatalmente leva à morte. Não necessariamente à morte do corpo; a não ser que já se tenha atingido consciência suficiente.

- E o que é "consciência suficiente"? Perguntei com sinceridade.

- Sabe, Antonius, a gente atinge um ponto em que qualquer pouquinho a mais de consciência é um peso; chega a causar melancolia. Eu, por exemplo, não quero mais "crescer", preciso diminuir, na verdade. Por isso estou morrendo...

-Não diga isso!

- Por que não? Estou morrendo, mas não estou triste e, muito menos, desesperada. Daí eu dizer que estou morrendo. Preciso me fixar na terra. Mais um pouco e viro fumaça! (Deu uma sonora gargalhada). Eu sou o fim e meu amado é o começo. Quando os dois se encontram, a morte se realiza.

- Você me parece tão vital!

- Porque tenho a consciência que me cabe. Já fui mais apaixonada pelo *opus* do que sou hoje. Quer dizer, já amei mais as minhas intenções que a obra divina em si. Hoje estou em paz.

Perguntei por que estava me contando essas coisas todas. Ela respondeu que estava claro que eu havia aparecido para que ela me contasse, já que o fazia com tanta simplicidade e alegria. Além do mais, não é sempre que se encontra uma alma irmã. (De fato, ela morreu no ano seguinte, em 1684, e senti sua falta como se há muito a conhecesse. Era oito anos mais velha que eu.)

Despedi-me de Manoel, que parecia saber muito bem o que havia feito comigo e por mim. Tentei agradecer com mais clareza e ele me interrompeu dizendo que "quando se está no caminho correto, ajuda inesperada surge de todos os lados". E assim segui viagem.

Durante quase cinco anos em Portugal, muita coisa aconteceu à minha volta. O rei Afonso IV morreu, e subiu ao trono seu irmão, Dom Pedro II. A Espanha declarou guerra à França, o que me fez atrasar a ida para Madri. Achei melhor entrar pelo norte, o que fiz em 1688, tentando chegar a Santiago de Compostela. Eu queria conhecer o caminho dos peregrinos e buscar o que pudesse acrescentar aos meus recentes conhecimentos sobre essas ordens e movimentos religiosos.

Minhas perguntas sobre Kemp, Pistorius e meu pai estavam mais complicadas e embaralhadas. Josefa mais se parecia como filha de Pistorius, tamanha afinidade eu via nos dois. Começo a sentir como se fizesse parte de alguma fraternidade cujo corpo desconheço.

Saí pelo norte de Portugal em direção a Santiago de Compostela. Foi uma grande emoção encontrar-me diante daquela igreja. Como senti falta de meu pai e do mestre Pistorius! As janelas filtravam a luz que se derramava suavemente no corredor central, escorrendo pelas paredes. O interior fresco e sombreado me jogou em profunda meditação e paz.

Lembrei que, certa vez, almoçávamos perto do porto, no Recife, com uns espanhóis amigos do meu avô. Eu trouxera o explosivo tema de Santiago para uma mesa com dois espanhóis católicos e dois holandeses calvinistas. Da parte espanhola veio a romântica história de São Tiago, testemunha da transfiguração de Jesus, que viera pregar na França e se estendeu para a Espanha. Para os espanhóis, o caminho de São Tiago não era menos que o caminho civilizatório da Europa.

Meu pai, apreciador de uma polêmica, lembrou que o santo não havia morrido lá e, que ele soubesse, não havia sido enterrado na Espanha. Depois de uma breve escaramuça verbal, de forma grandiloqüente, os espanhóis contaram que o apóstolo só conseguiu converter nove pessoas nos anos que passou pregando na Espanha. Voltou para a Judéia com sete desses discípulos e terminou sendo preso. Depois da decapitação de Tiago, alguns dos seus discípulos colocaram seu corpo num navio que, sem leme e sem velas, teria chegado à Galícia. Ninguém poderia aceitar isso como fato, disse meu pai; ninguém que tenha ao menos entrado numa nave.

Os espanhóis sustentavam que o corpo teria sido colocado sobre uma pedra que, como se fosse de cera, converteu-se em sepulcro. Então, a Espanha que o havia rejeitado em vida como pregador o acolheu na morte. Um santo que havia testemunhado a transfiguração de Cristo era uma aquisição importantíssima.

Foi uma longa e divertida conversa para mim. Lembro que, ao final, o silencioso Pistorius, aproveitando a exaustão dos combatentes, tomou a palavra para os comentários decisivos. Perigoso Pistorius! Deu razão aos dois lados e fez uma pequena preleção sobre os mouros na Península Ibérica. Contou um detalhe que nenhum de nós conhecia: que os mouros tinham uma relíquia poderosa, falava-se que poderia ser um braço de Maomé! Os cristãos precisavam, com urgência, de uma força equivalente e daí veio a lenda de São Tiago. Era crença geral que ele aparecera sobre um cavalo branco, de armadura, na batalha vitoriosa de Ramiro I, em Clavijo.

O sucesso da reconquista da Espanha aos mouros aumentou o interesse por Santiago. Afinal, o santo patrono era o próprio "Matamoros". As canções de trovadores, especialmente a "Canção de Rolando", entretinham os peregrinos no caminho.

Nesse caminho, multiplicaram-se as casas de saúde e de caridade, já que muitos peregrinos sofriam pelo caminho. Muitas regiões, de fato, puderam ser povoadas por conta do caminho de Santiago e nisso tinham razão os espanhóis da minha lembrança no porto do Recife. Independentemente da lenda e dos fatos, minhas emoções eram muito reais e fortes.

Meu destino agora era Leon, capital do reino das Astúrias e lugar fortemente associado à "Reconquista" dos territórios mouros da Espanha. Ouvi muitas histórias no trajeto de Santiago a Leon. A principal, é claro, a história de Rolando, que morreu nos Pireneus lutando contra os mouros. Não demorou muito para encontrar um grupo da região que me assegurou que a retaguarda do exército de Carlos Magno, no qual servia Rolando, fora dizimada pelos bascos e não pelos mouros!

De Leon, segui para Burgos e conheci Maria Lúcia. Eu vinha subindo uma rua em Burgos quando a vi do outro lado, parada em frente a uma casa de pedras. Havia uma porta pintada de vermelho que lembrou a casa do meu avô. Eu olhei e sei que ela também me viu. Alguma coisa mudou dentro de mim. Subitamente eu já não sabia mais o meu destino e queria, precisava falar com aquela mulher.

Era mais jovem do que eu com certeza, mas não era nenhuma adolescente. A rua era em aclive. Subi o mais rápido que pude, como se fosse encontrá-la lá no alto. Quando me dei conta de que a estava deixando para trás, voltei, ela subia lentamente de braços dados com uma senhora que, vim a saber depois, era sua mãe. Quando cruzamos os olhares, ela parecia perguntar-me por que eu tinha tanta pressa.

Caminhei sem rumo por todo o dia. Esperava vê-la em cada canto por onde andei até que achei uma pousada agradável. Tinha um quarto com janela para a rua onde a encontrara. Passados dois dias, vi-a entrando nessa hospedaria desacompanhada! Já não sabia se sairia logo para provocar um encontro ou se esperaria para ver que direção iria tomar na saída. Tudo isso demorou pouco tempo. Logo vi que não dispunha de tempo para esperar que coisas acontecessem. Tratei de escovar os cabelos, que já estavam mais longos do que eu costumava usar. Troquei a camisa por uma limpa, vesti o casaco de couro, peguei meu chapéu e desci as escadas como se fosse para a rua, pronto para segui-la, se fosse o caso.

Surpresa! Ela estava por trás do balcão de serviço, na sala de refeições!Já não era eu quem ia sair daquela estalagem; nem agora nem tão cedo! Sentei-me numa mesa de frente para o balcão de onde pude sorrir para ela... e ela para mim, devolvendo a delicadeza. Veio até minha mesa e procurou saber se desejava comer algo. Fiz o pedido de uma jarra do vinho da casa com pão, deixando a comida para mais tarde, após o pôr do sol. Fiz isso por cinco ou seis dias até que a oportunidade de conversarmos surgiu. Era viúva, sem filhos e a estalagem era dos pais dela, o que eu já havia concluído. O mundo girava em mim. Todos os meus planos de refazer os passos do meu pai e avô praticamente se esfumaçaram.

Passei a cortejá-la abertamente. Provoquei todos os encontros que estivessem em número e qualidade dentro do aceitável. Certa vez perguntei o que estava escrito numa placa de madeira acima de umas prateleiras de vinho. Eu não reconhecia a língua, mas sentia entender o recado.

"Que tal se van d'amor gaban; nos n'avem la pessa e lo coutel".

Maria Lúcia explicou que era provençal, chamado "lang d'oc". Queria dizer, mais ou menos, "que outros se gabem em vão do amor; nós temos o alimento e a faca". Soou muito parecido com o português quando ela pronunciou as palavras, além de lembrar a expressão "com a faca e o queijo na mão". Seu marido era da Provença, "de L'Occitane" como gostava de dizer. Morreu assassinado em condições que ela nunca soube precisar.

Corria o ano de 1689 e eu estava com 51 anos de idade, sem nenhum registro de um sentimento parecido no passado. Eu estava apaixonado, era simples assim. Maria Lúcia demorou um pouco para aceitar minhas investidas amorosas até que admitiu estar interessada no meu afeto. Deixou claro que não estava apaixonada, mas estava interessada. Eu lhe trazia imagens e fantasias que há muito não experimentava. Tivemos um relacionamento amoroso e terno por mais de quatro anos em Burgos, onde estabelecemos moradia.

Eu precisava seguir o caminho e queria conhecer os Pireneus. Sugeri a Maria Lúcia que fôssemos à Catalunha. Mais do que apenas interessada, ela se comportava como uma bela companheira. Estava sempre disposta a tentar o inusitado. Várias vezes cheguei a ver nos seus olhos o desejo de ter um filho.

Chegamos a Barcelona. Olhei o Mar Mediterrâneo com olhos maduros e vi uma longa evolução de eventos até chegar ao Antonius que se encontrava ali. Mas eu ainda precisava ver o Mar do Norte, ver os diques da Holanda e conhecer Leyden. Eu precisava dizer a Maria Lúcia, essa Maria de Luz, que eu precisava partir. Gostaria que me acompanhasse, mas temia que não quisesse atravessar os Pireneus. Pensei o quanto a proximidade dos meus pais me fez ficar tanto tempo em Pernambuco. Qual o quê! - Para minha surpresa, ela iria!

Os tempos estavam difíceis naquela região da Europa. A Espanha havia se juntado à grande aliança contra a França. Portanto, não era tarefa simples sair da Espanha para a França. Começava a escassear o dinheiro que consegui trazer de Portugal e precisávamos garantir nossa segurança e tentar chegar a Stuttgart. Ficamos de certa forma vagando pela região, conhecendo gente e esperando uma oportunidade para seguirmos para a França. Assim, saindo de Barcelona seguimos rumo norte pelo litoral.

Estávamos em Portbou quando fui atropelado por uma carruagem por culpa minha. Quase morri, quero dizer, por pouco não me feri gravemente, porque cheguei a ficar sob as patas dos cavalos e vi uma das rodas passar rente à minha cabeça.

Depois do susto e da delicada apreensão do dono da carruagem, pude, já recuperado, aceitar seu convite para jantar. O homem operava mais de uma embarcação por aquelas costas mediterrâneas. Fiz questão de não perguntar o que transportava, pois não seriam passageiros, pelos rumos de nossa conversa.

Fosse como fosse, a conversa era bastante interessante. Maria Lúcia, já sabedora de meus anseios e projetos, ajudava-me na busca de novos indícios que me fizessem avançar. Foi assim que chegamos a falar da cruzada albigense quando o tema era nosso destino: o Languedoc.

Clovis Mendizabal era basco e não se sentia à vontade na Catalunha. Era descendente de família do Languedoc pelo lado materno. Não costumava dizer o sobrenome, o "apellido", a não ser que insistissem, quando então usava o sobrenome da mãe, Gendebien.

Eu poderia descrever em detalhes as vistas maravilhosas que tivemos do barco desse exímio navegador. Entretanto, desde o início tratamos de viagens do espírito, principalmente, e tentarei não me distrair do caminho. Saímos de Portbou dando a volta pela ponta mediterrânea dos Pireneus seguindo em direção à ponta de Hyères, na costa francesa. Com essa rota nos manteríamos afastado das praias do sul e da possibilidade de nos metermos em encrencas com a raivosa marinha francesa que estava sendo aniquilada ao norte pelos navios ingleses. Um barquinho saindo da Espanha poderia ser objeto de alguma retaliação. Passaríamos ao largo de Marselha cujo porto estaria bem vigiado.

Clovis tornou-se confiante à medida que nos fomos dando a conhecer. Era um seguidor do catarismo, o que poderia lhe custar a vida, que ganhava com negócios escusos no mar. Contive minha excitação ao saber disso já que havia muitas referências aos cátaros nos escritos de Pistorius. Perguntei sobre Carcassone lembrando que ali teria sido a morada de Sophie, a mulher que meu pai supunha ter sido o amor de Pistorius. Com bastante entusiasmo, Clovis perguntou-nos se sabíamos alguma coisa da cruzada albigense. Naturalmente que sim, depois de tanta exposição ao tema por Pistorius e pelas histórias contadas por Maria Lúcia.

Rapidamente ele lembrou que no século XIII as chamadas heresias cátaras e albigenses foram dizimadas pelos cavaleiros do norte. Os albigenses eram gente pacífica, contou Clovis, mas representavam uma ameaça à autoridade da Igreja, talvez maior que aquela representada por Lutero trezentos anos depois.

-Já os cátaros, mais numerosos e diferentes entre si, não podiam ser considerados exatamente pacíficos – dizia Clovis. Não gostamos que nos digam como nem em que devemos acreditar. Somos práticos; nosso conhecimento das coisas é direto. Procuramos o exercício de um espírito puro, amoroso sem ser idiota. Minha mãe era de Albi. Não podia sequer ouvir falar de cruzadas e Inquisição. Obviamente detestava as idéias do senhor Dominic Guzmán (iniciador dos dominicanos que criaram a Inquisição).

- Era isso então que incomodava a igreja de Roma? - perguntei. Essa independência?

-Também isso preocupava. Como sempre, a preocupação maior é com o poder e a conquista de adeptos dos quais se possa tomar dinheiro. É sempre assim, não é? Portanto, o temor real era que essa postura "herética" se irradiasse para regiões que mostravam simpatia aos cátaros. É verdade que os cátaros tinham grandes propriedades nessas regiões... Acrescentou com um leve sorriso de ironia.

– E como se praticava - ou se pratica – o catarismo?

– Praticamos com pregadores. São os "parfaits" e o sacramento chamamos de "consolamentum".

Não precisei de nenhum exercício de memória para lembrar que Pistorius chamava seus auxiliares de "consoladores". Insisti com mais perguntas sobre Carcassone. Clovis lembrou que Carcassone ficava quase no limite norte do Languedoc. A leste, a região de Roussillon era parte do reino de Aragon, na Espanha. Contou que os templários de Roussillon foram presos e processados por heresia, assim como os cátaros.

– Mas os templários não eram, digamos, os inimigos?

– Nem todos, nem todos, meu caro brasileiro. Digo brasileiro propositadamente porque você me faz refletir. Eu jamais diria tudo isso se não fosse a um estrangeiro que, no meu imaginário, deveria ser um selvagem e, no entanto, é um erudito. Está acompanhado de uma basca, com história de vida ligada ao Languedoc. Além do mais, estamos longe da costa e eu sou mais forte que você.

Ele sorriu, mas não achei graça nenhuma.

– Sabe da história do cerco de Montsegur? perguntou. Foi a última fortaleza cátara a resistir aos cruzados. Foi sitiada por dez meses. Em janeiro, dois "parfaits" escaparam. No dia 15 de março de 1244 mais quatro "parfaits" escaparam, descendo os penhascos levando os tesouros. É claro que contaram com a conivência de templários que não compartilhavam os princípios da cruzada genocida.

Contei que tinha alguma informação sobre essa história, que me impressionava sobremaneira. Não entendia como quatro homens podiam carregar tantos tesouros descendo um penhasco numa situação de sítio. Clovis explicou que tesouros não são necessariamente ouro e prata. Objetos e documentos podem ser tesouros e os "parfaits" não precisavam ser homens!

- Clovis, parece-me que além da cruzada albigense, desse genocídio, como você disse, algo mais estava acontecendo. Havia uma dissidência entre os cruzados já que alguns protegiam aqueles a quem deveriam exterminar. Por que faziam isso? Qual o interesse encoberto?

– Eles queriam uma terra própria. O Languedoc era muito atraente.

– Alguma razão especial?

– Uma imensa razão especial. A dinastia merovíngia estava no Languedoc e, como sabe, muitos se consideravam herdeiros da região. Quem sabe, do trono da França! Isso era bobagem, os cátaros não poderiam pretender um trono que não existia. Essa pretensão era contestada por outros. Sobretudo pelos que se disseram reis da França. A propriedade das terras era de fato de uma maioria cátara. Se fossem exterminados, ficaria mais fácil para os ignorantes do norte tomar posse da região. Por outro lado, os cavaleiros do templo estavam a serviço do Graal, da dinastia merovíngia.

Clovis continuou:

- Os "perfeitos" deveriam ter uma formação intelectual e um nível espiritual acima das pessoas comuns. O termo veio de São Paulo, no sentido de *perfecti*, quando ele disse que os que já são perfeitos, no sentido de cristãos já formados, não são necessariamente consumados na perfeição. Os "homens-bons" precisavam de evolução constante e para isso há um rito essencial, o *melioramentum*. Esse rito, aparentemente, se traduzia num cumprimento quando a mulher ou o homem-bom encontrava o "perfeito" dizia... Maria Lúcia antecipou-se e disse em "lang d'oc" a língua ocitânica:

Bon chrestian, balhatz-nos la bénédiction de Dieu e de vos!

Ao que Clovis respondeu:

-*Ajatz-la de Dieu e de nos*! Um tanto surpreso, perguntou se Maria Lúcia havia feito a *convenenza*; ela disse que não, mas Pau, seu falecido marido, sim.

Eu estava sem palavras; parecia mergulhado no mundo de Peter e Pistorius. Meu entendimento disso era bastante acadêmico e podia imaginar conhecimento como sendo um tesouro, mas começava a sentir a necessidade de uma outra forma de pensar. A forma de pensar de Pistorius, que meu pai qualificou de mística em certo momento. Ele percebia mais do que conseguia expressar em palavras, mas tentava compartilhar o que percebia.

Os místicos tentam se expressar para além dos meros sentidos e da lógica formal. Simplesmente porque experimentam mais do que registram os sentidos e compreendem melhor do que a lógica formal. No entanto, esse conhecimento direto de que nos fala Clovis soa como uma linguagem mística. Ele tem a capacidade de mobilizar com sua postura, com seu discurso com sua maneira de estar aqui a meu lado. Estou sentindo dificuldade de expressar exatamente o que estou sentindo! Tomara que eu não esteja encontrando meu próprio Pistorius! Por outro lado, por que não deveria encontrá-lo?

Continuei com minhas perguntas:

- O que é *convenenza*?

– É um compromisso que o crente faz com a Igreja no qual ela se compromete a ministrar-lhe o *consolamentum*, mesmo que ele não consiga dizer o *Pater*.

Disse, a seguir, olhando para Maria Lúcia, que encabulou ruborizando-se :

- Ela certamente não pode dizer o *Pater*, que é uma oração ligada ao batismo, iniciação que permite passar do estado de simples crente ao de "perfeito".

Logo fiquei sabendo que era preciso estar em abstinência para poder recitar o *Pater*. Não era o nosso caso. Minha curiosidade ia aumentando enquanto o barco singrava o Mediterrâneo pelo Golfo de Lyon. Passaríamos bem ao largo de Toulon para atracar numa das ilhas de Hyères por segurança. Daí, o combinado era que Clovis nos ajudaria a chegar ao continente e, depois tentaríamos chegar a Arles sozinhos.

O tempo estava lindo, o céu de um azul maravilhoso, com poucas nuvens e um vento fresco batia no rosto de Maria Lúcia agitando o lenço que tinha ao pescoço. Pensei um poema que pudesse falar de mar, de profundidade, de saudade e de tristeza. Anotei mentalmente as palavras e pensava em elaborar o poema depois. A personalidade de Clovis começava a se delinear. Olhou para mim e disse:

- Quem não fala, não pensa!

Sorri. Estava me revelando mais do que pensava. Mas logo me dei conta de que o pensamento poético é uma tentativa de expressar para além do percebido, quando a gente diz pelo que não foi dito. Quem não se expressa não organiza o pensamento.

- É verdade, Clovis, eu pensava um poema que me ocorreu e fiquei um pouco triste.

- Maravilha! É bom sentir essa forma de tristeza. Ela vem com ternura, música, profundidade e leveza. É como chorar de felicidade. Faz bem.

- O que me faz bem neste momento é estar aqui, com este sentimento de eternidade e êxtase pela beleza, por desfrutar de sua generosidade e, sobretudo, por não ter planejado nada.

- Qual generosidade nenhuma! Eu quase matei você com os meus cavalos e a carroça. Foi uma forma perigosa de encontrar pessoas boas. Agora devo dar uma boa oportunidade de encontrarem pessoas perigosas. Quando chegarem ao continente lembrem-se de que os tempos são hostis e que encontrarão, inevitavelmente, gente desconfiada que poderá causar sérios inconvenientes.

O sol ainda estava alto e a conversa seguia à solta mesmo enquanto preparávamos um peixe cru, que Clovis havia deixado curtindo no suco de limão. Estava delicioso. Voltamos ao tema do sentido encoberto, que me intrigava. Eu queria saber o máximo que pudesse ajudar-me a entender a questão Duarte Coelho, que chegou até Thomas Kemp e meu pai. O assunto havia voltado com risos e piadas sobre o susto que Maria Lúcia causara tirando-lhe as palavras da boca.

Clovis desatou a falar sobre a poesia e a musicalidade da língua ocitânica e de como os cátaros davam importância ao amor. Era importante separar o *Fal's amors* do *Fin' amors*; a luxúria, do amor transcendente. Achei parecido com "falso amor" e "fino amor".

Era importante cultivar *de arte honeste amandi*, a arte do amor nobre; e ele referia-se a nós; era como nos percebia. Resolveu entoar uma canção em nossa homenagem, que dizia:

"Mon chantar, que de liei puov

Qui pretz manten e governa"

(Minha canção que vem governada por ela) A canção fala das qualidades da amada, ou seja: *Pretz*, alto valor; *Sabens*, sabedoria; *Cortezia*, delicadeza e *Umiltatz*, discrição.

Resolvi trazer o assunto de volta ao catarismo porque estava ficando enciumado com toda essa história de amor e cantorias para o lado de minha mulher.

- Clovis, você mencionou o batismo como condição para o crente poder dizer o "Pater", se não entendi mal. Isso me faz pensar na importância que possa ter João Batista nesse aspecto.

- Para ser sincero, não me preocupo muito com isso. Entretanto, os cavaleiros do Templo eram devotos de João Batista e de Maria Madalena. Conta-se, em alguns círculos, que ela teria vindo para a Provença depois da crucifixão de Jesus para pregar, acompanhada de outras pessoas além de Sarah, uma serva egípcia que acompanhava seus filhos. Essas pessoas seriam seus irmãos, Marta e Lázaro, além de Maria Salomé e Maria Jacobi. Haveria ainda mais gente com ela. Talvez até José de Arimatéia, já que ele poderia ter patrocinado a viagem por ser rico.

Fiquei arrepiado. Pistorius tinha uma dúvida importante sobre uma Sarah. Era em relação à imagem da santa escura que vi nos aposentos de Kemp e que causou tanta consternação. Logo perguntei:

- Existe algum culto a essa Sarah por essa região?

- Claro! Geralmente ela aparece como a "guapa", uma virgem negra de grande apelo feminino. As festas de devoção à "guapa" são muito concorridas. Para mim, confundem a imagem de Madalena e Sarah com muita freqüência. Os próprios cavaleiros do Templo fizeram isso. Posso estar enganado, é verdade, mas já vi representações de Sarah associadas a imagens que evocam João Batista.

- Como assim?

- Às vezes aparece como "Nossa Senhora do Egito", mas com elementos que remetem a Madalena, como um frasquinho de óleo para unção; como o que ela usaria para preparar o corpo de Jesus para o sepultamento. Dizem que não chegou a fazê-lo porque estava vivo...

- Não é a primeira vez que ouço essa história inacreditável, mas... E como se veria alusão a João Batista?

- Fala-se dessa história em alguns círculos. Eu não sei e pouco me interessa; ouço e lembro. Um dos meus defeitos é não esquecer o que percebo. Não há nada de inacreditável na história. A região de Camargue, onde parecem ter aportado, era uma próspera colônia do império romano. Herodes tinha propriedades lá. Por que pessoas da importância da família de Lázaro e Arimatéia não poderiam ter vindo? As rotas marítimas eram já bem conhecidas e navegadas.

João Batista aparece na forma de um crânio (foi decapitado, lembra-se?) ou de imagens de batismo. Jesus e João eram obviamente adversários intelectuais, não sei para que fazer disso uma grande questão; existe em qualquer associação em que as idéias sejam parte importante da disputa. O espírito é competitivo; sigamos o espírito. É uma forma de a alma provocar a evolução do pensamento humano que, de outra forma, seguiria apenas umas poucas direções com um mínimo de contestação. Entretanto, é comum encerrar a disputa com a decapitação do oponente. A cabeça separada não pensa.

Comecei a lembrar-me de algumas imagens que haviam chamado minha atenção em Pernambuco. As imagens em Igarassu que continham elementos como esses, e várias em igrejas recém-construídas no Recife. A falta de nexo histórico entre as imagens pode querer dizer que se trata de uma outra faceta da história. Assim como em heráldica, elementos iconográficos de uma família se associam a outros para criar o brasão de uma nova família.

Passei a tecer as pontas soltas do novelo. Alguma ordem que tenha sucedido os templários poderia usar a imagem da virgem negra como emblemática de seu movimento. A Companhia do Santo Sacramento poderia ser uma delas. Kemp poderia ser um agente dessa organização, como suspeitou Pistorius, que, cada vez mais me convenço, era adepto do catarismo. Clovis disse que, atualmente, "albigense" e "cátaro" não passam de denominações genéricas:

- Como religião, o catarismo morreu. Persistem os cátaros e o espírito que norteou o desenvolvimento da comunidade. Há princípios que hão de perdurar. Acreditamos na reencarnação; na religião com um princípio feminino; na crítica à Igreja de Roma quando insiste em dogmas e na necessidade de bispos que, para nós, são supérfluos. Continua a aversão que sentimos por casamentos dinásticos para a manutenção de poder em poucas mãos. Preciso admitir que houve um programa para minar a hegemonia de Roma e facilitar outros movimentos transgressores.

- Conhece algum desses movimentos?

- Conheço. Entretanto, não creio que venha ao caso gastarmos nosso agradável tempo juntos com esse assunto, não acha?

- Acho muito bom estarmos juntos. Acontece que a história da minha vida é permeada por esses acontecimentos, ou pela ação de alguns desses grupos, e não gostaria de me despedir desta vida sem algumas respostas que, de outra forma, teriam que esperar ainda mais para aflorarem.

- Não sei muito sobre essas coisas, Antonius. Posso apenas apontar para alguns pontos; os templários conseguiram sobreviver de muitas maneiras. Sei que um grupo que foi para a Escócia conseguiu manter um patrimônio considerável. O grupo que sobreviveu em Portugal como os Cavaleiros de Cristo, também. Talvez a diferença esteja no fato de que os escoceses se concentraram num processo secreto e bem organizado. Os portugueses trataram de investir enormes recursos em projetos rentáveis: terras além-mar, comércio internacional e coisas assim.

- Haveria dissidências entre uma coisa e outra?

- Claro! Mais que dissidências, empreendimentos completamente independentes. Desde que o Papa excomungou os patriarcas de Constantinopla na catedral de Hagia Sophia e constelou o rompimento final entre as Igrejas Bizantina e Romana, o mundo cristão se embaralhou todo. Os bizantinos se dividiram pela Rússia, Bulgária, Sérvia e Bizâncio. Os romanos fizeram suas próprias querelas na Espanha, Sicília, Judéia, Escandinávia e Europa central. E dizem que os cátaros eram perigosos! É perigoso ser independente. Gatos são diferentes de cães, que adoram seus donos. Os gatos decidem quem serão seus provedores.

Escurecia quando começamos a aproximar-nos das ilhas. Clovis navegava suavemente, desenhando um grande semicírculo para aproveitar os ventos e não denunciar o local onde iríamos aportar. Já era noite escura quando chegamos a uma praia de cascalho protegida por um barranco íngreme. Baixamos as velas e firmamos o barco o mais próximo possível da praia. A maré estava baixa e pela manhã o barco estaria flutuando.

Chegamos ao continente pela madrugada num pequeno barco a remos que estava no outro lado da ilha. Clovis sugeriu algumas mudanças no nosso modo de vestir e pediu que Maria Lúcia ficasse encarregada de buscar informações e direções. De Hyères passaríamos por Toulon, seguindo pelo interior para Arles.

Estávamos muito cansados quando chegamos a Arles na noite do dia seguinte; mesmo tendo parado em Aix-em-Provence para dormir. A estalagem na beira da estrada era simpática e nos sentimos seguros. Demorei a dormir enquanto pensava em que ponto estavam minhas novas descobertas (ou suposições?).

Supondo que o Testamento de Duarte Coelho tivesse feito o percurso imaginado por Pistorius e, se ainda existisse, deveria estar em algum lugar que tivesse um mínimo de ligação com algum desses movimentos político-religiosos. Kemp mostrou inadvertidamente uma faceta desconhecida, sua devoção pela Virgem Negra. Agora Clovis aparece me trazendo esta novidade que é do conhecimento de muitos, as festas para a "guapa". Estou certo de que meu pai, tendo saído jovem do norte da Europa para Pernambuco, não fazia a mínima idéia dessa história. Pistorius, mais velho e viajado, deve ter omitido ou dito de alguma forma que não foi percebida por meu pai, ou estaria nos diários.

Nas últimas anotações de meu pai, quando destrinchava as muitas questões de Pistorius, registrou algo sobre "perfeitos" e "melhoramento". Agora começa a fazer sentido para mim. São procedimentos de rituais cátaros.

As possibilidades de chegar a alguma conclusão eram mínimas; adormeci. Amanheceu um dia bonito, mas frio. Vimos umas termas romanas e conversamos o mínimo com terceiros. Estávamos apaixonados e muito próximos um do outro. Nosso objetivo agora era chegar a Vezelay, onde eu sabia haver uma abadia dedicada a Maria Madalena.

Passamos por muitos lugares interessantes, entre esses uma igrejinha quase abandonada num campo. Entramos com cuidado e vimos a entrada para uma cripta escura. Saímos para acender uma vela e voltamos para examinar melhor, encontrando um lugar para sepultamento. Estava vazio, mas já havia um nome talhado na pedra: "........ *de Nègres*". Ficamos intrigados, mas a abadia da ordem de Cluny era importante como ponto de peregrinação, a julgar pela quantidade de gente que se dirigia para lá. Continuamos a jornada.

A ordem de Cluny era de priores (não de abades). As construções eram muito sofisticadas. Certamente era uma ordem poderosa e aristocrática. Privilegiavam liturgias muito elaboradas, ao contrário dos cistercienses, que preferiam a austeridade simples. Por outro lado, os cistercienses encontraram líderes um tanto fanáticos como São Bernardo.

A enorme porta principal da abadia de Vezelay mostrava no topo o Senhor do Apocalipse no arco interno. Lá estavam os signos do Zodíaco no arco externo. Procuramos saber quem eram as figuras, além de Jesus Cristo no centro de uma mandorla apoiada por quatro anjos. Disseram-nos ser Lázaro, Marta e Madalena. No topo, lá estava São João Batista! Ao pé do Cristo havia uma assinatura danificada: *Gillesbertus M......... Hoc Fecit.*

Maria Lúcia descobriu que era um mestre ("M" de Magister?) não só da escultura como também ótimo orador. Suas aulas eram muito apreciadas. Teria seguido de Vezelay para Autun para executar outro trabalho.

Acertamos com Clovis que ele faria chegar a Stuttgart minha procuração para a retirada dos recursos de que iríamos necessitar para essa fase da viagem. Ele marcou um encontro em Toulouse numa determinada igreja. Lá estaria ele ou alguém enviado por ele que deveria dar-se a conhecer. Mas antes eu queria ir a Autun, gostaria de ver a continuidade do trabalho desse mestre Gilberto.

Na abadia em Autun havia novamente os signos do Zodíaco em medalhões com os trabalhos dos meses, que eu não notara em Vezelay. Comecei a rememorar várias celebrações em Pernambuco; as festas de São João tinham um colorido especial. Eram revestidas de uma aura alegre, ligada a casamento, namoros, festas e música. Dançava-se muito nas festas de São João. Havia a celebração do campo, das colheitas, do pastorio. Muitos casamentos eram consumados depois das festas juninas. Agora vendo as coisas em perspectiva, as festas juninas têm muitos elementos de antigos cultos de fertilidade europeus.

Em virtude de nossa curiosidade e perguntas, contrariando as instruções de Clovis, começamos a perceber que pessoas se aproximavam discreta, mas intencionalmente. Uma mulher, por exemplo, aproximou-se enquanto comprávamos comida e perguntou se nos interessávamos por relíquias religiosas. Respondi que não, mas me traí perguntando em seguida de que natureza eram essas relíquias.

A mulher disse que tinha acesso a várias curiosidades, segundo a expressão que usou. Citou uma série de amuletos e pedaços disso e daquilo tomando o cuidado de citar com descaso proposital alguns manuscritos encontrados em muitos e variados lugares. Não me contive. Combinamos um encontro numa casa distando cerca de duas horas - caminhando - de onde estávamos.

Achei prudente separar-me de Maria Lúcia, que voltaria para a hospedaria, enquanto eu acompanharia a mulher, que não quis identificar-se. Duas horas depois, estávamos numa pequena casa de pedras ao final de um caminho, por dentro de um pasto com algumas ovelhas. Um homem mais velho estava na porta, como se nos esperasse. Eu já havia notado de longe que haveria mais alguém na casa.

Fui bem recebido e apresentado como um possível comprador. Eu não tinha mais dinheiro, mas estava disposto a blefar. Olhei todas as quinquilharias, procurando não demonstrar interesse especial em alguns pergaminhos no meio da tralha. Quando finalmente pude chegar aos manuscritos, notei que um deles fazia referência a uma capela de Saint Catherine e datava de 1375! Poderia ser falso. Entretanto, confirmava a existência da capela cujo nome fora mencionado tantas vezes em cartas a Thomas Kemp. Expliquei ao casal que gostaria de comprar umas duas ou três coisas (entre elas o manuscrito), mas não tinha como pagar no momento. Posteriormente eu voltaria a procurá-los, se pudessem guardar aqueles objetos. A mulher ficou furiosa, como se eu a tivesse enganado. Já o homem procurou saber como eu conseguiria o dinheiro, quando e onde; a curiosidade deixou-me apreensivo.

Procurei sair o mais suavemente possível e tomei o rumo da vila. Já baixava o sol e eu estava, digamos, com medo. Escutei passos atrás de mim, mas não havia ninguém; ouvi barulhos de galhos quebrando e resolvi parar para lavar o rosto num riacho e retomar o controle sobre minhas emoções. Depositei minha mochila no chão e me curvei para tomar água com as mãos em concha.

Vi, com o canto do olho, que alguém se aproximava sorrateiramente. Meu medo se foi e eu era todo tensão; o corpo em alerta. Logo que a mão se aproximou da mochila dei com todas as forças um soco entre as pernas daquele homem. Ele deixou cair um punhal que eu não havia visto em sua mão esquerda. Enquanto ele se curvava com a dor e a surpresa, eu me erguia com o impulso do meu gesto de baixo para cima. Acertei o joelho no seu nariz fazendo a cabeça levantar. Ele tentou alcançar o punhal, mas eu cheguei primeiro. Depois de uma rápida refrega onde ele estava mais machucado, terminei por feri-lo no peito e no pescoço.

Não tive tempo de me lamentar por ter matado um homem. Pensava em Maria Lúcia e na minha urgência em encontrá-la. Para minha segurança, eu precisava esconder aquele cadáver o mais rápido possível. Rolei o corpo para uma depressão do terreno, cobri com umas pedras e folhas secas. Antes disso, rebusquei seus bolsos para tentar saber quem era e o que queria comigo. Lá estava o manuscrito pelo qual eu havia me interessado!

Agora eu me sentia assustado. Talvez o casal o tenha mandado seguir-me para convencer a comprar ou mesmo a roubar-me com aquele pergaminho possivelmente falso. Levei o pergaminho por mais arriscado que fosse. Lavei as mãos e as manchas de sangue e fugi do lugar. Cheguei a pensar que o pergaminho poderia ser uma isca. Ou então, queriam saber por que ele me havia interessado.

Cheguei à hospedaria pensando em não contar nada para Maria Lúcia... Em minutos havia contado tudo. Sair àquela hora da noite poderia despertar suspeitas. Tomamos nossas precauções e bem cedo saímos em direção oposta a Toulouse, que, de fato, era o nosso destino.

Eu sentia que era seguido a cada instante. Desconfiava de tudo até que percebi que minha companheira começava a duvidar da minha sanidade. Tive febre, vomitei e pensei que fosse morrer. Tivemos de parar numa casa de camponeses e pedir pousada, já que eu não conseguia avançar, de tanta fraqueza. Fomos bem acolhidos por aquela família e só então me dispus a tentar ler o manuscrito. Foi difícil. Estava numa grafia complicada, porém com muitas palavras em latim, o que foi a minha salvação.

Resumindo, só consegui entender que uma capela na Escócia, capela de Saint Catherine, deve ter sido construída para servir de proteção a depósitos em garantia para causas religiosas. Para saber disso, tirei a vida de uma pessoa e quase perco a minha! Por certo, esses depósitos eram mais do que relíquias religiosas. Sinto um misto de curiosidade e desprezo por esta "cruzada" minha. Tudo o que eu pretendia era visitar Portugal e Holanda e me vejo arriscando a vida para revisitar as perguntas dos que me precederam. É muita ingenuidade pensarmos que a vida pode ser controlada pelos nossos frágeis poderes de manipulação. Os fatos acontecem, pessoas aparecem e desaparecem como se fôssemos fantoches nas mãos dos deuses. Será que não somos?

Recuperado, seguimos em direção a Toulouse. Chegava o inverno de 1690 e não queríamos ficar como andarilhos. Para resolver este problema, era preciso entrar em contacto com Clovis ou seu emissário e saber com quanto poderíamos contar para os próximos meses.

Encontrei a igreja que Clovis havia descrito. Freqüentei os serviços todos os domingos, procurando ficar no mesmo lugar, o que era bastante desconfortável depois do incidente perto de Autun. Eu me sentia demasiado exposto, mas precisava mostrar-me a essa pessoa que saberia encontrar-me, segundo Clovis.

Certo dia, com a igreja vazia, um homem estava ajoelhado na posição em frente à que eu costumava ficar. Achei que seria invasivo, com tantos lugares, eu ficar tão próximo de alguém, mas fui assim mesmo. Pouco depois ele se pôs de pé e empurrou discretamente uma sacola na minha direção. Havia um cartão escrito de forma bem legível: "De Gillesbertus Magister para Pistorius". Clovis estava se revelando um perigo! Obviamente o cartão era para mim, o que significava que fôramos seguidos e que ele se lembrava de detalhes das nossas conversas. Eu não me lembrava de ter mencionado Pistorius.

Quando procurei ver o portador, ele já saía da igreja.

Procurei não mostrar a minha ansiedade e agarrei a sacola com firmeza enquanto corria para encontrar Maria Lúcia. Ao abrir o pacote, pude ver que era uma parcela do que havia disponível. Eu não tinha motivos para me preocupar com a honestidade de Clovis. O fato é que ficamos mais tranqüilos, materialmente falando. Havia uma carta de Clovis:

"Prezados amigos,

Tudo corre bem comigo e espero que estejam gozando de boa saúde. Estou enviando apenas esta quantia para que não corram riscos desnecessários e possam estar seguros pelo tempo necessário. Devo informar que estou de posse do restante dos seus recursos, que estão bem aplicados, a salvo e chegarão às suas mãos quando chegar a hora. Tenho informações de que forças francesas poderão vir a ocupar a região onde você tinha seu rico dinheirinho.

Lembrei-me muito de nossas conversas e tive algumas informações que certamente vão lhe interessar. Lembra-se do que lhe falei sobre a pequenez dos casamentos dinásticos? Em inícios do século passado, as dinastias de Lorraine e Guise tentavam derrubar a dinastia Valois para reinvidicar o reino da França. Entre 1550 e 1560, protegidos por Charles, François - duque de Guise e irmão de Charles - quase conseguiu o intento junto com a família Gonzaga. Lembre-se de que Mary de Guise casou em 1538 com James V, rei da Escócia. O cardeal de Lorraine estava por trás do dinheiro que era dado secretamente para alguns grupos protestantes. Eram mesmo oportunistas que cortejavam tanto católicos como protestantes.

Dois anos depois, o cardeal de Lorraine armou o Concílio de Trento para tentar descentralizar o papado e dar mais autonomia aos bispos locais (preste atenção na minha antipatia pelos jogos políticos de poder). Assim, restaurando a autonomia eclesiástica, se aproximariam do objetivo dos tempos merovíngios.

Em 1633, Richelieu (um rosacruz) levou a França à Guerra dos Trinta Anos, ao lado dos protestantes suecos e alemães, apesar de sercardeal. Tentava derrubar a hegemonia merovíngia espanhola nas terras de Richelieu e a favor de tomar o trono francês. Não sei que grupo era, mas certamente tinha ligações com Roma. Tudo isso me cansa. Logo nos veremos.

Afetuosamente,

Gillesbertus, o Mestre no inverno de 1690".

Algumas dessas coisas eu já sabia, mas deu-me mais o que pensar. Que será que ele quis dizer com "rosacruz"? Talvez seja um dos movimentos transgressores dos quais me falou. Seria Kemp partidário de Richelieu como suspeitavam meu pai e Pistorius? Era católico, aparentemente fazendo-se passar por protestante junto aos holandeses? Como isso poderia beneficiá-lo? Talvez, conhecendo o que Duarte Coelho havia denunciado, encontraria pistas para encontrar o tesouro, que supunha ser propriedade de sua Ordem. Imagino que tivesse contas a ajustar com a rígida disciplina da Ordem, se fosse a do Santo Sacramento. Afinal, foi sua família que perdeu o controle do documento.

Achei que poderia usar o mesmo mecanismo para responder a Clovis. Afinal, ao mencionar "Gillesbertus", ele estava dizendo-me que acompanhava meus passos. Deve ter ficado satisfeito com minha descoberta da posição privilegiada de João Batista na abadia de Vezelay. Para chegar nela, tínhamos de passar pelo pórtico onde estava o Cristo apoiado pelos anjos, dentro da mandorla.

Quanto mais eu penso na imagem da mandorla, mais sereno eu fico. Deve ser porque no círculo somos forçados a olhar o centro e na mandorla, o entrelaçamento de dois círculos ou duas formas ovaladas, a ênfase recai na dualidade, no mundo dual de que falava Pistorius. Isso nos obriga a considerar a dimensão que foi deixada de fora da questão. A mandorla reúne o que foi dissociado.

Agradeci o cuidado com meu patrimônio, ainda que não acreditasse nessa história de ocupação de Heidelberg. Ele sabia de minhas perguntas sobre a importância e influência de forças secretas atuando em Pernambuco e, pelo visto, no Brasil. Não sabia da história de Duarte Coelho, seu testamento e outros detalhes.

Eu perguntei o que era "rosacruz", se ele sabia alguma coisa sobre uma capela de Saint Catherine, na Escócia, se havia participação dos Stuart, Stewart ou Sinclair. Que poderia me dizer de um lugar chamado Rosslyn na Escócia?

No verão de 1691, numa das minhas agora raras visitas à igreja, vi um rolo de papel amarrado com uma fita vermelha, chamando a atenção. Devia ter sido colocada ali havia pouquíssimo tempo. Com a discrição de sempre, fui buscá-la; orei por alguns minutos e fui para casa, lugar que havia se transformado num amontoado de escritos, livros e objetos que íamos acumulando pelas incursões que fazíamos a qualquer lugar que pudesse nos trazer alguma informação nova.

Era mais uma comunicação de Clovis. Desta vez não trazia informações específicas, mas o conteúdo me caía mal; incomodava-me. Eu não queria tornar-me um ciumento delirante, mas o bilhete mais parecia um recado para Maria Lúcia. Era como se dissesse: "Estou interessado; não me esqueça". Não mostrei o bilhete a ela. Disse que era mais um objeto de estudo, o que de fato era.

Maria Lúcia temia que esses estudos se transformassem numa obsessão. Já eram. Eu procurava dar-lhe alívio dizendo que era uma missão que eu devia a todos que me precederam e que me haviam dado tanto. Eu devia retribuir na mesma medida em que recebi. Como não tínhamos filhos, eu esperava retribuir à comunidade que, no meu íntimo, tinha como minha origem. Eu dizia que era Pernambuco, mas não tinha muita certeza. Também era Holanda e Portugal. Na verdade, creio que minha comunidade é feita de pessoas vivas e mortas que de alguma forma são importantes para mim.

Após uma dessas conversas tive um sonho: eu chegava a uma enorme catedral desconhecida para mim. Havia muitas pessoas em silêncio reverencial olhando para a porta de entrada. Eu sigo pela lateral e vejo que esperavam alguém que chegava naquele momento. Vejo que na posição mais importante do altar está uma imagem de mulher muito sensual. A pessoa esperada caminha pela nave central em direção ao altar. De alguma forma eu sabia que era um trovador, mas estava vestido como um bufão; um palhaço da corte. Chegando ao altar, faz uma genuflexão e começa a cantar em português. Fico confuso e pergunto a uma mulher ao meu lado quem é a imagem; ela responde, de forma irritada, "Sophia", como se dissesse "todo mundo sabe, seu idiota".

Acordei e não vi Maria Lúcia a meu lado. Deixei-me ficar quieto e fui acolhendo as imagens que me visitavam. Veio a lembrança de Clovis contando sobre os patriarcas excomungados na cátedra de Hagia Sophia... e dei um salto. A Sophia de Pistorius! A sabedoria e sua história contada a meu pai sobre um manuscrito copta que havia lido no sul da Itália quando jovem. Chamava-se Pistis Sophia. Talvez por isso ele tenha adotado o nome religioso de Pistorius; eu nunca soube seu nome de família. Pistis é fé; fé na Sabedoria. Então poderia ser isso! Sua grande amada era Sophia, no sentido místico de sabedoria. Gnose?

Estava agitado como se tivesse feito a descoberta do século. Possivelmente não teria a menor importância e eu não me preocupava nem um pouco com a desimportância. Eu achava muito importante!

Procurei revolver intelectualmente as outras imagens, já que a excitação havia consumido qualquer possibilidade de visão intuitiva. O trovador parecia mais um palhaço. O importante é que não era o que parecia. Trovador canta em gesta; dá um recado histórico, romântico. Eu estou numa cruzada romântica, quem sabe como um palhaço? Subitamente, "Clovis" é palhaço. Ele me disse que mentimos o tempo inteiro. A vida não é o que parece, sobretudo porque não prestamos muita atenção aos acontecimentos. Deixamos lacunas que são preenchidas com nossas fantasias e delírios, com nossas "mentiras".

É verdade, quando não "mentimos" neste sentido, copiamos ou repetimos situações conhecidas, mais confortáveis. Então, essa "mentira" não é perniciosa! Comecei a ficar confuso e resolvi levantar e tomar minha dose diária de realidade. Encontrei Maria Lúcia e não quis contar-lhe o sonho. Saímos para comprar mantimentos e sentamos numa praça, à margem do rio Garonne.

Essa região era conhecida como Haute-Garonne. Antes de Cristo, fora um posto avançado do comércio romano. Por aqui morreu o rei visigodo Alarico II em combate contra... o general Clovis!

Nunca havia pensado nisso. Coincidência ou não, a sugestão de ficarmos por aqui foi do "nosso" Clovis. A propósito, soubemos que Heidelberg fora saqueada por forças francesas. Ele estava certo.

Os dois estavam unidos no "meu" sonho, Clovis e Pistorius. Decerto há um elo entre eles. O catarismo pode ser esse elo. Pistorius foi um trovador para Sophia. Parece que Clovis tem amores mais concretos no plano da ordem social. Há um mundo misterioso no qual ele circula e que me assusta (e encanta).

Decidimos partir para Stuttgart logo que sentíssemos segurança e só depois de receber algum sinal de Clovis. O tempo passava e seguíamos em nossa pesquisa calma pelo sul da França. Cada pequena coisa nos dava alegria e eu pensava que estava bom assim. Maria Lúcia dava-me segurança e eu preferia estar com a estar longe dela. Eu sentia saudade quando estava a metros dela! Descobri que saudade é querer tocar; é sentir falta da presença física constatada. Tem um enorme conteúdo sensual. Os europeus que não conhecem saudade é porque não se tocam o suficiente.

Continuei com minhas visitas à igreja das comunicações. Estabeleci um padrão que não era óbvio, mas faria sentido para quem estivesse me observando. Por exemplo, eu nunca ia nos dias 5, 15, 25 e 30. Entretanto, sempre ia nos dias 9 e 29. Foi no dia 29 de agosto de 1694 que recebi a última comunicação, em Toulouse.

"Caros amigos,

Que posso dizer dos tempos que correm quando na Itália se forma a legião dos Cavaleiros do Apocalipse para nos proteger do Anti-Cristo!!! Alguém pediu para ser protegido? Paciência é tudo de que precisamos.

Os franceses bombardeiam Dunkerque e Le Havre e tudo indicaque teremos refregas em breve para os lados da Holanda.

Portanto, não se aventurem muito ao norte. Imagino que o tempo de estada em Toulouse já esteja chegando ao fim. Não estou adivinhando, estou supondo, em virtude das notícias que passo a dar. Acredito que sejam de utilidade para sua busca. Há outros seguindo as mesmas trilhas que vocês. Cuidem das costas e lembrem-se de que as paredes ouvem mais do que pensamos.

A capela de Rosslyn foi construída antes de 1480 e depois de 1430. Deveria ser a capela de uma construção maior, reproduzindo o templo de Salomão, como gostavam os templários que conseguiram se asilar na Escócia. Seu construtor foi William Saint-Clair. Posteriormente o nome da família mudou para Sinclair, que se constituiram como protetores declarados da maçonaria. Seja Saint-Clair ou Sinclair continuam fazendo a mesma coisa. Os templários tinham todo aquele interesse em João Batista e os Sinclair buscaram inspiração no mártir escocês, Saint Clair, que também foi decapitado.

O Grão-Mestre Hugues de Payens era casado com Catherine Saint-Clair, que participou ativamente na instalação da unidade templária em Rosslyn. Há evidências de que uma esquadra poderosa aportou na área e partiu para o Ocidente, levando um tesouro e, aparentemente, uma mulher importante chamada Marie de Nègre.

Lembrem-se que pedi cautela, pois há muitos Sinclair na França e bastante perto de vocês! Nesse mundo não há lugar para bisbilhoteiros amadores...

Na sua próxima passagem por Albi encontrará um pouco mais de subsídios em relação a isso.

Afetuosamente,

Arlequim"

Fiquei apreensivo e compartilhei minha preocupação com Maria Lúcia. Começamos a preparar-nos para a partida, da maneira mais discreta possível. Talvez estivéssemos sendo observados por outros que não conseguíamos perceber. Não compartilhei com Maria Lúcia minha impressão, desde o barco, de que Clovis sentia uma atração especial por ela. Procurei não me deixar tomar pela emoção do ciúme, pois seria um elemento destrutivo nesse momento. Afinal, eu não sentia nela nenhuma mudança e tudo indicava um esforço sincero da parte de Clovis de nos ajudar.

O nome *de Nègre* me remeteu àquela gruta perto de Arles. Não sei qual a relação, mas decerto há uma relação. Parecia um túmulo esperando o cadáver. Agora essa mulher aparece na esquadra que interessava tanto a Thomas Kemp, agora mais Sinclair que nunca! Marie de Nègre é Maria dos Negros. Algo a ver com a imagem negra de que Kemp cuidava tão bem?

Seria Arlequim uma alusão a Arles? Eu já via significados e ameaças em tudo ao meu redor. Talvez Maria Lúcia tivesse razão e eu estivesse enlouquecendo.

Catherine também era Sinclair e são várias as menções à capela de Saint-Catherine. Antes eu me perguntava por que não era *Sainte* já que *Catherine* é a forma francesa. Agora faz sentido, referia-se a uma escocesa.

Uma história vai-se formando na minha cabeça fantasiosa: uma esquadra leva um tesouro para financiar projeto ambicioso ao sul da Bahia. Projeto esse que teria o nome ou código de Santa Catarina. Agora confirmei que uma Catherine estava envolvida em questões financeiras de grupos organizados.

A imagem emblemática desse projeto parece ter sido uma santa negra. Talvez essa Marie de Nègre seja um título, assim como Sophie o foi para Pistorius. Clovis sugeriu que muitas vezes a imagem de Maria Madalena era sobreposta e misturada com a de Sarah, a egípcia e, como tal, de pele mais escura. Seria Marie de Nègre uma forma de se referir a Madalena? Seria Madalena uma mulher de pele escura também?

Quanto mais as coisas parecem se esclarecer, mais complexas se tornam. Aparentemente, mais perigosas também. O conhecimento é perigoso, estou convencido. Maria Lúcia, assustada, disse-me recentemente que não queria saber nada, estava arrependida de ter sabido o que já sabe e não gostaria sequer de ter aprendido a escrever! Lamentava-se "que só queria ser feliz!". Queria, na verdade, voltar a um estado de ingenuidade primitiva. Tarde demais. Paradoxal ainda por cima, pois ela tinha toda essa fascinação pelos "perfeitos" do catarismo. Estava claro que a busca da felicidade não levaria necessariamente à perfeição. Entretanto, parece-me mais fácil encontrar a felicidade na luta pela perfeição.

Maria Lúcia estava assustada. Um sonho a tinha assustado: ela descia as escadas da sua hospedaria e via Pau Mendizabal - seu falecido marido - sua mãe e seu pai sentados à mesa... sem as cabeças!

Felizmente eu não sabia o que o sonho vinha dizer, mas me lembrei-me que Pau se apresentava com o sobrenome materno, Gendebien. "Gen de bien" poderia se referir a "pessoa do bem". Será que as pessoas queridas sem cabeça apontavam para a felicidade da ignorância? Ou a busca do conhecimento pedia também o sacrifício da "cabeça"? Da tirania da cabeça? Seja o que for, pensarei depois. Estamos a caminho.

Chegamos a Albi. Era o início do verão de 1696. Vejo Maria Lúcia cansada e com "pouca luz". Freqüentemente dá a entender que esta cruzada é minha, como se eu a tivesse seduzido a me acompanhar. Pensando bem, é verdade. No fundo, ela gostaria que eu tivesse ficado em Burgos, assumisse a estalagem e ficasse feliz com uma vida bem estabelecida e serena.

Estou com 58 anos e esse nunca foi meu ideal. Nasci e vivi em épocas e lugares perigosos. Sou fruto de relação entre oponentes numa guerra de ocupação. Não conheço nenhuma forma digna de viver que não seja perigosamente. A idéia de uma vida bucólica me é intolerável. Meu lugar não é no campo; é no mar desconhecido, aberto a tempestades e calmaria; toda aquela imensidão. Parece que um ciclo se completa com relação à nossa união. Tomara que eu esteja enganado.

A velha catedral foi construída numa área que havia sido referência para os cátaros albigenses. Também segue o padrão apreciado pelos templários de se mirarem no templo de Salomão quando construíam seus monumentos.

Eu estava só. Já estive aqui com Maria Lúcia em uma de nossas peregrinações. Sinto que é a minha última visita ao lugar. Estou abatido e triste. Entrei pela nave central, como o trovador de meu sonho, e olhei para o altar como se Sophia estivesse lá. Queria a inspiração da sabedoria. Fiquei ajoelhado com o rosto entre as mãos e nada me ocorria. Eu sabia a que vim nesta viagem. Agora me faltava luz, eu queria mais luz. A luz de Lúcia, Lúcifer e Sophia. Sophia é a manifestação da Graça e só por meio da Graça podemos ir além da mera sobrevivência e se abrir para uma vida espiritual.

Depois de alguns momentos, senti a presença de alguém a meu lado. Antes que me assustasse, ouvi a voz calma de Clovis dizendo:

- Continue orando e me procure ao anoitecer no estábulo que fica na saída da estrada para Béziers.

Voltei à hospedaria para encontrar Maria Lúcia. Ela estava com o rosto inchado de chorar. Não falei do meu encontro com Clovis e procurei ser o mais acolhedor possível. Ela aninhou-se nos meus braços e me agradeceu "por ser seu amigo".

-Pensei que fosse mais que isso...

-E é, mas nem sempre me provocando esse bem-estar que sinto agora com sua presença.

Pude me dar conta de que ela tinha razão. Eu poderia abrir mão dela, da companheira, se isso melhorasse seu sofrimento. Certamente há muito eu confundia minha vida com a dela. Ninguém se anula por muito tempo impunemente. Eu realmente acreditei que ela estava compartilhando meus interesses. Não, ela estava compartilhando a vida comigo e eu não vi com muita generosidade a vida dela.

Conversamos muito naquela tarde e perguntei se ela consideraria a possibilidade de voltar a Burgos, onde eu a encontraria na volta. Ela perguntou como voltaria, pois sentia medo de ir sozinha. Eu disse que sairia imediatamente para procurar Clovis e pedir que a fizesse chegar em segurança. Eu estava certo de que ele a ajudaria.

Aqueles olhos marejados brilharam de uma forma especial. Não me lembrava de ter percebido isso antes. Brilharam de uma forma muito especial. Eu estava sendo muito amigo dela, com certeza.

Tão logo escureceu, saí em direção sudoeste. Ao chegar aos limites da cidade, comecei a procurar os estábulos que Clovis havia mencionado. Antes de chegar lá, vi ao longe dois cavalos que se aproximavam; um deles sem cavaleiro. O outro era montado por Clovis, que me fez montar, entregou-me uma capa escura com capuz e uma pistola, alertando que estava carregada. Não sabia se agradecia ou lamentava.

Saímos da estrada e entramos pelos bosques frios e úmidos até uma propriedade onde havia uma casa com lampião aceso e alguns animais. Parecia uma pequena fazenda. Clovis cumprimentou alguns vultos à margem do caminho e, ao chegarmos à casa, um jovem saiu e, sem cumprimentar, tomou as rédeas de nossas montarias. Esperou pelo meu capote e chapéu em silêncio.

Clovis me convidou a entrar e, quando quis entregar minha pistola, recusou dizendo que era melhor eu ficar com ela, e mais, me daria um saquinho de couro com pólvora e outro com projéteis.

Era uma bela arma; o cabo e o corpo constituíam uma só peça feita em madeira bem polida de formas curvas suaves. Tinha as ferragens em bronze com pequenos detalhes florais.

Sentamos à beira da lareira com uma jarra de vinho e pão numa cesta coberta com tecido xadrez em vermelho e branco. Clovis esticou as pernas e disse, olhando para o fogo:

- Daqui para frente as coisas vão ficar difíceis para vocês. Difíceis é dizer o mínimo; estão já bastante perigosas. Acharam o corpo do homem que você matou e sabem que foi você. Vocês saíram de Toulouse na hora certa, pois já tentaram achá-los por lá. Aquele homem era um serviçal barato, a serviço de alguém que ainda não sei quem é. Agiu por iniciativa própria naquele gesto, com resultados desastrosos para ele. A intenção era intimidar você ou mesmo matá-lo com o pergaminho no seu bolso e mendigar uma recompensa do patrão pelo heroísmo e dedicação.

- Será tão importante assim aquele pergaminho? Só queria confirmar que existia uma capela de Saint-Catherine; talvez saber um pouco mais dela...

- Não importa mais o pergaminho. Se você já tirou a informação de que precisava, deixe-o no quarto da estalagem quando saírem amanhã de manhã. Deixe-o em qualquer lugar onde pareça ter sido desprezado; o lixo é um bom lugar.

- Vamos sair amanhã?

- Antes do amanhecer e pela janela. Estarei com uma carruagem a uma distância segura; logo que os alcançar, subam sem hesitação. Depois seguirão para Stuttgart e de lá para Heilbronn, onde você poderá retirar o restante do seu dinheiro.

- Conversei com Maria Lúcia sobre isso ainda hoje, Clovis. Ela deve voltar para Burgos enquanto é possível e eu gostaria muito de contar com a sua ajuda. Eu seguirei para Stuttgart e depois para

Heilbronn. Quanto ao dinheiro, estou deixando com ela a metade do que ainda nos resta aqui e retirarei apenas metade do que ainda possa estar em Heilbronn. É possível fazer assim?

- É possível. Ela quer voltar para Burgos? Se for por receio de que algo possa acontecer aqui, posso garantir que estou tomando todas as medidas para mantê-los protegidos.

- Não, obrigado. Ela concorda em voltar e foi minha sugestão que seja assim. Cada um tem suas batalhas e esta parte da batalha cabe a mim apenas.

Ele não manifestou nenhum desejo de que ela fosse ou ficasse e não deixou transparecer nenhum interesse especial, além de sua habitual solicitude. Pareceu pensar um pouco e logo foi dizendo:

- Levarei você a um ponto de onde poderá seguir em segurança para Stuttgart. Fique por lá um ou dois dias discretamente. Quando chegar a Heilbronn, procure o seminário pietista, onde ficará hospedado. Fique o tempo que quiser até decidir sua partida para Amsterdam. Ponha suas emoções em ordem, pense com clareza e saiba que está seguro. Dou minha palavra que Maria Lúcia não correrá nenhum perigo. Vou levá-la ao norte desta vez. Hyères está mais vigiado. Graças aos ingleses, não há marinha francesa na baía da costa oeste. Sairemos de Bayonne para Santander e daí ao sul, para Burgos.

- Muito obrigado por tudo, Clovis.

- Não há o que agradecer. Antes de nos despedirmos é preciso que você saiba de mais algumas coisas...

Foram horas a fio de conversa em que ele falou muito mais do que eu. Voltei para a estalagem apenas com tempo de arrumar a saída, que mais parecia uma fuga. Foi melhor assim, pois não deu tempo de despedidas sentimentais entre mim e Maria Lúcia. Ela e eu sabemos o que foi nossa relação. Sei que não a verei mais e é para ser assim.

Fizemos o combinado e quando dei por mim já estava em outra carruagem de aluguel rumo a Strassbourg, na Alsácia. Foram alguns dias de viagem desconfortável quando pude relembrar e pôr em ordem a última conversa com Clovis.

Ele começou me esclarecendo que Richelieu era membro de uma organização chamada Rosacruz. Possivelmente as raízes eram as mesmas da maçonaria escocesa, resultado da extinção dos Cavaleiros do Templo. Ele tinha opinião sobre esse grupo - que muita gente achava que tinha surgido de uma brincadeira teatral de Johan Valentin Andréa. Só então percebi que as iniciais eram J.V.A.! Fui ao fundo da mala rebuscar os papeis de meu pai para confirmar que Pistorius tinha uma interrogação sobre quem seria JVA.

Esse mesmo homem teria sido pastor luterano e tinha ligações com Richelieu, a quem ajudou na guerra dos Trinta Anos. Terá sido ele então que ficou nas trevas, organizando os interesses de Richelieu? Faz sentido, revendo os apontamentos de Pistorius. Clovis disse que não havia registros do termo rosacruz antes de 1625. Soube que em 1630 havia uma sociedade invisível com esse nome, e só. Parecia mais ser um grupo espiritualista em que se compartilhavam alguns princípios. Entretanto, se Richelieu se dizia "rosacruz", deveria haver uma organização política, uma sociedade genuína. Assim, era bom não perder de vista o nome de Andréa, que talvez tivesse cunhado o termo. Alguma relação haveria de ter.

Recomeçaram minhas divagações: Thomas Sinclair Kemp poderia ser maçom, já que era da família Sinclair e, por conseguinte, escocês e não inglês, como se apresentava. Certamente não era protestante, mas podia estar ligado a essa organização chamada Ordem do Santo Sacramento, que parecia católica. Que confusão! Richelieu poderia ser da mesma Ordem e Kemp ser um seu agente infiltrado em Pernambuco para ficar informado dos movimentos que lhe interessasse. Certamente uma esquadra escocesa, cheia de tesouros, que tivesse aportado há séculos na costa do sul do Brasil, numa região hoje cobiçada por espanhóis inimigos da França, seria do interesse da Ordem. Principalmente em se considerando os proprietários do tesouro.

Antes que tivesse de me descartar do pergaminho misterioso, dei-me ao trabalho de decifrar aquela escrita o melhor que pude. Descobri que em Saint-Catherine havia uma capela construída há mais de três séculos, que escondia o tesouro que, possivelmente, financiava a operação no Brasil como um todo. Nela, estariam tesouros que seriam mais que relíquias sagradas: seriam recursos extraordinários para financiar operações internacionais. Teriam sido riquezas acumuladas pelos templários, que depositaram em algum lugar, e terminaram escondidas na capela. Um dos documentos era de 1695; o ano passado! Então alguém ainda guardava documentos importantes naquela casa. Começou o depósito no início do século XVI. O pergaminho não era tão antigo assim. Só parecia sofrido... A turma de Clovis e sua causa certamente se interessavam pelo mesmo assunto.

A família de Kemp, além de guardar os documentos de Duarte Coelho, tinha um vínculo com Mary Stuart que, por sua vez, era avó de Marie de Guise. Tinham simpatia pelos católicos, já que não eram anglicanos da primeira hora e certamente não eram protestantes. Devem ter fugido para os Países Baixos em virtude da guerra civil feita por Cromwell. Quem sabe, fizeram algum acordo com os alemães e perderam o controle do tal Testamento? Esse foi o resultado da longa conversa com Clovis da qual eu tinha apenas uma vaga lembrança. Agora as coisas começam a se encaixar. À medida que fui juntando informações desconexas, cheguei neste ponto.

Pensando melhor, Kemp foi na missão da CIO ao Brasil como olheiro e investigador da organização a que pertencia sua família para tentar descobrir uma pista de onde estariam esses documentos. Supunha encontrar, como encontrou e não se deu conta, a região sonhada por Duarte Coelho para fazer a Nova Jerusalém.

Cheguei a Stuttgart em pleno verão. Foi como previu Clovis: uma oportunidade de me separar de velhos hábitos, das velhas cascas e entrar em outro padrão. A solidão não me assusta, ao contrário, é uma boa amiga e me traz introspecção e liberdade. Numa cidade maior, pude andar mais despreocupado e usufruir a liberdade que a solidão me dava no meio de toda aquela gente.

Fui para Heilbronn e procurei o seminário, onde me apresentei como o teólogo Pistorius, como Clovis disse que eu deveria fazer. Senti muito desconforto em me fazer passar por alguém com esse nome tão cheio de significados para mim. Foi-me dado um quarto com uma vista para o pátio externo, limitado por um muro alto. Por cima do muro via-se um bosque e, na subida da colina, as casas de Heilbronn.

O quarto tinha cama, armário, mesa e cadeira, e uma poltrona mais confortável com um pequeno tapete em frente. Sugeria tirar os sapatos para ler com conforto. Foi nessa poltrona que escrevi bastante. Fiz roteiros possíveis, desfiz roteiros inviáveis, planejei coisas e adormeci com essas questões quase todas as noites do mês inteiro que fiquei no seminário.

Refleti sobre minha experiência como experiência humana e não apenas minha. Quem poderia se declarar um especialista em experiência humana? A gente pode sentar, como eu fiz, e lembrar-se das percepções; do que viu, do que sentiu, ouviu e sofreu. Hoje eu sinto que o registro dessas impressões pode ajudar a outros na sua própria jornada. Experiência humana é uma viagem em que a gente se move com mais ou menos elegância, com maior ou menor facilidade. A dimensão estética do movimento é importante assim como a dimensão ética. Os comentários dos viajantes servem para pensar com mais clareza quando se está em movimento.

Esperei poucos dias até que um seminarista me avisasse que havia uma encomenda para mim na secretaria. Não tive dúvidas de que se tratava do meu dinheiro. Uma vez no quarto, fui conferir e vi que todo o dinheiro estava lá e não apenas a metade que esperava. Havia um bilhete em provençal ocitânico:

"L'aura amara
Fa-los bruoills
brancurtz clazir.
Que-l doutz espeissa
Abfruoills e-ls letz
Becs
Dels angels ramencs
ten balps e mutz
Pars e non-pars.
Per qu'en m'esfortz
de far e dir
Plazers a mains, per lieri
Que m'a virat bas d'aut
Don t'em morir
Si-ls afans no m'asoma"

Traduzi aproximadamente assim:

"A brisa amarga faz com que as toras recém-cortadas, com folhas ainda, fiquem brancas; faz com que a soleira da porta fique entulhada com as folhas. Calaram os bicos dos pássaros, antes alegres nos galhos, agora silenciosos. Tanto os acasalados quanto os des-acasalados. Assim eu me esforço para fazer e dizer coisas agradáveis a muitos por causa dela, que me levou do alto ao baixo. Tenho medo de morrer se ela não curar os meus tormentos".

Deve querer dizer alguma coisa. Porém, já não me interessa. Não sei se foi iniciativa de Maria Lúcia ou de Clovis. Não sei quem decidiu que eu deveria receber o saldo total dos meus recursos.

Fico até me perguntando se não sou um astênico de emoções. Preciso seguir meu caminho. Não é assim a vida?

Quando chegou a hora de partir, algo me disse que eu deveria, digamos, me perder de Clovis. Decidi, ali e então, que iria para Tübingen tentar trabalhar e ganhar um pouco a vida, em vez de consumir todo o patrimônio acumulado pelos meus antepassados.

O outono em Tübingen estava lindo. Achei um lugar simpático para morar no sótão da casa de Frau Lauscher. Lá eu tinha o que precisava e conquistei a simpatia da senhora que já alugava dois outros quartos: para um jovem que trabalhava na prefeitura e para uma mulher de seus quarenta anos.

Fiquei muito feliz quando consegui um trabalho na livraria de Herr Giebenrath. Eu cuidava das estantes, do acervo e ajudava nas encadernações. O trabalho de encadernador me fazia bem, eu me sentia menos bobo, mais humano e contente de manusear objetos que sempre me foram tão queridos. Eu fizera poucos trabalhos manuais na vida. Enquanto isso, estudava alemão. Nessa idade eu achava que dificilmente falaria bem, mas até que não me saía mal.

Chegou o inverno e era frio voltar para casa. Havia uma igrejinha luterana no caminho, (sempre uma igreja!) cujo pároco era nosso cliente. Mais de uma vez fui aos serviços só para escutar o órgão, que tinha um som muito bonito. A situação trazia a imagem de minha mãe e tive certeza que não era um astênico afetivo. Ficava emocionado quando pensava nela com uma saudade imensa. Na verdade, era saudade de mim. Daqueles tempos de juventude, das brincadeiras juvenis, do aprendizado constante com tanta gente interessante em Olinda!

Quanto a gente interessante, não deveria me queixar. Desde que cheguei à Europa encontrei muita gente interessante. Já faz treze anos, quase quatorze que aportei em Lisboa. Em poucos meses estarei completando 59 anos. Às vezes acho que o fato de estar vivo já é um bônus.

O pároco deixava-me tocar no fim da tarde quando a igreja estava vazia e eu aproveitava para me esquentar um pouco no caminho de casa. Numa dessas tardes frias, eu tocava com muito prazer e com a alma vagando por aí - estava bem comigo, estava só e gostando da minha companhia – quando em certo momento percebi uma presença no fundo da igreja. Um jovem escutava sem fazer ruído, bem quieto. Toquei um pouco mais e, quando me voltei ele já não estava.

Senti a sua presença muitas outras vezes e fiquei curioso, além de um pouco irritado. Chegou o dia em que ele se deixou mostrar; entrou na igreja e ficou quieto bem no fundo. Teria uns vinte anos no máximo. Fiz sinal para que se aproximasse e ele veio.

- Como se chama? – Perguntei.

- Hesse. Jan Hesse.

- Gosta de música? É músico?

- Gosto da música que o senhor toca. É uma música cheia de afeto, acolhedora e tem um quê de...

- De quê?

- De mãe. Eu estava entregue a mim mesmo enquanto o escutava. Aliás, já venho escutando o senhor tocar há dias. (Fingi surpresa) – Não conseguia identificar a mensagem, mas hoje foi diferente. Era uma música incondicional, de completa aceitação como só as mães podem ter.

Era de fato uma música que minha mãe tocava e que me dava muita tranqüilidade. Fiquei muito emocionado por isso. Não só por isso; eu vinha me sentindo muito acolhedor, assim como quando ajudei Maria Lúcia a se reencontrar.

Meus encontros com Jan ficaram mais freqüentes. Soube que ele tocava viola; tinha aulas ali por perto. Escutou o órgão pela primeira vez e ficou curioso, já que não era uma hora em que se ouvisse música ali. Expliquei como e porque havia chegado até a igreja e ele pareceu encantado.

Cada vez que eu tocava, ele aparecia sempre que coincidisse com suas aulas de viola. Passamos a conversar muito e a sensação de ensinar me fazia muito bem. Muito bem mesmo. Lembrava-me de que eu havia estado na outra posição, na posição de ouvinte curioso e perguntador insistente por muitas e muitas vezes. Era também uma ótima oportunidade para colocar minha vida em perspectiva. Eu estava velho! Apesar de me locomover bem, de gozar de boa saúde, aproximava-me da idade em que meu pai havia morrido. Também ele aparentava boa saúde e sua doença se instalou rapidamente.

Jan era muito interessado em aprender. Amava música e disse que, para ele, a música era a alma de todas as artes. As outras manifestações da arte precisavam das qualidades da música como o ritmo, a harmonia e o equilíbrio. Contou que sempre gostou de observar o mundo ao redor e repetir muitas vezes a mesma situação. Achava que assim estava rezando, pois cada vez a sua forma de reagir era diferente. Ele era o laboratório no qual a natureza operava suas transformações.

Pedi que me explicasse melhor:

- É como se uma divindade agisse ao mesmo tempo sobre nossas vidas e sobre a natureza. O que acontece conosco está acontecendo com o universo, mestre.

Fiquei pasmo. Não com o conteúdo da conversa, mas com o fato de ter sido chamado de mestre. Até agora mestres eram os outros. Durante muitas semanas eu fui o mestre de Jan e com isso aprendi muitas coisas. Aprendi a olhar as labaredas da fogueira, as nuvens e suas imagens, o cair das folhas que ainda resistiam nas árvores. Aprendi até a contar estórias sobre mim mesmo, sem ressalvas, em confiança e sem restrições. Jan não parecia sentir interesse por teorias conspiratórias e jogos do poder. Mas se interessava pelos sentimentos que acompanhavam as descrições que eu fazia das viagens e dos lugares.

Ele também ficou muito interessado no meu trabalho com Herr Giebenrath; encadernar livros deveria ser bem mais interessante que ajudar Herr Andrea a ferrar cavalos.

O nome doeu nos meus ouvidos e procurei não mostrar surpresa. Seria mais uma daquelas "coincidências" que vinham cruzando o meu caminho?

- Quem é Herr Andrea?

- O ferreiro. Ele é muito rabugento e me parece um homem infeliz. É impaciente e raramente elogia meu trabalho, mas eu sei que ele percebe meu esforço e meus resultados são bons para os negócios dele. A infelicidade não permite que ele seja generoso. As pessoas generosas são mais felizes. Não sei se a generosidade faz as pessoas felizes ou vice-versa, mas não importa.

- A que se deve essa infelicidade rabugenta? Qual será a idade dele?

- Ah! Coitado, sofreu muito por causa da guerra e das atividades do pai e do avô. Não sei quantos anos terá, mas imagino que esteja perto dos setenta. Eu sei que o avô morreu quando ele tinha minha idade. Já mencionou isso mais de uma vez. Parece que tinha uma relação ambígua com o avô; gostava e não podia gostar ou queria gostar e não conseguia. Sei lá!

- E o pai dele?

- Foi preso, torturado, teve a casa saqueada e Herr Andrea não soube mais dele uns três ou quatro anos após o falecimento do avô. Nem sei como se chamava o pai, ele não gosta de falar sobre isso.

- Sabe o nome do avô?

- Johan Valentim Andrea. Era teatrólogo, pastor e metido em organizações secretas, parece. Durante a Guerra dos Trinta Anos atuou na fronteira da França em organizações clandestinas. Disse Herr Andrea que era para acobertar pessoas que atuavam com os franceses e para proteger alguns colaboradores. Não sei bem. Talvez por isso o filho tenha sido perseguido depois da morte dele. Quanto a mim, gosto de olhar o fogo enquanto ele trabalha e ele aproveita meu silêncio para falar. Muitas pessoas fazem isso. Não suportam o silêncio.

Contive minha curiosidade e deixei que se despedisse com um sorriso inocente. Fui para o meu quarto na casa de Frau Lauscher. Cheguei a tempo para o chá que costumávamos tomar no salão de baixo, próximo da entrada.

- Boa tarde! -Disse Frau Fischer, a quarentona simpática - junta-se a nós?

- Claro! Muito obrigado. Uma bebida quente, perto do fogão é irrecusável.

- Como vai o trabalho na livraria?

- Muito bem; sinto falta, no entanto, de alguns instrumentos que não consegui encontrar por aqui. Sabe de alguém, que pudesse fabricá-los se eu dissesse como gostaria que fossem?

- Se forem de ferro, ninguém fará melhor que Herr Andrea - Disse o jovem funcionário da prefeitura.

A conversa seguiu animada e aos poucos fui fazendo uma imagem de Herr Andrea. A opinião geral era de um rabugento competente, solitário e não passava disso. Consegui o endereço e fiquei imaginando uma forma de passar por lá sem despertar mais curiosidade em Jan. Segundo meus companheiros de teto, o ferreiro não era tão velho quanto viam os olhos de Jan.

Como de fato não precisasse encomendar ferramenta alguma, perguntei a Jan, na primeira oportunidade, se não haveria ferramentas velhas que me pudesse ajudar no trabalho de encadernação. Além do mais, disse eu, às vezes me interesso por coisas que não têm valor para os outros.

Combinamos para que ele me levasse ao encontro de Herr Andrea. Caminhamos falando de poesia, música e sobre a primavera, que começava a dar sinais em 1698. Já apareciam as primeiras tulipas e outras flores que ficaram guardadas nos bulbos, abaixo do chão frio. O vento, apesar de frio, já não era cortante como há uns meses atrás. O dia estava lindo, na verdade.

Eu havia pedido a Jan que consultasse o senhor Andrea quanto à ocasião mais conveniente para visitá-lo. Não tinha o menor interesse em atiçar a rabugice do velho. Surpreendentemente, fui bem recebido; devo ter feito alguma coisa certa. Como era domingo, ele já havia comparecido aos serviços religiosos e se mostrava pelo menos satisfeito que alguém quisesse visitá-lo.

Depois da conversa de praxe, das amenidades e, sobretudo, do meu sucesso em tranqüilizar as sutis manifestações de desconfiança, chegamos ao assunto das ferramentas. A essa altura, ele já era sorrisos; sorrisos raros é verdade. Mostrou orgulhosamente várias ferramentas que havia feito e outras que havia criado sem modelos. Pude convencê-lo a vender-me algumas e ofereci certa quantia por uma delas, que sabia que não venderia. Insisti até o limite da inconveniência, tendo ficado no terreno da adulação.

Contente com as vendas inesperadas e envaidecido com minha (sincera) admiração por seu trabalho, abriu a possibilidade de falarmos sobre papéis e quinquilharias. O interesse de uns é o desinteresse de outros.

Mostrei um velho pergaminho que eu levava comigo, que se referia a velhas construções. (Pois é, deixei um outro pergaminho sem importância em lugar do exemplar fatídico quando saímos da estalagem naquela madrugada em Albi). Contei que fora acolhido por uma família, à beira de uma estrada, em meio a uma tempestade. Na ocasião, disse eu, fiquei interessado por um baú velho atirado a um canto. Perguntei se poderiam vendê-lo. Como estivesse cheio de papéis, sugeri deixá-los, ao que me pediram que os levasse, já que nada ali era do interesse deles. Encontrei, então, coisas interessantes para um teólogo. O ferreiro mostrou-se interessado no relato.

Não demorou muito para que ele mencionasse alguns caixotes com papéis velhos no sótão da oficina. Quem sabe, disse ele, o senhor poderia encontrar alguma coisa para comprar. Frisou o desejo de vender para que não ficasse em mim a menor esperança de levar alguma coisa de graça.

Fiquei tentadíssimo a subir imediatamente. Resisti e disse que já nos havíamos demorado o suficiente para um domingo e gostaria de deixá-lo descansar. Quem sabe, durante a semana, quando a oficina estivesse aberta eu poderia dar uma olhada enquanto ele trabalhava... Concordou e logo combinamos o dia que, por acaso, seria seu aniversário. Não quis perguntar a idade, mas ele deu a informação: 61 anos. Imagino o quanto Jan pensa que eu seja velho. Andrea parece mais velho que eu, é verdade, mas não tanto.

Demorou muito a chegar o dia da visita de exploração. Pedi licença ao senhor Giebenrath para tratar de assuntos pessoais e cheguei cedo à oficina. Jan já estava trabalhando no forno enquanto o velho Andrea, apesar da idade, malhava o ferro quente com disposição.

Com um tom impositivo mandou-me esperar, deixando claro que não queria ser interrompido naquele trabalho. Esperei com prazer. Era bonito vê-lo trabalhar com tanto gosto e eficiência. Fiquei observando como quem assiste a um concerto de música. Até o som das marteladas era agradável. Fiquei encantado com o resultado final e não fiz segredo disso. Andrea esboçou um sorriso e limpando as mãos numa toalha, pediu que o acompanhasse ao sótão.

Subimos por uma escada íngreme e estreita. A porta estava trancada por um ferrolho muito bem feito. Parecia não ter sido usado por muito tempo. Entramos no pequeno depósito cheio de coisas; muitas coisas. Havia de tudo. O que mais me interessou foram duas caixas encobertas por um monte de ferro velho. Ele me apontou as caixas e disse em voz baixa:

- Essas caixas, que eu nunca abri, estão cheias de peças de teatro e partituras do meu avô. Escaparam da sanha de alguns vândalos que invadiram nossa casa quando ele morreu em 1654. Se encontrar algo que lhe interesse, leve lá embaixo para eu ver e combinarmos o preço.

Consegui abrir a única janela pequena que deixava entrar luz e ar fresco. Procurei não fazer muito barulho enquanto punha de lado aquela tralha que estava por cima. Preparei um cantinho embaixo da janela onde pudesse sentar e examinar os papéis com calma, organizadamente.

Meu coração batia forte, pois passei os últimos dias revendo os escritos de meu pai, de Pistorius e escrevendo minhas próprias memórias. Algo me dizia que a espera estava terminando. Agora não era mais espera, era um anseio impaciente. O tempo parecia acelerado. Fui tirando os documentos um a um e organizando-os por assuntos. De fato, havia várias peças de teatro e algumas partituras, mas a maior parte eram ensaios incompreensíveis para mim. Separei alguns que poderiam me interessar, até ficar exausto e sujo de toda aquela poeira. Um deles chamava-se *Confessio Fraternitatis*, de 1605. Havia referência a "um novo sol". Ficaria para ler na aurora de amanhã.

Expliquei ao senhor Andrea que estava encontrando muitas coisas interessantes já que tinha formação e me interessava por música. Ganhei seu consentimento para deixar as coisas por lá e voltar sempre que fosse possível até que terminasse de examinar as duas caixas. Fiz mais duas visitas quando dei de frente com um manuscrito cujo título era "O Casamento Químico de Christian Rosenkreutz". Li novamente e mais uma vez. Não podia ser verdade!

Parecia que meu coração ia sair pela boca. Era uma peça de teatro que pretendia ser ficção, mas tinha algo nas entrelinhas. Pareciam as bases de alguma manifestação religiosa ou de algum movimento político. Procurei ler, mas a ansiedade era tal que não conseguia me concentrar. Havia outros panfletos, uns sobre alquimia, que separei para misturar com o "Casamento Químico". Também queria saber que semelhança teria com a visão de Pistorius sobre o assunto.

Eu já estava pela metade da segunda caixa quando um rolo de papéis amarelados, atados por uma fita de seda que um dia fora azul, chamou-me a atenção. Deslizei o anel de seda para uma extremidade do rolo, já que não conseguia desatar o nó. Ao soltar a fita vi que estava escrito em português. O coração começou a bater forte e eu tinha a sensação que um raio ia me atingir, como de fato aconteceu. Fui ao final e o raio me atingiu: lá estava a assinatura de Duarte Coelho e o ano de 1554!

Terminava a espera? Era o fim de alguma coisa. Eu não sabia se chorava se corria, se gritava e resolvi ser sensato. Como explicar meu interesse por velhos papéis em português? O fato de ser brasileiro responderia a essa pergunta, mas e se fosse uma armadilha? Resolvi não alimentar meus delírios e decidi que não havia nenhuma razão para chamar atenção sobre esse documento especificamente.

Eu levaria o documento de forma encoberta. Isto é para não dizer que estaria roubando os papéis. Eu pagaria por ele, mas não queria que se soubesse sequer da existência do "Testamento" nesta casa. Tudo me fazia crer que nem Andrea e muito menos o jovem Jan sabiam o que isso significava.

Passei a rever os outros papéis que pudessem conter informações correlatas. Encontrei vários que, de incompreensíveis, passaram a ser esclarecedores. Procurei o máximo que pude, quando me convenci de que estava levando o que era possível. Havia textos em latim, inglês e holandês, sendo a maioria em alemão. Ali estavam o espírito do meu pai, de Pistorius, de Thomas Kemp e, seguramente, muitos fantasmas desconhecidos. Passaram pela minha frente mamãe e sua música, Crispim e sua lealdade. Enfim, ali estava a emoção da minha história e a razão da minha espera.

Eu tremia (o frio primaveril ainda justificava) e procurei parecer o mais descontraídopossível. O "Testamento" estava cuidadosamente sob o forro do meu casaco, apesar de que a história daquele outro pergaminho não me saía da cabeça. Eu não queria matar mais ninguém e muito menos ser morto.

Desci, fechei cuidadosamente o ferrolho, deixando atrás de mim um sótão razoavelmente arrumado. Disse ao senhor Andrea que havia feito uma seleção bem maior que os papéis que de fato me interessaram. Disse com a naturalidade de quem diz a verdade. Fiz menção de entregar o maço de papéis para que examinasse, quando ele se postou do meu lado e, com desdém autêntico, deu uma folheada na minha seleção. Simplesmente queria saber quantos estudos eu levava.

Perguntei quanto ele cobraria e, ato contínuo, ele perguntou quanto eu estava disposto a pagar. Eu havia me preparado para o limite máximo que pagaria. Ofereci uma pequena fração dessa quantia, ele pediu o dobro e ficamos pelo meio do caminho.

Estava ansioso para chegar ao meu quarto e examinar meu tesouro com calma. Despedi-me dos dois e caminhei para casa como um cavalo com rédea curta: louco para galopar. Agora era tão mais claro como os cátaros poderiam agüentar meses sitiados para salvar um tesouro!

Comecei, com muito cuidado e delicadeza, pelo "Testamento". Eram 14 páginas de uma caligrafia rebuscada, cheia de expressões castelhanas, como era comum na época. Em caligrafia menor, havia anotações nas margens generosas. Não eram da mesma pessoa e sim, de várias. Devia mesmo ter passado pelo crivo de muitos leitores.

O Testamento denunciava interesses internacionais na Nova Luzitânia, agora Pernambuco. Quando descobriu, Duarte Coelho pediu auxílio aos ingleses, por meio dos Stuart, para impedir tanto a hegemonia da Áustria e Espanha quanto da França. Ele, de certa forma, previu a possibilidade de acontecer algo como a traição de Richelieu na Guerra dos Trinta Anos. As forças católicas da Espanha e da Áustria contra as forças protestantes da Suécia e de cantões da Alemanha travavam uma luta de poder. Como sempre, o motivo religioso e espiritual era usado para justificar guerras e para encobrir os reais objetivos. Richelieu despachou tropas católicas da França para combater, ao lado dos protestantes, a grande ameaça à hegemonia francesa representada pela Espanha e a Áustria. Era mais uma luta de poder territorial e político que não deveria se escudar nas razões do espírito.

De fato encontrei indícios de que essa organização, acusada de muitos desmandos e ofensas, teria feito autoridades maiores perderem a paciência e entregar bens e responsabilidades aos jesuítas no início dos anos 1600. Não posso deixar de associar o fato de os jesuítas terem assumido muitas tarefas da Inquisição na Bahia algum tempo depois. Era uma oportunidade conveniente de exercer o poder ou abusar dele.

Faz sentido constatar que Duarte Coelho foi visto como traidor e como ameaça aos projetos de uma empresa poderosa. Pedia que a Inglaterra ajudasse Portugal a ajudar Pernambuco, como supunha Pistorius. Previa que em breve a região (Nova Lusitânia) se tornaria independente e aliada natural da Inglaterra.

Entre os documentos que escolhi trazer, havia uma nota datada de 1553 que dizia que alguns grupos e membros "da Ordem" estavam rompendo a norma e se recusando a trabalhar para o bem comum, desagradando ao papa e ao rei da França. Um deles seria Duarte Coelho, que não se dava conta de que o capítulo da Ordem a que pertencia era uma extensão da empresa. Estava assinada por Charles de Guise. Revendo as anotações de Pistorius, vi que Charles de Guise (o Cardeal de Lorraine) viria a ser um Grão-Mestre dessa organização depois de 1557.

Cada hora que passava eu lamentava não ter trazido tudo que estava na casa do ferreiro Andrea. Era melhor não estragar o que já era bom demais. Digo isso por ter encontrado um fragmento de ensaio onde consta que "... Lorraine e Guise estão prestes a reinvidicar o trono francês a despeito dos Valois". Não era isso que queria a dinastia merovíngia? Talvez não, pois são tantos os cruzamentos que me confundo.

Revi os assentamentos de Pistorius e revirei minha memória: o Cardeal de Lorraine no Concílio de Trento queria descentralizar o papado e dar autonomia aos bispos locais. Para confundir, pareciam querer restaurar uma hierarquia como aquela dos tempos merovíngios.

Mais um fragmento diz que os Valois foram eliminados por uma rede internacional de agentes... Eu devo ter deixado um tesouro naquele sótão! Com essa história de espiões comecei a me perguntar se eu não estaria sendo vigiado. Fiquei calmo. Procurei trabalhar o melhor que pude, mas não conseguia me concentrar.

Pensava e pensava obsessivamente no mesmo tema. Obviamente essa Ordem detinha considerável poder e influência. Foi atingir um donatário de capitania no Brasil, atraindo-o para Portugal, onde foi eliminado. Duarte Coelho relata que veio como donatário da capitania de Pernambuco com o compromisso ingênuo de servir Portugal e Sua Majestade. Trouxe pessoas de sua família e confiança; pessoas nobres, independentemente de ascendência e posição na corte.

Com o tempo, o donatário descobre que vinham abusando de sua confiança e lealdade. Trocando em miúdos, a donataria era uma aplicação financeira de uma organização - que não devo ter entendido corretamente - tinha nome de um monte e depois passa a se chamar-se "Ordem do Santo Sacramento". Ainda estou muito agitado e preciso estudar melhor o "Testamento" e os textos que têm relação com ele.

Havia referência aos Habsburgos. Muitas referências. Em alguns casos eu não discriminava se a referência era a eles próprios ou à casa de Lorraine. Havia alguma promiscuidade nesse campo. Eu sei que tiveram interesse na invasão de Pernambuco. Será que já estavam envolvidos na colonização de 1535? Sei também que Franz Josef von Habsburg, imperador da Áustria, costumava comprar silêncio sobre assuntos antigos. Era melhor não mexer muito, que a verdade poderia aflorar.

Posso imaginar a decepção do donatário ao descobrir que a Ordem do Templo era mais que o braço armado da igreja cristã. Era assim que gostava de se ver. No seu processo de crescimento, degenerou e criou vida própria, em muitos aspectos, corrupta. Tinha a finalidade de dar apoio militar e econômico à pretensão dos francos de voltar a dominar a Europa e boa parte do mundo, incluindo o novo mundo de além-mar.

Duarte Coelho era contra essa interferência. Basta lembrar as invasões francesas no Rio de Janeiro e no Norte, às margens do rio Potengi e no Maranhão. O donatário pedia auxílio aos escoceses, provavelmente da dinastia Stuart, em 1554, para se contrapor aos franceses e à aliança austro-espanhola.

Será que Duarte Coelho foi assassinado porque se indispôs com um Grão-Mestre? Seu sonho de fazer em Pernambuco uma nova Jerusalém estava sendo usado como cobertura para os interesses econômicos de poderosos. Ele seria pouco mais que um preposto para que os franceses tomassem o nordeste do Brasil. Ingenuamente não se dava conta de que, na qualidade de gerente de um grande investimento, deveria remeter os lucros à matriz, "como de costume". Mas criou vínculos com a terra, com o povo e com sua obra. É natural que se sentisse usurpado e na obrigação de proteger seus "súditos".

Talvez seja injusto dizer que eram os franceses que estavam por trás da conspiração que o matou. Havia uma ordem muito bem organizada com participação internacional, com forte penetração nas cortes e centros de poder econômico da Europa. A França tinha os seus próprios interesses; entre eles, não permitir que a casa dos Habsburgos tivesse mais poder no Brasil. Isso dificultaria as pretensões da dinastia merovíngia na Europa.

Kemp sabia dessa ordem, dos seus interesses políticos e dos perigos de saber o que sabia. Por isso era tão reticente. Talvez tenha confiado mais a meu pai do que eu possa imaginar. Começa a fazer mais sentido o fato de meu pai ser holandês, funcionário da Companhia das Índias Ocidentais e terem sido feitas a ele tantas confidências sobre a restauração de Pernambuco. Permanecer o Nordeste com os holandeses só traria facilidades aos Habsburgos e a outros engajados nessa empreitada. Afinal, um Sinclair havia sido Grão-Mestre dessa organização secreta entre 1437 e 1460.

Havia também a atuação, para mim confusa e cheia de desinformação, desse grupo chamado Rosacruz. Algumas vezes a atuação era disfarçada. Outras vezes, davam informações tão misturadas que se passavam por ser quem de fato eram e assim não despertavam suspeitas. Richelieu tomou atitude parecida com a dos rosacruzes. Era natural, portanto, que um rosacruz como Andrea tenha ficado com o "Testamento". O Testamento denuncia claramente quem tinha interesses na Nova Lusitânia.

Encontrei uma nota do pai do ferreiro Andrea. Nela, diz que seu pai, Johan Valentin, escrevera o livro sobre "O Casamento

Químico de Christian Rosenkreutz" por brincadeira, um exercício lúdico criativo. Seriam textos sobre uma possível sociedade secreta que remontava ao século II. Na verdade, o que estava parecendo era que haveria de fato uma sociedade política com grandes interesses econômicos na Europa, no Oriente e se expandindo para o Novo Mundo. Aparentemente, esse teólogo, Johan Valentin Andrea, teria feito parte dos superiores dessa ordem, de 1637 a 1654. Ao final da nota, ele não assina; escreve "Andrea - 1654".

No mesmo envelope estava uma nota com a mesma letra. Dizia o seguinte: "Foi encontrada uma tumba merovíngia na floresta das Ardenias. As relíquias foram retiradas e Leopoldo Habsburgo acredita que estejam comigo. Mau sinal. Andrea - 1653".

É curioso que o pai tenha morrido no mesmo ano em que a empreitada holandesa em Pernambuco terminou. Fiquei com a impressão de que seu "mandato" na sociedade secreta só terminou pelo falecimento. Ou teria terminado com a restauração de Pernambuco ao domínio português?

Duarte Coelho, por seu lado, representava explicitamente uma ordem política. Era católico e membro da Ordem dos Cavaleiros de Cristo, organização remanescente dos templários, na forma como sobreviveu em Portugal. Vendo-se pressionado por forças ocultas em Portugal, vai pessoalmente tratar de descobrir as razões. Essas razões estão muito claras no original de seu "Testamento"; clareza que deixa aos sucessores e que mantenho em anexo a este meu relato incompleto e falho.

Achei melhor parar um pouco com esses exercícios de imaginação, na tentativa de construir um cenário plausível para reunir essa balbúrdia. Estou cansado e prestes a enlouquecer. De uma coisa estou convencido: o conjunto faz sentido.

Depois de uma semana tentando parecer normal, decidi que precisava partir. Iria para a Holanda, visitaria Amsterdam, Leyden, prestaria minhas homenagens aos que me precederam, mas não procuraria nenhum parente, ninguém ligado a meu pai. Tudo isso já pertence a outro universo. Viajarei na solidão do meu mundo pessoal.

Aproveitei uma oportunidade que me deu Herr Giebenrath quando perguntou se eu me sentia bem. Achava que eu não parecia bem. Concordei e pedi que me dispensasse logo que encontrasse outro ajudante. Quase sugeri o Jan. Mas não era prudente misturar as coisas. De qualquer forma, antes de partir fiz elogios ao rapaz. Se Giebenrath for bom entendedor irá procurá-lo por conta própria, sem meu envolvimento.

Uma outra questão passou a me martelar o juízo. O "Testamento" era também uma informação preciosa sobre alguns documentos cátaros que estavam na Escócia com os Saint-Clair. Quem sabe essa informação não estaria sendo buscada por Clóvis? Apesar de que eu visse mais sentido e conexões mais claras entre os fatos da história, as motivações pessoais dos atores eram carregadas de interesses menores.

Guardei bem os documentos, de forma organizada e fácil de serem lidos e interpretados. Comprei uma bolsa de couro liso muito suave. Abre e fecha como um livro, tendo de cada lado duas repartições e uma fivela para mantê-la fechada. Separei os documentos em quatro grupos e fechei a bolsa. Não tenho pretensões de arrumar o mundo, que me parece muito com o sótão de Herr Andrea em Tübingen. Fiz o que pude e creio que ainda posso fazer um pouquinho mais. Haverá pessoas mais capacitadas a usar essas informações para ajudar a proteger a terra, que considero minha, de investidas interesseiras. Voltarei a Olinda.

Uma vez em Amsterdam, sinto-me em casa! Lembra muito alguns lugares do Recife. A cidade Maurícia foi claramente inspirada em Amsterdam. Ando pelas ruas, pelos canais como se vivesse aqui. Os cheiros dos quais senti falta em Lisboa, reencontrei-os aqui. É claro que faltam os aromas de Pernambuco. Descobri que os cheiros são sinalizações importantes. Ou reconhecemos os sinais ou não aproveitamos seus significados. Foi no museu que fiquei sabendo que Leopold Wilhelm von Habsburg era irmão do Imperador Ferdinand III, Governador da Holanda austríaca! Aos poucos a trama se revela.

Leyden é linda. Fiquei muito emocionado em ver o destaque dado às contribuições do meu pai à Universidade. Havia uma sala com o nome do meu avô e mostrava seu retrato. Fiquei abismado com nossa semelhança de fisionomia. Também me impressionaram as recorrentes analogias que se fazem em Leyden com Jerusalém. Realmente há quem perceba Leyden como a "nossa Jerusalém". Vi um belo trabalho de gravura representando uma medalha: num lado, o cerco de Jerusalém; no verso, o cerco de Leyden. Até se faz comparação entre os cinco irmãos de Nassau e os macabeus; os cinco filhos do Matathias bíblico. Não me espanta agora que a idéia de uma Nova Jerusalém em Pernambuco tenha sido acolhida com tanta facilidade pelos holandeses.

Agora, mais velho, estou pronto para zarpar do porto de Goeram, de onde saiu Peter Deneboom, meu pai, em 1629. Passei uma fronteira. Olho pela janela e vejo um belíssimo crepúsculo. Uma nuvem cinza, com o céu laranja ao fundo, parece a letra *psi* deitada! Deve ser Psique mandando seu recado. Alguns navios têm lanternas acesas e o porto está calmo. A Lua vai se mostrando do outro lado.

Sinto o casamento de Sol e Lua em mim. Mamãe saiu de Lisboa, por onde entrei na Europa. Foi de lá que os cavaleiros de Cristo levaram o espírito da Fortaleza do Acre para o Brasil. Uma enorme capacidade de luta acoplada a igual capacidade de defender interesses corporativos. Será isso bom ou ruim? No Acre, as muralhas soterraram defensores e atacantes...

Declaro encerrada a minha missão neste lado do grande oceano. Está feito!

Dormi bem o sono tranqüilo dos justos. Entretanto, quando saí pela manhã, encontrei uma mensagem "Para Antonius Gonsalves Deneboom" por baixo da porta do meu quarto. Eu saía para o porto, no meu último dia na Europa. Dizia a nota que eu era obstinado e perspicaz, mas não era cuidadoso. Que eu lembrasse que "as toras cortadas soltavam folhas que entulhavam a saída. Os pássaros então calam diante da brisa fria, mas *Ela* fica bem".

Nota do Editor: Assim chegou às nossas mãos este texto. Não foi encontrado o anexo a que se refere Antonius, de quem não se tem indícios do desaparecimento. Sabe-se que o manuscrito chegou às mãos de um beneditino, que o encontrou durante uma reforma na Igreja N.S. dos Prazeres, em 1756, nos montes Guararapes. Parece que o levou para o mosteiro em Olinda, onde ficou escondido no fundo falso de uma gaveta, na sacristia. Foi encontrado por um ladrão de arte sacra. Vale a pena registrar uma nota de Antonius no verso de uma das páginas que parece ter passado despercebida por aqueles que teriam levado o "Testamento" de Duarte Coelho. Dizia a nota:

Santa Catarina foi localizada. Do ponto de vista da vitória do Espírito Santo na Terra Brasilia, as decisões virão de um ponto no centro da região entre a nova fortaleza do Acre e as muralhas da nova Jerusalém.

Impressão e Acabamento:

Quick Printer
IMPRESSOS RÁPIDOS

SIA Trecho 3 Lote 1.760
Tel: (61) 362-0008 / Fax: (61) 233-3771/362-7476
e-mail: quick@quickprinter.com.br